有爱的青春陪伴者

心动倒计时

Heart for you

白玉京在马上 / 著

江苏凤凰文艺出版社
JIANGSU PHOENIX LITERATURE AND ART PUBLISHING

图书在版编目（CIP）数据

心动倒计时 / 白玉京在马上著. -- 南京：江苏凤凰文艺出版社，2022.5
ISBN 978-7-5594-5820-9

Ⅰ. ①心… Ⅱ. ①白… Ⅲ. ①长篇小说－中国－当代 Ⅳ. ①I247.5

中国版本图书馆CIP数据核字(2021)第201867号

心动倒计时

白玉京在马上 著

责任编辑 王昕宁
特约编辑 不 夏 年 年
责任校对 周 萍
出版发行 江苏凤凰文艺出版社
南京市中央路165号，邮编：210009
网 址 http://www.jswenyi.com
印 刷 长沙鸿安印刷有限公司
开 本 880mm×1230mm 1/32
印 张 9
字 数 275千字
版 次 2022年5月第1版
印 次 2022年5月第1次印刷
书 号 ISBN 978-7-5594-5820-9
定 价 39.80元

江苏凤凰文艺版图书凡印刷、装订错误，可向出版社调换，联系电话025-83280257

目录

CONTENTS

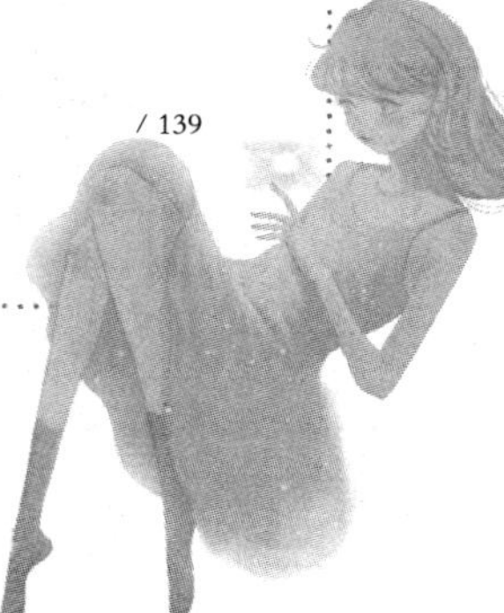

目录

CONTENTS

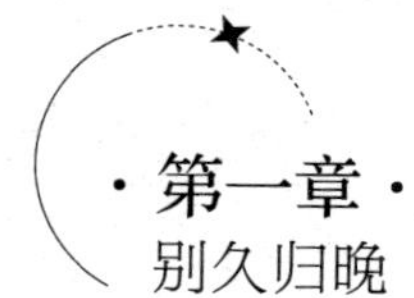

· 第一章 ·
别久归晚

1.

虞照从高铁站出来，父亲虞瑾明接她上车。

进市区后，她降下副驾驶的车窗，手肘搭在边缘朝外望。

杭城正是桂花盛开的时候，独有的馨香扑面而来，浓郁又热烈，她深吸一口气，才真切地意识到这个事实——她回来了。

“手拿回来，碰着怎么办。”虞瑾明偏头瞄了一眼，肃声命令。

“哦。”虞照将手缩回来。

虞瑾明升起车窗，接着清清嗓子，开口问话：“瘦了，是不是那里头伙食不好，吃得不好？”

“没有，吃得挺好，就是运动量大。”

“坐这么久车累了吧？”

“还好。”

“回来先好好安顿两天……对了，你什么时候返校复课？”

“还有半个月呢……”

虞照有一搭没一搭地敷衍，直到虞瑾明问起“上次清明放假怎么都不回家”时，才若有所思地望向身侧的男人。

男人正目不斜视地开车，并没有意识到“上次放假”这个关键词勾起了虞照某些不愉快的记忆。

明明上次放假的时候，说好一起去给沈思扫墓，他却临时放了她鸽子。

明明放鸽子的真实原因是他的小女友生病，却非要骗她是工作。

明明那是她从小长到大的家，他却突然在电话里嘱咐她："如果假期回来看到妍妍阿姨来，要客气一点，不要失礼……"

训练基地里每周能打电话的机会寥寥无几，她那天近身搏击训练时受伤，整只右手连动弹一下都困难，罕有的通话时间，还是拨给了父亲。听到这番话，她几乎冷笑，什么也没说就挂断了。

后来放假，她抽空回了杭城，却没回家。她一个人去墓园看沈思，和母亲絮絮叨叨说了近况后，又马不停蹄回了训练基地。

她为什么不回家，原以为彼此心知肚明，没想到虞瑾明却还揣着明白装糊涂，倒打一耙。

虞照无声地笑了笑，转头瞧着他。

察觉到视线，虞瑾明莫名心虚，清了清嗓子，又因前方换灯而岔开思绪，将女儿近乎冰凉的视线抛到了脑后。

到家后，父女俩默默无言各自分开。阿姨早就烧好了饭，等着爷俩回来，虞照说要先洗澡换衣服，就径自回房。

其实她是有事处理。

路上手机就一直振动个不停，当时碍着虞瑾明在场，她一直没来得及查收消息。

毕竟……这不是什么见得了光的消息。

行李摊开未收，虞照靠着床尾席地而坐，找出 iPad 点开关联邮箱，收件箱里齐刷刷躺着一排邮件。

打开最新一封，入目是图文信息，要是给不知情的人看，根本瞧不出这是偷拍，还当是什么模特的街拍大片。

虞照饶有兴趣地轻哼一声，点开照片。

青年侧影笔挺玉立，苍白瘦削的侧脸微微朝镜头转过来，像是发现了窥视，画面于是定格在他眼帘掀起的那一霎。

她一动不动地盯着图片，直到屏幕黑下来，镜子一般映出她的模样。

屏中的虞照眉眼如画，短发漆黑，堪堪过耳，皮肤偏麦色，肩臂用力时，露出紧致匀称的线条，只觉力与美兼得。

她冷不丁从训练基地回到城市，却有些格格不入，仿佛误入动物园的野生豹。

“出来吃饭了。”

外头传来虞瑾明的敲门声，虞照这才收了 iPad，起身往外走。

开门，和虞瑾明打了个照面，对方皱着脸上下打量她，欲言又止。

她这几年风吹日晒惯了，周围的人只比她更糙，因此也不觉得自己如何。

可看在虞瑾明眼里，简直没法接受。

——不像个姑娘家的样子！

他那个白白净净软软糯糯的小女儿呢？哪儿去了？

沈思去世后，他和女儿的关系本就紧张，心里这般想，却没能轻易说出口。

作为中年男士，虞瑾明并没步入“油腻”大军，相反，因为在美院身居要职，常年与艺术为伍，颇有几分道骨仙风，头发半长，在后头扎了个辫子，说起话来斯斯文文。

他心里当然也是希望女儿和自己一样秀气斯文。

可事与愿违。

虞瑾明的视线在女儿如今的“粗糙”模样上打了个转，又心烦地转开脸。

虞照恍若不觉，擦着父亲的肩头走到客厅，双手插在迷彩裤的兜里，脚步也吊儿郎当。

后头的虞瑾明瞧见她这走姿，又皱着脸叹了口气。

——这是造的什么孽呀！

一顿饭吃得十分安静，虞瑾明眼不见心不烦，懒得搭理眼前这个糙丫头。

他还需要一点心理建设去适应虞照身上翻天覆地的变化。

过了会儿，虞瑾明吃得差不多了，一抬头，却见虞照只拿筷子戳饭，面前的菜都没怎么动。

“怎么不吃呀？不合胃口？”

虞照搁下筷子扫了她爹一眼，没吭声。

虞瑾明一肚子不满终于找到了由头发泄：“你看，劝你好多次要你回来，你不肯听，知道苦了吧？”他不耐烦地给她夹菜，眉毛皱在一处，“好好的姑娘家，非要跑去当兵，学人家在泥地里打滚……”接着，又抬眼看了看她，发自肺腑地摇摇头，表示接受无能，“晒成这个鬼样子……”

虞照勾了勾唇，佯作乖觉地颔首，对这番指摘全盘受之。

见女儿罕见地没杠回来，虞瑾明有了胆量继续唠叨：“过几天开学，东西收拾好了没有？要不要我送你去海市？”

“今年妈妈的忌日你怎么安排？”

她声音不大不小，语气也温和，绝非刻意寻衅，可席间偏偏倏地陷入死寂，唯有窗外的蝉声喧闹不停。

虞瑾明张了张口，又低下头，含糊道：“嗯。”

“清明借口要工作，这回呢，找好理由了没？”

虞瑾明表情一下子垮了，想要发怒，却又没有。过了一会儿，他清清嗓子，搁下筷子站起身，决定息事宁人。

“我想起来学校还有事，得过去看看。你接着吃，菜不够，让张姨给你做。”

虞照冷笑一声，表情平静，筷子一下一下地戳在醋鱼的尾巴上。

“我看不是学校有事，是你养的妞儿有事吧。”

闻言，虞瑾明到底没忍住，蓦地回过身道：“有你这么和爸爸说话的吗？你看看你！这都是哪里学回来的词？低俗不堪！和小混混有什么两样！”

虞照若无其事地对上男人的怒目，半笑不笑地扯着嘴唇，视线坦荡，不闪不避，一副“我就这么说你拿我怎样”的张狂态度。

毫无来由地，虞瑾明在女儿面前总是不能理直气壮，被这么盯了一会儿，到底没开口说什么，忍着怒气推门走了，一副“此女不孝，懒得多说”的样子。

虞照把筷子往桌上一扔，胃口全无。

当天下午，她把摊开的行李箱一合，没和虞瑾明打招呼就直奔海市，一个电话打给庄子怡。

“我回来了。”

她只说了四个字，对面的人的声音就险些把她震聋。

“你还知道回来？！”庄子怡用中气十足的声音怒道。

庄子怡算是虞照在 F 大的师姐，大她足有三届。

因为虞照入学早，比周围人小了两三岁，刚进学校时还是粉圆玉润的小丫头，尤其讨姐姐们欢心，更被系里的人当成吉祥物，谁都爱伸手揉她头发捏她脸，唤她“宝宝”。

庄子怡也是其中之一，有事没事就来她跟前逗逗她，私下里也处处照拂，像极了亲姐姐。

后来虞照去当兵，那段时间几乎断了联系，庄子怡还以为这小丫头人间蒸发，没想到居然还能从天而降。

两人一见面，庄子怡就先把人抱怀里好一顿揉搓，接着嫌弃地打量半晌她晒成麦色的皮肤，又开始吐槽她直线下降的衣品，非要扯着她去商场买衣服。

“我的阿照宝宝怎么能穿这个呀？”

虞照一进商场就自动开了狙击滤镜，看久了头晕，十分钟过去，实在不行了，干脆把眼睛一闭，额头抵在庄子怡肩头耍赖：“师姐，我不舒服。”她做小伏低手到擒来，看起来真有几分柔弱。

庄子怡只觉肩膀一沉，丝毫意识不到她的阿照宝宝已经今非昔比，还将她当成小丫头，于是护着头给“呼呼”：“啊，好好好。不逛了，走吧。”

离开商场，虞照混乱的视野终于清晰起来，彻底松了口气。

两人去吃饭的时候聊了聊这两年的近况，庄子怡毕业后做了策展工作室，颇像模像样，还试图拉她入伙。

“我工作室接了个项目，十一要去杭城做展，你不是杭城人嘛，到时候来给我捧个场呀。”

虞照抿着吸管只顾喝杧果奶昔，含含糊糊道：“等我把复学手续办完了就去。”

庄子怡想起虞照三年前突然人间蒸发的“前科”，厉声道：“说好了，这回别想抵赖。”

两人吃完出门，庄子怡拎着车钥匙道：“在这儿等我一下，我去把车开过来。”

虞照乖乖插着兜靠边站，等庄子怡走了，才从裤子口袋里掏出手机。

手机已经振动很久了。

是老 A 的语音通话。如果不是事态紧急，对方不会选择直接通话。

接通，那头传来略显慌张的语声，没头没尾地道：“对方好像察觉了。”

虞照却立刻就明白过来，心平气和地询问：“怎么回事？”

“先声明，你托付的事儿，我可是半点都没马虎，从他一年前回国我就在盯着，本来从没出过错漏，结果这次他又进靶场了！

“你也知道，他到那儿玩时都清场，我进不去，就跟到大厅装成顾客去玩别的项目，结果他突然回身走到我跟前——天可怜见，隔了十几米呢，他居然能找到我说，每次来都能看到我，还问我是做什么工作的，你说吓不吓人？”

虞照静了片刻，微微皱眉，对那人的敏锐有几分意外。

“他在警告你。”

“我难道不知道他在警告我？我是想和你说，这人来头大，挺危险，我不能再往下跟了。”

老 A 停了停，怕她不同意似的，还添了一句：“你也得为我考虑考虑，我还得在这行混饭吃呢是不是？”

对方都这么说了，虞照当然不好勉强，只得道：“成，那就这样吧。”顿了顿，又微笑地提醒，“你们的行规你清楚的，我就不多说了。”

“是是是，咱们什么关系，我能坑自己人吗？再说了，做生意讲究细水长流不是？”

虞照懒得和他扯皮，敛容挂断电话。

庄子怡刚好驱车过来，透过车窗，遥遥看到虞照眼带肃杀，一时以为是错觉。

她降下车窗：“阿照？”

女孩抬眼，笑容灿烂，还有点憨傻：“师姐，这么快呀？”

庄子怡摇摇头，想，果然是错觉。

“说是当了三年兵，除了晒黑还剩下什么？走两步就晕。”

虞照没个正行地笑：“我还学会打架侃大山啦。”

庄子怡瞥她一眼：“放屁！”

2.

虞照办完复学手续，跟着陌生的大三同级生老老实实地上了两个月课。

虞照是横插进大三学年的，同班的学生多少都对她有些好奇。被问起休学三年的缘由，虞照却只是称病敷衍而过，并没有提自己当兵的事情。

有道是吃一堑长一智，她是被几年前的“团宠”待遇吓怕了，担心再因为这个成了什么“新鲜物事”，引人议论和围观。

一晃到了十一，虞照答应了师姐要去杭城捧场，早早乘了高铁上路。

谁料，原是旅游胜地的杭城却下起一场百年不遇的暴雨，惹得游人怨声载道。

城区一间名为“BWV”的画廊，门牌注明下午一点至晚上九点有主题展。

倒霉的是，早上新闻就通知了红色暴雨预警。

路上除了瓢泼大雨，根本没有几个人，更别说是大老远过来参展了。

下午两点整，有辆车行云流水地开到门口。

庄子怡没打伞，踩着高跟鞋从驾驶位下来，走到门口这几步路，一身名牌定制已经淋湿了。

画廊的经理徐宝山急忙开门迎她：“你好你好，庄小姐……真是作孽呀，今天做展！偏偏红色预警！”

这个展是庄子怡全权负责，没料到人算不如天算，辛辛苦苦策划一个月，全打了水漂，郁闷非常。

庄子怡进去之后，四下环顾，没找到想找的人，狠狠一抹脸上的雨水。

“哈——”她压着火冷笑，“你们老板郁泽闵呢？”

徐宝山说：“出去接人了。”

庄子怡横眉：“接谁？”

事情糟糕到这个份儿上，他还能去接个什么大人物过来救场不成？

徐宝山说：“这不是……老板上头还有个大老板嘛。”

庄子怡皱了一下眉，又忽然想起什么，往大厅沙发上一坐，跷着腿开始打电话。

电话一通，庄子怡翻脸如翻书，语气甜了八个加号，听得徐宝山悚然一惊：“阿照，你到哪里啦？”

虞照回应："刚下高铁……画展情况怎么样？"

庄子怡唉声叹气："根本没人。暴雨红色预警啊，谁敢出门？之前发函邀了几个熟人撑场面，一大早就给我打电话道歉，说来不了了，你说我能怎么样？逼着人家出门'游泳'啊？"

虞照"扑哧"一乐："我不是来'游泳'了嘛。"

庄子怡终于露出笑脸："就知道贫。行了，快过来，路上小心。"

挂了电话，她脸色又变回夜叉模样，接着拷问徐宝山："你刚刚说什么？还有个大老板？"

徐宝山说："啊呀，你不知道啊？大老板姓宁，我听到老板管他叫三哥，听说从国外回来没多久，建馆最大头的资金都是从他那里来的……"

庄子怡"哦"一声，神色奇怪。

大老板姓宁，郁泽闵叫对方三哥，那不就是宁孝庾吗？

她还真不知道这个画廊居然和宁孝庾还扯上关系了。

说起来，宁孝庾也算是她的青梅竹马。

宁孝庾亲妈叫郁令文，郁、庄两家又打好几辈子起就是世交，这一代的孩子们，也自然打小就被各路关系网套在一起，想断都断不开。

宁孝庾行三，她就和郁泽闵他们一起喊三哥。宁孝庾在十六岁出国读书之前，一直以兄长自居，平辈中充当首脑角色，看管几个小屁孩。

宁孝庾能服众，事出有因。

他是家长口中的优秀模板，样样拿得出手。

他以这种优秀人设一路长到十七八岁，引得无数少女前赴后继。庄子怡也曾因年少无知栽过跟头，还特意追到国外一起留学，想着近水楼台先得月，他们已经有多年感情基础，再发展一下也不是难事。

结果自然是铩羽而归。

宁孝庾不愧有"钢铁之壁"的美名，她撞得头破血流，也没得到半点便宜。没几天，她哭唧唧地启程回国，再也没提过"宁孝庾"这三个字。

"庄小姐——"

思绪被扯回来，庄子怡抬起头，徐宝山正一脸好奇地问她："庄小姐和我们老板认识这么久，知道那个宁先生什么来头吗？"

庄子怡一脸镇定，若无其事："我也不是很清楚，你好奇啊？问郁泽闵去。"

要是知道宁孝庾会来，她可能会掂量掂量到底要不要做这个案子。

3.

事实上，在宁孝庾的计划里，本没有来杭城看展这一选项。

这个错误诞生时，他正坐在办公室加班。

手边是厚厚一摞关于"阿勒山"计划的可行性报告，MD（董事总经理）、风控、合伙人等围坐一圈。

投资总监祁山笑着打趣道："说实话，您这边的艺术基金会一开始出这个计划，我心里觉着这事儿就是纯砸钱，后来天英娱乐掺了一脚，我才觉得有戏了。"

"阿勒山"计划，是宁孝庾以及Victor艺术基金会未来一年的重中之重。

"阿勒山"计划的萌芽，与宁孝庾曾经参与过的日本某艺术节策展有很大关系。

那次策展与以往不同，目标地点是乡下。

艺术家们集结到农村，把空宅、废宅改造为艺术品甚至展厅，将村落艺术化，再通过艺术节的宣传，带动整个偏僻地区的旅游业发展。

整个过程给了他很大启发。

于是回国后，他的第一件事就是将该计划纳入工作进程。

在偏远山区策展这事儿，谁听了不觉得扯？

他和好友庄闫安，同是安宁资本的创始人兼合伙人，两人的追求却天差地别，一向是资本和理想碰撞。

再加上，安宁资本除了宁孝庾和庄闫安，下头还有一堆人，他们未必同意为他的理想主义买单，对此，他有心理预期，也不想搞一言堂。

为了避免产生矛盾，他在一开始就成立了Victor艺术基金会。

也就是说，花钱打水漂的事儿，他起初是打算自己一个人扛。

后来基金会花了一年时间来寻找目标地点，也受过不少阻碍，最终和阿勒山当地的旅游局达成一致，又通过庄闫安的人脉，引入了天英娱乐的综艺项目。

到了这一步，可就不只是艺术和策展这么简单了。

产业链有了，后续天英的节目一拍，宣传也有了，不怕投资收不着回报。

就算无法信任艺术的力量，明星效应总是值得信任。

世界现在就是这么荒诞。

自此，安宁资本下头的风控和其他MD才稍微有了松动的迹象，表示愿意跟着掺和一脚。

祁山哗啦啦翻着纸页："目标地点确认为阿勒山，我们这边的评估是没问题，当地景色不错，就是没什么人知道。"

其他人点头表示同意。

又有人调侃："宁总眼界高，这事儿造福社会啊。"

"对对对，带动脱贫致富。"

庄闫安听得想笑，这些人倒是忘了一开始项目提出时面露的难色了。

宁孝庚一言不发，手指翻动纸页，仿佛一目十行。

其实这份报告他早就一稿一稿看过无数次，是他亲自看着下头改出来的，如今只是走个过场。

他不说话，旁人也看不出他在想什么，气氛就陡然落下来。

一时空气凝滞，只有他翻动纸页传来的沙沙声。

就在这时候，私人电话响了。

宁孝庚面无表情地伸手按掉，再响，再按……如是反复，庄闫安终于失笑，其他人也跟着笑起来。

"什么人啊，电话追杀？"

"没事，宁总，你接，正好咱们休息一会儿。"

庄闫安伸了个懒腰，松松骨头，跟着说："孝庚，你接电话吧。"

宁孝庚皱眉接起电话，那头传来半是揶揄的质问："回国这么久了，不来看我？"

是表弟郁泽闵打来的。

宁孝庚扬眉，轻描淡写地"嗯"一声，刚要说自己在开会，一会儿回电，就听郁泽闵接着道："十一我画廊做展——可不是普通的展，庄子怡创业首展，你过来捧场，她说不定会高兴些。”

宁孝庾挂电话的动作顿了顿。

庄闫安坐得最近，捕捉到几个字眼，问道：“怎么还提到我姐？不会是郁泽闵打来的吧？”

宁孝庾下意识地“嗯”一声，电话那头的郁泽闵却当成是同意的信号，不咸不淡地道：“算你还有点良心。”

宁孝庾怔了怔，没等答话，那头已经挂了电话。

这是个不算美丽的误会，但它既然发生了，大约有天意。

更何况庄家一年前办了丧事，宁孝庾彼时没能赶回来，这次正好借这个机会去看看庄子怡。

他把文件一合，抬眼目视诸人。

“那魏桑出个日程，事情就先这么定了。”

4.

海市离杭城顶多两个小时车程，宁孝庾出行当天喝了酒，司机又恰巧出事被吊销驾照，一连串巧合似乎隐隐暗示着这一趟他就不该去。

可他还是没忍心放郁泽闵的鸽子，破天荒地买了高铁票。

从车站大厅下到B2，狭窄的电梯里挤满了人。

宁孝庾立在靠近门边的地方，手拎一只大象灰的牛皮包，瘦削的侧脸映在玻璃上，有一种萧索。

身侧的女孩偷偷地盯着他看了很久，终于鼓起勇气搭讪：“你是杭城人吗？”

众人目光纷纷转移，聚焦住被问话的对象。

宁孝庾闻声转过头，不经意展露全貌。

盛容如玉山将倾，本该孤冷，他却没有。

他身上有种很奇异的气场，眉眼分明是淬利的，姿态却安淡，世家浸淫更给了他某种克制，使他用温润敛去一身风华。

搭讪的女孩还在心惊胆战地等回应，电梯到了。

宁孝庾淡淡一笑：“不是。”

未等对方接话，他已经快步走出去，将人甩在身后。

稳健的脚步穿过各色停滞的车辆，B2 层传来空旷的回响。

这时，滚轮滑过地面的噪声响起，一个人影拖着行李，突兀地横穿过视线。

在宁孝庾的记忆里，那是他第一次见到虞照。

她穿着白 T 和牛仔热裤，露出一双健美漂亮的腿，纤瘦却蕴含力量，大步走过他身前时，风掀起发丝，露出英气的侧脸。

如果是郁泽闵，估计会似笑非笑地说，这女孩有点帅。

但宁孝庾只是靠边站定。

对面一辆车的车门打开，有个清瘦的男人追出来，头发半长，颇是风流倜傥，看起来是当地常见的那类“搞艺术”的人。

这男人很明显是冲着先前经过的短发女孩去的。

“阿照你等一下！怎么又闹起脾气来了，好好好，这次算我不对……”

两人追着说话，相继到了与宁孝庾一车之隔的位置，最后竟站在那儿不走了。

宁孝庾顿了顿，产生过一丝离开的念头，但转念又觉得没有这个必要，便站在原地，并非本意地将八卦听下去。

长发男说：“好不容易放个假回来一趟，你不跟我回去要上哪儿？”

女孩回应：“不劳你费心。”

“你这是什么态度？”长发男怒了一霎，语气又放缓，“我不知道你反应这么大，我又不可能故意给你找不痛快……”

“是吗？那你让她走吧。她走，我立刻上车。”女孩语气显得很平静，是在克制着愠怒，“我不妨和你说清楚，有我在，是不可能允许这种货色进家门的。”

之后是一阵令人窒息的死寂。

长发男难堪道：“阿照……”

宁孝庾抬眼，瞥见那男人车门没关，这个角度能看到副驾驶上坐着另一个人，露出鲜艳的裙摆，不难猜到身份。

和眼前这个“阿照”，分明是一个浓艳，一个率性。

这是……后院起火了？

自古文人爱享齐人之福，坐拥佳人绝色，这种事不算稀罕，宁孝庾见怪不怪。

谈话一时尴尬地陷入沉默，又过了片刻，女孩开口：“你和我说这些没意思，真的。”停了停，女孩有点嘲讽似的，“你就和她好好过，不要管我，我们就此分道扬镳，一刀两断怎么样？”

长发男一时语塞，没再吭声。

四下寂静，几秒后，长发男讪讪地走回来，经过宁孝庾，略带讶异地扫了一眼，上车走人。

宁孝庾收回视线的工夫，女孩不知何时走到他面前，一手撑在行李拉杆上，站得有些吊儿郎当，似笑非笑地看着他。

“帅哥，听得还开心吗？”

5.

宁孝庾复盘了一下刚刚半分钟的状况，意识到是自己站在这里的举动，让对方误会成了偷听墙脚。

宁孝庾想了想，蹦出仨字来：

“我等人。”

虞照点头，展笑，唇边有两个小小的括弧。

“哦，你等人。”虞照顿了顿，眯起眼，“但耳朵一直竖着吧？”

这一次，宁孝庾无声地看定了她。

一般人在他的注视下，顶多五秒就要偏头错开视线。但眼前这个小丫头显然有点骨骼清奇，和他对视了快半分钟，才脱口说：“行吧，我原谅你了。”

思路太过跳跃，让宁孝庾无从接话。

虞照话锋一转：“但也不是什么附加条件都没有。”

宁孝庾皱了一下眉，虽然谈话开始得荒诞，却还是接下去：“什么条件？”

她的眼神很亮，非常理直气壮：“把你的电话号码和姓名给我，万一我回头在外面听到什么风言风语，也方便找人负责不是。”

宁孝庚单手插在裤子口袋里，面不改色地看了她片刻。认为对方的举动已经超出“搭讪”的范畴，近乎碰瓷儿。

就在这时候，郁泽闵打来电话，问他在哪儿。

“B2，你车在停什么地方？”

“F 区……哎，我好像看到你了，你右手边。”

他垂下眼讲电话，对“要号码”的举动压根儿没给出任何回应，就这么转身走了。

虞照也不拦，挑着眉，站在原地目送他。

宽阔的脊背撑满视野，他一手举着电话，无限贴近侧脸，她幻想冰凉的电话轮廓会擦过薄薄的胡楂，回过神来，他已经走了很远。

前方，一部 Chopster 闪了闪车灯，他开门上车，片刻后，车子驶出去，直至消失不见。

虞照在原地站着，酥麻感从脚底蔓延到手指尖，连思绪都凝滞。

电话响了几次，都是虞瑾明打过来的，她把号码拉进黑名单，想了想，打开微信，在一个四人群组里发问。

应知馀照情：【杭城有几辆 Chopster？】

一语炸出了全体潜水成员，几人先是刷了一溜整齐的：【Chopster？求图！】

众人惊讶的理由无他，只因这种车是 Mansory 厂下最出名的改装车，早已停产，只接受预定。也就是说，非常难搞到。

除非家大业大加上钱多烧得慌，否则没人丧心病狂到花费近千万在国外定制一部改装车，花销倒是其次，改装车要想进关，上下需要打通的关节甚多，没点儿背景，车根本落不了地。

在杭城，郁泽闵是车比人出名。

所以死党之一的费以丞很快就给出回答。

大橙子（费以丞）：【杭城只有一辆，听说车主是个姓郁的二代……】

大橙子（费以丞）：【你在哪儿见着的车？】

接着这句话，后头又跟上后知后觉的小伙伴。

岩野：【你回来了？】

蓝蓝的天（向岚岚）：【？？？】

蓝蓝的天（向岚岚）：【出来喝酒。】

……

虞照只顾低头私聊费以丞。

应知馀照情：【郁什么？】

大橙子：【怎么，打算傍个二代？】

应知馀照情：【……】

大橙子：【哈哈哈哈，开玩笑！现在就帮你打听。】

过了一会儿，费以丞的信息传过来。

【郁泽闵，均宁集团的少爷，现在开画廊呢，你要有事找他的话，去这个地址十有八九能见着。】

点开定位，虞照微微一愣。

这不是师姐策展的地方吗?

6.

高架上车队排成长龙。

车已经堵了半个小时，郁泽闵耐心渐渐耗尽，偏头看了看身侧的人说：“雨下了一周，封路又堵车，你说是不是哪里有冤情？”

宁孝庾老僧入定般：“堵着吧，不急。”

郁泽闵挑了挑眉道：“我急啊，急着给你看看庄大小姐做出了个什么展。”

“你们俩……”宁孝庾睁开眼瞥过去，还没来得及说完，就见郁泽闵做了个投降的姿势。

“停停停——”郁泽闵面无表情，“三哥，我也不是小孩子了，给点儿空间。”

宁孝庾自知戳中他痛脚，于是闭眼假寐，不带语气地劝告：“不想包办婚姻，就尽快和家里说清楚。”

郁泽闵若无其事地岔开话题：“回来一年了……怎么不和我们联系？”

宁孝庾不睁眼，也不回答。

郁泽闵偏头凝视他，只觉那从来微寒的嘴角竟浮上倦意，便不再追问，只轻声聊起自己的画廊。

画廊的经理说宁孝庾是大老板，倒也没错。

郁泽闵毕业后一心往艺术圈发展，被家里切断经济来源，逼他低头认错，谁知他自由惯了，反而借机和家里划清界限，除了一辆车什么都没带走，生活自然捉襟见肘。

刚做画廊时，宁孝庾还在伦敦读书。郁泽闵打来电话请求支援，宁孝庾抱着“就当这笔钱打水漂”的心态，给出了友情支持。

意料之外的是，这笔钱居然没打水漂，这间BWV画廊坐落于景区湿地旁，占尽山水气韵，而今在杭城还小有名气。

堵了一个小时，道路终于畅通。

郁泽闵被堵得没脾气，赶忙风驰电掣地开到目的地。

画廊大厅里，庄子怡正坐着吃小点心，听到外头传来独一无二的轰隆声响，就猜到是郁泽闵开车回来了。

“他们好像到了吧。”

徐宝山起身要去迎，门被推开，郁泽闵和宁孝庾两人一前一后走进来。

看到宁孝庾走进大厅，庄子怡脊背僵硬地站在原地，一改跋扈做派，双手交握，非常拘谨，小猫似的低声喊了句“三哥”。

宁孝庾打量她一番，见她似乎没因为丧母之痛而憔悴，略微颔首，说了句：“比以前瘦了点儿。”

庄子怡“哦”一声，又把嘴闭上了，场面一时尴尬。

宁孝庾毫无所察，撇过头四下环顾。

郁泽闵一贯和庄子怡互不待见，也不理人，在旁抱肩站着，只问宁孝庾：“我这地方怎么样？”

宁孝庾道：“挺好。”

郁泽闵带头往楼上走：“来，三哥，我尽回地主之谊，带你好好逛一圈。”

十分钟后，一行人沿着旋转楼梯走下来，实木楼梯发出咯吱声响。

徐宝山亦步亦趋地跟着，尽职尽责地给大老板做汇报。

“我们现在就是偶尔做展，平常主打是做版画。您也知道，版画旧时可不受重视，价格不高，赵无极一幅石版画，最贵也不过几千，现在就不一样了，今年的话，最高拍出了一千六百万……”

一路说一路走回大厅，徐宝山口干舌燥，宁孝庾的回应至多是一个“嗯”，或者点点头，再多就没了。

徐宝山略带尴尬地清了清嗓子：“宁先生？”

“听着呢，你继续。”宁孝庾淡淡地应道。

徐宝山心里拿不准，刻意落后两步，和郁泽闵咬耳朵：“老板，宁先生是不是对画不太感兴趣？”

“怎么可能？”郁泽闵心说，我三哥可不单是做展，他画画儿拿奖的时候还没这个画廊呢。

见徐宝山有点战战兢兢的意思，郁泽闵安慰：“你以为我拍的那幅丢勒的版画给谁上供了？他就这个脾气，大佬都高冷，要拿范儿的，懂吧。”

徐宝山“哦”一声，心说这范儿是拿得够正的，就是不知道是不是真大佬。

这会儿宁孝庾已经坐回到沙发上，语气温和，不带什么情绪：“你地方选得不错，做展的话发挥空间也大。”顿了顿，又补充，“就是这回这个展，策展前言写的东西和内容完全两回事，逻辑混乱，没什么深意。”

主策展庄子怡一句“放屁”已经到了嘴边，又因为害怕硬生生咽回去。

幸好电话响了，及时把她从愤怒中解救出来。

虞照打着冷战，口齿都有些不太利落：“我到了，不过 BWV 画廊到底在哪儿？我怎么没找到？”

庄子怡头疼：“照着地址都找不着？你不是本地人吗？”

“我本地人也没来过这边啊，谁没事去湿地公园？再说我家也不住这边。”

庄子怡笑她蠢，想了想，没办法，回头和宁孝庾说：“三哥，我出去接个人。”

等庄子怡站起来要走，却被叫住了。

“等等。”

“啊？”庄子怡不明所以。

“我去接，你先上去换衣服，当心着凉。”宁孝庾神色平淡，指指她身上没干的衣服，难得端出温儒大哥的架子。

庄子怡的确冷得要死，便没再吭声，乖乖地把手机递给他，又横了一眼郁泽闵，意思是瞧瞧人家，再看看你。

郁泽闵平白中枪，耸了耸肩。

徐宝山哪敢劳驾大老板亲自出去，要上前揽活，宁孝庾已经接起电话，朝他摆摆手，示意无妨。

电话那头的人还在抱怨：“我真的找不到路啊！ 1109 号到底在哪儿？”

光缆迁延模糊了原声，在宁孝庾听来只是一个音色清朗的小丫头。

徐宝山帮他把着门，递过一把雨伞，他便撑开伞走进雨里，顺便打断电话那头的碎碎念。

“你周围有什么标志性建筑物？”

“树！”停了片刻，对方这才意识到电话那头换了人，“你是谁啊？”

他没答，微皱着眉：“除了树呢，没有别的吗？”

“湿地公园。不过你谁啊？我师姐呢？”

宁孝庾挂断了电话。

7.

湿地公园附近并无游客，只有一个孤零零的身影。

雨水将虞照整个人淋透了，没有伞，没有方向，没有遮蔽，通话结束不久后，手机在持续的雨水里终于自动关机。

这是个叫天不灵，叫地不应的时刻，她只能寄望于电话里那个陌生人。

可是师姐会这么放心地把电话交给谁？郁泽闵吗？还是……

头顶的雨突然停了，一片阴影如乌云覆上。虞照的心口生出一种奇怪的直觉，蓦地转过头来。

雨幕下，宁孝庾眉眼如画，嘴角勾起一点弧度。

“又见面了。”

一个上午偶遇两次，如果这都不算天意，老天也未免太过苛刻。

宁孝庾这么想着，又觉可笑。

天意吗?

黑色的伞将她罩进一方天地，仿佛与世隔绝，雨水砸在伞面发出鼓点般的噪声，和着她的心跳，乱作一团。

虞照张了张口，神色复杂地注视宁孝庾：“刚刚电话里的人是你？你和我师姐认识？”

她这会儿有些分不清到底有几分是自己的设计。天时地利人和，或许说的正是此刻。

“你叫庄子怡师姐，你是 F 大的？”宁孝庾拖过她的行李，带着她往回走。

“嗯。”虞照垂眸，他的衬衫袖口微微挽起，露出完美的小臂肌肉线条，“谢谢。有点重吧？”

“还好。”他淡淡应着，把伞递给她，“你来打。”

她比他矮一个头，接过伞微微朝他倾斜，很自然地往里挪了挪，与他更靠近。伞面不大，她半边身子根本没被遮住，却满不在乎，只顾将他罩得严严实实。

景区外这段石板路对行李箱不太友好，行李的轱辘呻吟个不停，两人都有些跌跌撞撞，她撑着伞的手高高举起，手肘一下一下地蹭着他肩臂。

裸露的手臂擦在他单薄的衬衫衣料上，有种生涩而暧昧的触感。

她肆无忌惮地盯着他侧脸，在那不起波澜的英俊侧脸上什么都无法窥见，直到走过这段颠簸的路，来到稍微平缓的地方，他不着痕迹般地朝外侧了侧身，避开她莽撞的手臂，她才意识到原来他是有感觉的。

虞照若有所思：“所以在高铁站，你不是故意听我墙脚的呀？”

他视线平静地看着前方的路，“嗯”一声，算作回答。

“误会你了真不好意思，那时候不知道是自己人，这不是大水冲了龙王庙嘛。”

她语气轻快地说着，很自然地接着问：“你是我师姐的朋友吗。”

“她是我妹妹。”

这年头，管人家叫妹妹，不一定是真的妹妹。也不知道他到底有几个好妹妹。

虞照神色复杂，皱了会儿眉，又说："还不知道你的名字？"

雨声响彻耳际，人发出的声音有限，若非共在一把伞下，恐怕根本分辨不出字句。他开口的时候，她就认真地朝他靠过去，想努力听清他吐出来的每个字节。

他感觉到女孩微凉的、湿润的皮肤贴着他的，那纤细而柔软的肩背几乎靠在他怀里，她就这么毫不设防地凑过来，仰着脸，小声地和他说话。

投怀送抱的女人，宁孝庾并不陌生，以他的身家相貌，遇过类似的情形十个指头都数不过来，他该是厌烦的。

可不知是顾及着"庄子怡师妹"这层关系，又或是其他，他没避开，反而张开没拎行李的那条手臂，虚虚地环在她身后，是一个保护的姿态。

他说："我叫宁孝庾。"

"哪几个字？"

"安宁的宁，忠孝的孝，庾……"他沉思片刻，才找到对应的单词，"庾子山的庾。"

这是个南北朝的文人，不似李白、杜甫般有名，一般人都不见得听过，他也没指望她知道。谁知她怔了怔，语调扬起，很惊喜地说："庾信！写赋很厉害的那个人，没想到我们还挺有缘的。"

"嗯？"

他低垂眼睫，眸子幽沉，似是不信。她匆匆地解释："是真的，我姓虞，虞美人的虞，单名一个照字，连起来就是虞照。因为庾信有一篇赋，最后一句是'寄言苏季子，应知馀照情'。我妈妈很喜欢，就给我取了'馀照'这两个字的谐音。"

他神色微愕，没料到她口中的"有缘"居然不是大放厥词，想了想，点头承认："是很巧。"

她高兴起来，脚不小心绊了一下，举着伞的手猛地一晃，他便停下来，握住伞柄上方帮她撑住，掌缘若有似无碰着她下方握伞的手。

"举累了？"

雨势似乎慢慢小起来，这次他的声音格外清晰，中世纪的小提琴一般，低沉优雅。

“没有，刚刚没站稳。”

“我来拿。”

她没松手：“你帮我提行李已经很累了，没关系。”

女孩眼神坚定，里头有种不容改变的固执，他便没再坚持，松开手，视线移开，掠过她湿透的白色 T 恤，里面黑色的运动内衣轮廓毕现，只是靠里的一侧稍稍干燥了些，外侧那一半仍是湿答答的，像是从水里捞出来一样。

宁孝庾怔了怔，意识到自己一路上竟在被这个女孩“关照”，这种受人照拂的待遇，简直前所未有。

一向是他照拂别人。

他改变主意再度握住伞柄：“一起撑。”

两只手一上一下，中间一段微不可见的距离，露出银色的伞柄。

在他有意施加的力量下，她没再“偏心”地只顾罩住他，雨伞正正当当在两人中间，又在他的指示下，让她靠过来一点，远远看去，两人似情侣般亲密地行走在雨中。

再长的路也有尽头，更何况到画廊也不过几百米。

虞照远远瞧见画廊的 LOGO（标志），抿了抿唇，拉着他站住脚，仰面看着他。

“那，我们这么有缘，要不要交换个号码？”

他淡淡垂眸，她的脖子很漂亮，朝他仰起时拗成一段非常曼妙的弧度，鬓发里的水珠接连顺着这段弧度滑落至锁骨，淡麦色的、光滑的皮肤仿佛亮得能灼人眼。

“快到了，进去再说。”他四两拨千斤，选择避而不答，“淋了这么久的雨，当心生病。”

意外的是，她没再纠缠，眼中闪过失落，又很快掩饰过去，什么都没发生似的，笑着说了声好。

临到门口，他站在檐下收伞，推门时一回头，才瞧见她有点僵硬地站在雨里。

8.

“虞照？”

虞照发蒙地用力瞪大眼睛看宁孝庾，脸上是不正常的惨白，像是想往前走，刚抬脚就打了个晃。

宁孝庾心里一紧，想也没想就撂下手里的行李。

徐宝山手挡着一侧大门，眼睁睁地瞧着宁孝庾大步跨进雨里：“宁先生等一下……”

这一喊，郁泽闵和庄子怡也赶忙凑到门口去了。

几级台阶下，暴雨再度倾盆，青年衬衫湿透，露出脊背的肌肉轮廓，双臂揽着怀中的女孩，垂首匆匆地说了什么，紧接着将人打横抱起，大步迈上台阶进门。

庄子怡看着宁孝庾怀里的女孩，脑子“嗡”一声：“阿照怎么了？”

“可能发烧了。”

郁泽闵很快反应过来：“先去休息室，在楼上，我给你指路。”

宁孝庾脸色严肃，抱着人往楼上走。

一行人手足无措地跟上，庄子怡急得打转：“那这里有没有药啊，要不要送医院？”

徐宝山连忙道：“我现在出去买。”

郁泽闵贡献出自己平时休息的卧房，宁孝庾单膝跪上床，俯身，轻轻把怀里的女孩放下。

“这就是庄子怡那个宝贝得不得了的师妹？”郁泽闵摸着下巴打量，“挺漂亮的。”

宁孝庾淡淡一瞥，似有警告。郁泽闵失笑：“我也没说什么啊？怎么接人一趟还接出感情来了？”

宁孝庾没理，问郁泽闵要温度计。郁泽闵说“我这儿哪有这东西，画廊又不是医院”，宁孝庾只好坐在床边，伸手贴了贴虞照的额头。

滚烫，不知道多少度，还是送医院妥当些。

他当机立断：“有没有女员工，上来给她换个衣服，去医院。”

“主策展庄子怡庄大小姐不就是女员工？欸，这不是过来了。”

郁泽闵朝门口的庄子怡招招手："人交给你了，烧得厉害，三哥说好像得去医院。"

庄子怡急得眼眶都红了，问郁泽闵拿衣服，然后把两个男人赶出去，才小心翼翼地跪坐到床边，但到底没伺候过别人脱衣服，愣了足有两秒，才试探地拉住虞照的 T 恤衣摆，慢慢往上掀。

刚露出马甲线分明的腰腹，就听到"扑哧"一声，庄子怡抬眼朝上一瞧，小丫头正睁着那双黝黑的杏眼看着自己呢。

"虞照！"

见师姐就要怒发冲冠，虞照连忙坐起身把她嘴捂住了，好声好气地道歉："我是真烧迷糊了，只不过一挨着床就醒了，但刚刚两个大男人在床边围着我，我心里尴尬，又觉得挺丢脸的，就没好意思睁眼。"

庄子怡脸色终于慢慢缓和，虞照放下手，眉眼弯弯地和师姐告饶："是我不对，让师姐担心了。"

"那你……现在怎么样了？"到底还是不放心，庄子怡凑过去和虞照贴了贴额头，担心道，"这不行，烫死人，你快点先把湿衣服换了，穿在身上多难受。等换完衣服我们去医院。"

"没事，吃个药睡一觉就好了。"

虞照瞧见搁在一旁的衣服，明显是男士 T 恤和沙滩裤，她探头打量了一下房间，迟疑地指指一边："可不可以帮我问问这里的主人，我能用这个浴室吗？"

"能。"庄子怡立刻替人做主，连个磕巴都不打，"不过你现在能洗澡吗？别再出不来。"

"小意思。"虞照得了师姐首肯，立刻拿起衣服进浴室了。

不过五六分钟，虞照就洗完出来。上身是男款的宽松黑 T 恤，因为运动内衣湿透了没法再穿，干脆真空上阵，下身是件沙滩裤，抽绳抽到最紧，还是不合腰，裤子松松地挂在髋骨上，幸好黑色 T 恤宽大，遮住了腰身。

她擦着头发晃晃荡荡地出来，看得庄子怡眼皮直跳，几乎要以为这身衣服才是虞照的本体，半点违和感都没有。

"你……怎么跟个野人一样。"庄子怡没办法地说。

虞照只是笑，心平气和接受了“野人”的称号，说：“走吧，下去看展，好不容易来一趟，师姐的展说什么也不能错过。”

庄子怡拗不过虞照，只得带她下楼看展。

徐宝山已经买了药回来，上楼上到一半，就见刚才那“睡美人”竟然穿着男装，活蹦乱跳地下来了，顿时目瞪口呆。

“醒……醒啦？”

宁孝庾在楼下插着袋等，本来还在疑惑，怎么庄子怡换个衣服要这么久，一抬头，便和小丫头打了个照面。

不近不远的距离，一个在楼上，一个在楼下，旋转的木梯有了年头，随着虞照一步步发出嘎吱的声响，她手扶在上头，并非本意地居高临下，望进他幽邃眼底。

只一霎，她脑海中就再度浮现出刚刚被他抱起的画面。

她借着他两臂彻底卸掉全身的力，额头缓慢前倾，直至抵上他胸口，然后闭上眼睛。他的怀抱那么陌生，轮廓和骨骼都是硬的，力道却轻得不可思议，仿佛她是一件瓷器。而她坠落下去，又变成一片羽毛。

轻飘飘地入了梦。

9.

在画廊上下转了一圈，看过庄子怡的展，虞照就被催着吃药。

兵荒马乱到了晚上，只虞照一人在杭城无处可去，说自己去酒店就行。但这毕竟是均宁少爷郁泽闵的地头，总不能怠慢了庄子怡的贵客，于是郁泽闵大发善心连她一起收留了。

一行人浩浩荡荡去了郁泽闵的公寓。

虞照吃过药，脸色却没好转，也没什么胃口，郁泽闵叫了一桌子天价杭帮菜，她却只草草吃了点蟹粉豆腐，就昏昏沉沉去楼上客房睡觉，一沾到枕头，浑身酸痛。

这些年她受过不少伤，摔摔打打，肌肉拉伤和瘀青是常事。可奇怪的是，她却几乎没有感冒发烧过。连鼻头堵塞、嗓子沙哑都觉得陌生，她躺着躺着，意识就开始模糊起来，朦朦胧胧，听到师姐的声音，后来又变成了别人……

再然后，她脑袋一沉，就什么都不知道了。

仿佛做了一场很长很累的梦，浑身大汗醒来，她动了动手，酸麻得不可思议，意识回笼，才想起到底发生了什么。

她“偶遇”宁孝庾，还和他有了肢体接触——不错的进展。

虞照抬手抵住额头，就那么四仰八叉地陷入沉思，过了一会儿，才四下打量房间。

或许客卧常年没人到访，这里陈设很简单，墙上甚至没有挂钟。床头柜上放着她的腕表，但已经被雨水泡得罢工了，指针固执地停滞在十四点十一分，一动不动。

她茫然片刻，肚子突然发出咕噜的警示声。

几分钟后，虞照摸出门，发现四下漆黑，她艰难地在夜色里分辨周围的地形，原来这是条走廊。

摸着墙壁走了几步，试图寻找到师姐的房间，走着走着，却看到一处房门虚掩，里面透出微微光亮。

虞照蹑手蹑脚地走到门边，将耳朵贴上去，里面是两个男人在聊天，一个清朗，一个深沉。

“我那天看到 Victor 官网上宣布你暂停策展，三哥，你认真的啊？”

“嗯。”

书房里，郁泽闵沉默片刻，若有所思地歪了下头，笑了。

“这么想想，你停工、回国……都发生得挺突然的。”

宁孝庾立在一墙书架前，手指停在一册书的书脊上，罕见地走了神。

决定回来，其实并没有旁人所见的那么“突然”。在终于下定决心前，他已经在去留之间徘徊了很久很久了。

他记得那天自己在好友 Sivan 墓前坐了很长时间，喝光了带来的三瓶威士忌。

助理魏桑来找他，匆匆报备接下来的日程，却被他很平静地打断。

“我不打算再做策展了。”他说，“想换个环境。”

听到这样的话，魏桑却显得很平静，或许，在与老板的朝夕相处之中，她早就已经感知到了某些信号。

所以她只是问："暂时还是永远？"

"我不知道。"

只这样简单的四个字，魏桑就知道一切尘埃落定。

宁孝庾已经下了决心。

于是有了其后的归国，入安宁资本成为合伙人，创立艺术基金会……他彻底从策展人宁孝庾，变成了资本新贵宁孝庾。完成转型，也不过用了一年时间。

这一年间，宁孝庾深居简出，鲜与人打交道，几乎像个隐者。

郁泽闵借庄子怡的由头约他看展，实则是想把人揪出来看看，三哥到底是怎么了。

但眼下三哥脸上露出这种罕有的恍惚表情，郁泽闵若有所思片刻，却没再问下去，岔开了话题。

"话说回来，你资助了不少艺术项目，就不打算再资助资助我？"

宁孝庾偏头，视线上下打量他，调侃道："堂堂均宁少爷，问我要钱？"

郁泽闵漫不经心地扯唇："嗐，什么'均宁'少爷，都是虚名。你也知道我爸妈的脾气，自从我开了这个画廊就只顾给我使绊子。我呢，是处处受人掣肘，不比三哥自己当家，想怎么样就怎么样。"

也不知宁孝庾是不是故意装聋作哑，他兀自翻看架上的书，显然没有接茬的意思。

郁泽闵凑到宁孝庾身边，见他手里拿着一本版画画册，立刻投其所好："三哥你看中哪位的版画了，尽管和我说，杭城别的不多，画家可满地都是。"

宁孝庾面色温淡地瞥他一眼："这倒是不必。"顿了顿，又说，"知道NFT吗？"

最近艺术圈子里，这个词儿可没少出现。

郁泽闵怔了怔："你打算在国内做这个？"

NFT，非同质化代币，概念来自于币圈，但最近这几年和艺术扯上了关系，通过区块链手段将实体艺术数字化，进行交易。

就是这种听起来十分离谱的艺术形式，也曾在欧美的拍卖场上风靡一时，甚至有过不菲的交易额。

不久前，就有一家纽约的区块链工作室花了近十万美元，拍下街头涂鸦名作《Morons》并付之一炬，转手又以四倍的价格顺利售出这部作品的NFT版本。

“如果你想把BWV做大，可以考虑实体画廊和区块链做结合。”宁孝庾看似漫不经心，“不算什么新鲜事，欧美市场上早有先例，只是国内没人肯吃第一口螃蟹罢了。”

郁泽闵沉默了片刻，失笑：“三哥，你这是想让我当第一个吃螃蟹的人啊。”

宁孝庾不置可否，慢条斯理返身往外走：“睡了，你也早点休息。”

门开了，宁孝庾却并没能走出去。

无他，有人拦路而已。

女孩穿着那身有点好笑的男士T恤和沙滩裤，短发蓬乱，赤着足立在跟前，一手正揉着眼睛，待看到他，便立刻把手放下，露出被揉得泛红的眼圈。

偏偏她的眼睛又很亮，透着捕猎者般的锐利。

像只小豹子。宁孝庾心想。

两人对视几秒，一时静默。

10.

郁泽闵探头过来问：“怎么样，烧退了？”

谁知堂堂均宁少爷纡尊降贵问了这一句，小丫头虽礼貌地回答了“现在没事”，视线却仍牢牢锁在他三哥身上。

司马昭之心。

郁泽闵挑了挑眉，打量了两人几秒，准备揶揄几句三哥桃花正旺，宁孝庾就开口了。

“有什么事？”

虞照目不转睛地看他，理所当然道：“也没什么，就是饿了。”

“你们晚上吃的菜……还有剩吗？”

论食欲，无论和谁比，宁孝庾估计都会惨败。他做了资本人，身上依然有艺术家的恶习——不好好吃饭。这次的晚餐也是，吃了没两口就先离席，并不知道剩没剩。

他侧身把郁泽闵让出来，朝虞照道：“问泽闵，这毕竟是他家。”

郁泽闵挑了挑眉，心说三哥，你惹上桃花也不能这么祸水东引啊。

虞照虽被他轻描淡写地挡回来，面上却没半点尴尬，笑盈盈道：“但我不是不认识他嘛。”

宁孝庾露出一点意外的表情，欲言又止。

虞照顿了顿，又放轻声音，低声说：“我只认识你。”

她说这话时语气柔软，姿态却非常坦荡，仿佛“初次见面”即是“认识”了。

宁孝庾几不可见地皱了皱眉，似乎是觉得堵在门口也不是回事，偏头朝郁泽闵说：“我回客房了。”

虞照和他本是面对面堵在门口，他突然向前一步，带着一点草木气息的香水味便散过来。

这是她第一次这么清楚地分辨出他身上的味道。

两人离得太近了，出于本能，虞照迟疑地后退半步，顿时失守要塞，只得眼睁睁地看着宁孝庾侧身避过她，举步往走廊另一侧走。

她站在原地怔了两秒，才快步追上去，亦步亦趋地跟在后头，像个小尾巴。

身后的脚步声毫不遮掩，宁孝庾走到客房门口，终于回过身。

大眼瞪小眼半晌，他无奈道：“你要吃什么？”

“蒸羊羔蒸熊掌蒸鹿茸……”

虞照菜名报了一半戛然而止，因为宁孝庾走进房间，并且做出准备关门的姿势。

“等等，我错了——”

虞照连忙冲上去用手挡住，险些被房门夹到，也没生气，还笑呵呵地伸出一只脚堵进门缝里。

“开玩笑，开玩笑。”虞照忍笑道，“吃个醋鱼也行，我不挑。”

“现在是半夜。”被她这样缠着，宁孝庾仍然显得很平静，“我正准备休息。”

话虽如此，他的视线低垂时无意瞥到门缝里的脚，骨骼纤细，皮肤雪白，比她的脸和手起码浅了两个色号。

地板很冷，她怎么不穿鞋?

他脑子里冒出这个和眼前局面毫无关联的问题，手却打开了门，将小丫头让进来。

一个异性闯入领地，宁孝庾不便上床休息，于是转身看着她，表情像在说，你到底要干什么。

虞照佯作无辜，眼睛一眨一眨。

“对不起嘛，我知道打扰你休息了，但我实在是太饿了，不然……你借我手机叫个外卖总可以吧？”

宁孝庾闻言，抿了抿唇，一脸意味深长，她只好解释道：“我手机进水了，一直没办法开机。”

“你可以问你师姐借。”他好心地指了条明路。

虞照苦着脸道：“我都不知道她睡在哪个客房，就算知道，也不好把人叫醒啊。”

他心知眼前这丫头是在胡搅蛮缠，奇怪的是，心里却并没有多少反感，多亏她生了一副玲珑躯壳如花容貌，否则谁会为她步步退让到此。

尽管美色惑人，宁孝庾仍是礼貌地拒绝：“我的手机不外借。”

胆大包天的小丫头泄了气一样，慢吞吞地擦着他身侧往里走，等宁孝庾意识到防线被突破，她已经霸占了他的床尾凳。

她双手撑在床尾凳的边缘，跷着脚，堪堪要倒在身后那张床上的样子，似乎全然不知道什么是“男女之防”，一脸坦然地问：“为什么？”

“你哪来那么多为什么？”

虞照只顾盯着他，不过脑子地胡扯：“因为我求知心切，不耻下问。”

他身形挺拔，犹如劲松，是书里的君子如玉，又是蒹葭依碧树里的碧树。

她突然没头没尾道：“我听到你和郁泽闵说话了。”

“所以？”

“你的名字在我们课上的策展案例里出现过。”顿了顿，她补充道，“英文名，Victor · N。”

宁孝庾神色一时幽沉，看不出喜怒。

“你好像……不是很喜欢别人提你过去的身份。”她眨眨眼，丝毫不觉得这个话题提得没分寸。

“够了。”他打断她，“你该出去了。”

“好吧……”她垂下眼睫，楚楚模样信手拈来，“我也知道打扰到你了，对不起……”

宁孝庾盯了她几秒，忽然举步走到床头，从抽屉里拿出一部手机。

他的妥协来得毫无预兆，堪称莫名其妙。

连当事人虞照都十分诧异，看着递到眼前的手机也没反应过来，发了好半天的呆。

“用完立刻还我。”他居高临下地看着她，视线温淡，不起波澜，“电话也借你了，出去吧。”

虞照乖乖地接过电话，指缘相碰，感觉到他的体温微凉。

“密码？”她点了下屏幕，听到他回答：“六个‘1’。”

她抬眼望见他平静如水的眼神，才忽地意识到，好像她无论做什么，对他都是稀松平常。

原因无他——对他来说，她并不是什么特别的存在。

即便有所谓两次“偶遇”的天时地利，她也未能激起他心中哪怕一丝涟漪。

她压下一丝挫败感，扬唇说声“谢谢”，才终于如他所愿，起身离开。

11.

宁孝庾的这部手机应该不常用，虽是智能机，装载的APP却几乎都是自带的，甚至连微信都没有，枯燥得近乎乏味。

她大着胆子去查通讯录，却发现通讯录等私人信息都被加密了，基本上她拿到这部手机，就只能上上网打打电话，得不到任何信息。

虞照无语地想要下载外卖软件，却蹦出一个用户登录界面，然而她并不知道宁孝庾的登录密码。

所以，宁孝庾这个人到底知不知道什么是点外卖？

手机里什么都没有就借给她？

虞照颓丧地仰躺在床上，想了想，忽然找到了这部手机的最佳用处。

她拆开手机，换上了自己的电话卡，把宁孝庚的电话卡小心翼翼地收起来。

房门突然被敲响，庄子怡在外头问："阿照？我进来啦？"

她答应一声，庄子怡就一脸睡意地走进来："刚刚走廊有人说话，我给吵醒就睡不着了，我和你一块儿睡，没意见吧？"

"当然没意见。"虞照空出位置拍了拍，"求之不得。"

庄子怡哪知道刚刚吵醒她的罪魁祸首就在眼前，迷迷糊糊地躺下，就听到虞照问："师姐，手机借我一下，我点个外卖。"

庄子怡一下子就不困了："你你你——居然诱惑我吃夜宵……"

凌晨一点，外卖到了，庄子怡和虞照毫无形象地围坐餐桌前，大快朵颐。

庄子怡舀了一勺龙井虾仁放进嘴里，嘟嘟囔囔地问话："你怎么回事，说晕就晕，真是吓得我半死。"

"昨天晚上熬夜赶策划书，今天早上睡过头，没来得及吃东西就上高铁了。"虞照说，"结果在停车场又和我爸吵了一架，怒极攻心。"

庄子怡讶然："为什么吵呀？"

"别提了。"虞照想起来就糟心。

庄子怡对虞瑾明的花蝴蝶事迹颇有耳闻，"嗐"一声，无所谓地安慰她："男人嘛，都一样。我爸更过分，要不是他干出那些破事，我妈妈也不会……"她说到这里，抿住唇，没再开口，眼圈微微泛红。

庄子怡家里去年办了丧事，虞照其实知道。这次回来和庄子怡见面，对方却一次都没提起过，她便也跟着当成什么都没发生。

一个人去了，这件事再怎么装傻，都没办法骗过自己。

她不知道说什么，生死面前，任何安慰都显得苍白。

好在庄子怡没往下聊，嗤笑道："不是我要'地图炮'，我们圈子里这些人，可能也就在钱面前最好说话。"

这话带出来三分伤感，家家有本难念的经，虞照叹了口气，开始打岔。

"你知道我开学一回学校上体育课的时候，老师问我什么吗？"

庄子怡摇头。

“她教搏击操的，打过散打，好家伙，盯了我好几节课，后来问我，同学，你在哪做的美黑，给我介绍介绍呗？”

“你怎么说？”

“我说不行不行，那家有特殊要求，得先签生死状，一天晒二十四小时，晒完太阳晒月亮，全年无休，晒出事儿了还不负责。”

庄子怡笑得发抖，过了会儿才轻声问：“刚回来复课，不习惯吧？”

虞照一开始吃急了，搁下筷子休战，双手环腿，下巴抵在膝头，犯了困。

“还好吧，担心我呀？”

“能不担心？”庄子怡数落她，“想一出是一出，书念得好好的突然去当兵，是不是舒服日子过久了要找罪受？我看你就是闲的。”

虞照反驳：“我这是响应号召。况且我上学早，耽误三年回来刚好把年龄拉平，省得在学校里谁都把我当小屁孩，就知道捏我脸，烦死了。”

庄子怡挑眉：“以为这就能躲过摧残啦？做梦——”

她隔着桌子伸手要掐虞照脸上的肉，这才惊觉小丫头脸上的婴儿肥消失无踪，轮廓紧致瘦削得要命，手指只捏出一层皮来。

庄子怡失望道：“唉，阿照宝宝一去不回了。”

虞照挑了挑眉，低头打量自己，试图找出一块能供人摧残的肥肉，找了一会儿就放弃。

“可不是，瘦得只剩马甲线。”

庄子怡正努力健身减肥，闻言正中痛脚，白了她一眼：“你给我闭嘴。”

两人吃完困到不行，也没收拾，留下一桌杯盘狼藉，爬上楼洗漱睡觉。

闭眼前，庄子怡摸了摸虞照的额头，感知温度已经恢复正常，由衷地羡慕。

“自愈能力真好。”

庄子怡放心地把手缩回被子里，迷迷糊糊要睡过去，身侧的女孩突然蠕动了一下，凑近了问：“师姐，你觉得……我对异性有吸引力吗？”

这问题前所未有，惊得庄子怡清醒了一半，睁开眼睛瞪着她。

“受什么刺激了？”

虞照没吭声，额头蹭在庄子怡枕头边上，黑暗里一双眼亮晶晶的。

可惜庄子怡看不见她似笑非笑的坏模样，只觉小丫头纯真可爱还招人疼：“心里有人啦？什么情况？”

“也没什么情况……”虞照转过去平躺着，脖颈的发梢扎得发痒，她抬手抓了抓，脑子里浮现出那人冷淡至极的样子，竟有些恍神。

庄子怡不信：“真的？”

“我就是打个比方而已。”虞照道，“不过师姐，你觉得我要是去倒追别人，能成吗？”

庄子怡一脸不屑。

“嗐，追人有什么正着倒着的？男女博弈，就那么回事，敌进我退，敌退我进，全靠战术。看中了就出手，又不是梭哈，输了倾家荡产。你这么年轻，怕什么？要损失也是对方损失，我们阿照宝宝这么好，我要是男的，就把你天天揣口袋里宠着。”

虞照精神振作，猛地翻身凑到庄子怡颊边亲了一口。

“哎！”庄子怡心头一甜，被小丫头逗笑了，“别光亲近我呀，有本事追个帅哥回来给我看看。”

虞照弯唇一笑：“会的会的，我会努力的。”

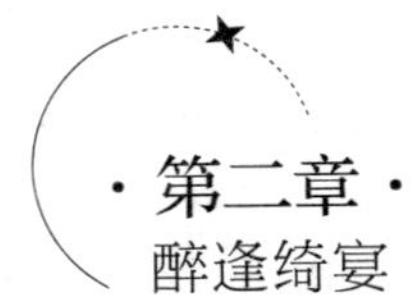

·第二章·
醉逢绮宴

1.

隔天清晨，郁泽闵家里上演了一场唇枪舌剑。

庄子怡策展泡汤，无处发泄，把这笔账算到了郁泽闵头上，指责他为什么要选这么一个倒霉时间开展。

“是请的风水先生太便宜了吧！是不是只会算姻缘不会算日子呀？”

郁泽闵轻易不开口，沉默地抱肩坐在沙发上听训，姿态绅士，开口却一针见血，戳人心肺：“老天下暴雨是为了你好，不然等着人笑话你这展逻辑混乱？”

庄子怡和他怼了几句，并没占到便宜，摔门而去，拎着行李回了海市，盛怒之下，把还有个小师妹在这儿的事彻底忘到脑后去了。

虞照醒得晚，洗漱完下楼来吃饭，立刻就觉出餐桌上气氛不对。

郁泽闵罕见地面如寒霜，宁孝庾倒是一如往常般疏冷，见她下来，也只颔首示意她吃早饭。

虞照坐下来，咬着半个生煎含糊地问：“师姐呢？”

郁泽闵停下筷子，抱肩看了她两秒，说：“走了。”

虞照险些噎住：“走去哪儿了？”

“非亲非故，我怎么知道？”郁泽闵心气不顺地扔下这一句，说句“吃完了”，也走了。

虞照莫名其妙，望向对面仅剩的男人，试探道：“什么情况……他和我师姐吵架了？”

宁孝庾终于搁下筷子，给了她一个不可说的眼神，顿了顿，又问：“你接下来去哪儿？”

“啊？”她一时没反应过来宁孝庾的意思。

“子怡在气头上，做事不着调，把你一个人扔这儿了，不是待客之道，我替她赔个不是。”宁孝庾说话慢条斯理，似乎真的替庄子怡愧疚，语气竟有几分温和，“你要是还想在杭城待一阵子，我让泽闵帮你安排酒店。”

虞照目不转睛地看着他，好一阵子没说话。

宁孝庾面无表情地任她盯了一会儿，总觉得小丫头在打什么坏主意，起身要走，却听她问：“你呢？”

他站住脚，转过头，疑惑地朝她看过来。

虞照认真地问：“你明天还在杭城吗？”

这话问得居心不良，宁孝庾乍听之下，原本生出一股被窥伺隐私的不悦，可瞧见小丫头视线清透纯粹，他一时又没能发作，鬼使神差地点了头。

虞照就笑起来：“那我也在杭城留几天。”

这是明目张胆了。

他闻言似要说什么，到底选择沉默。

对付狂蜂乱蝶，他一向以不变应万变。

虞照明白他要说的是警告、规劝，可她偏偏装傻充愣，笑着起身，一面收拾桌上的碗碟，一面说：“你有事的话就先上楼，这里我来就行了。”

宁孝庾看着她麻利的动作，沉默片刻才说：“泽闵这里有钟点工，到时候阿姨会来收。”

她像是听不懂似的，抬头看他一眼，手上没停：“没关系，随手的事，放久了会有味道。”

宁孝庾起初就注意到，她的手不似寻常女孩那样白净细腻，肤色更深，甚至会看到一些深浅错落的疤痕。

这个小丫头，当真是自己所想的那种寄生他人的菟丝花吗？

如果是，庄子怡怎会和她交好。可如果不是，那天在停车场所见又如何解释？

然而这困惑只在他心头打了个旋，便轻轻巧巧地放下了。

也罢。是耶非耶，与他何干?

宁孝庾转身走出餐厅。

2.

客房门半开，从虞照的角度，回头就能轻易窥见走廊的动向。

可惜宁孝庾始终没有出来过。

虞照跪坐在地板上，慢吞吞地收拾行李，不知过了多久，身后忽然传来窸窣的脚步声，她攥着衣服的手紧了紧，佯作不知继续叠衣服。

紧接着，三下叩门声响起，节奏平稳，力道均匀。

她这才微微扬起脸，故意不回头，说："房门开着呢，有事吗？"

有人缓步走进来，一直走到她近前，她的视线里便闯入宁孝庾灰色的裤脚。

她闻到他身上独有的、木质东方调的香水味，没回头，心里忽地有些发突——这可是他来主动找我的，来干什么?

走神的工夫，宁孝庾已站在咫尺之距，居高临下地看着她。

"虞小姐，你是不是该把手机还我了？"

虞照一时心虚，仰面看他，试探着问："借我用两天?我回海市还你，反正我在F大，跑得了和尚跑不了庙。"

宁孝庾露出一丝费解的表情。

事实上，他也实在难以理解她如此失礼的举动。

从虞照出现在眼前那一刻起，就一直试图踩进他的安全范围，仿佛打定了主意要当他的"自己人"，无论他如何冷待她，她都是嬉皮笑脸，浑不在意。

这难道是传说中的自来熟?

这有点超出了宁孝庾的认知。

在他惯常的生活环境里，几乎没有人敢踩到他的边界，更何况还是一而再，再而三，屡教不改。

宁孝庾按捺着心绪和她对视，那双眼澄澈透明，仿佛这一切只是孩童般的无心之失。

他终于没能说什么，沉默片刻，在房中扫视一圈，看到床头柜上正在充电的手机，走过去拔了线，一言不发地拿着手机走出去。

这部是他的私人手机，上头一点公务都没有，一年到头更是很少响几次。

但是……他并没有把私人用品留在别人那里的习惯。

虞照还跪在地上，情急之下直起上半身，伸手抓住他袖口。

“我手机卡还在里面！”

宁孝庾略略垂眸。

女孩跪在身侧，T 恤领口松松挂着，露出锁骨，俯视的角度所窥更多，他视线平静地将她曲线一览无遗，直到她意识到什么，松开手攥住自己领口。

“你往哪儿看呢？”

虞照抓住自己领口，又觉得这动作实在有些傻，仰面盯住他，竟然不知道要开口说什么。

直到他缓缓蹲身，与她视线齐平。

而后，宁孝庾伸手，牵住她肩头一点衣料，轻轻提起，又用眼神示意她松手。

鬼使神差地，她就松了手。

T 恤被他轻轻提起，悬空肩头一寸，又落下，偏前的领口终于回归正位。他无声地替她整理完毕，又起身，将电话卡拆出来给她。

虞照不由自主地摊开掌心，小小一张手机卡落在手里，回过神，他已经转身走了。

留她跪坐在原地，兀自耳后发热，心潮起伏。

虞照离开时，宁孝庾没再出现。

郁泽闵念在她是庄子怡师妹的份上，好歹专门回来了一趟，尽职尽责地把人送到朋友的酒店，帮忙办理了入住手续才走。

虞照独自瘫倒在陌生的床榻上，觉得自己仿佛做了一场梦——她和宁孝庾在同个屋檐下待了一天一夜。

翻身时口袋里有什么东西硌到了，她伸手去翻，竟然掏出两张手机卡。

是宁孝庾的手机卡。

宁孝庾这种聪明人居然也有脑子少根弦的时候，只顾把她的电话卡还给她，却忘了拿回自己的卡。

虞照忍笑地想，失算了吧。

三分天注定，七分靠打拼。可没那几分注定也是万万不能的。

小小的手机卡在她指间转来转去，最后被放回口袋里。

3.

杭城暴雨一直没停。市区的排水系统不太好，街上在做紧急排水，好几条道都封着。

这几天郁泽闵尽地主之谊，带着宁孝庾四处兜风，为了投其所好，去的地方也十分乏味，喝个茶，听个曲，吃个饭，如此而已。

宁孝庾未见得多满意，郁泽闵怕他觉得闷，又问："晚上去喝个酒？"

宁孝庾一贯地漫不经心道："随你。"

郁泽闵才要开口，电话就响了。

是那个家里开酒店的朋友，名唤张宸，在杭城人称张公子，一接通就道："泽闵，你带过来那姑娘不简单啊，你快过来，有好戏看！"

郁泽闵看了一眼宁孝庾，皱了皱眉："什么好戏？"

"那姑娘竟然和她小妈住同一个酒店，不小心碰见了，被堵着骂呢，搞笑！好久没瞧见这么狗血的场面了——"

没等讲完电话，郁泽闵已经起身："去看看。"

宁孝庾一进酒店大堂，就看见电梯那头围了几个保安，里头时不时传来一个清脆尖锐的女声。

"你不尊重我也就算了，什么时候你老子的感情也得你做主？"

"你是什么小公主啊？全世界都得围着你转？你撺掇你爸和我分手，不就图你爸那点钱吗？怕我一进门就没你的份对吧？"

"你不说话什么意思？看不起我？"

这是一场单方面的发泄，叫嚣的人一句接着一句，自己反倒渐渐心虚。

年轻的女人着一身颜色鲜亮的裙子，打扮得很贵气，挡着一部电梯不让女孩上，保安只能在中间隔着，却不敢对她动手。

就连碰到衣角，女人都大呼小叫，说我是酒店的 VIP，你敢碰我，我就给你发律师信。

于是场面一度僵持。

所幸这个时间大堂没什么人，住在这里的大都是商务人士，也没谁有闲工夫看热闹。

除了张公子。

他一头灰毛分外扎眼，站在那儿乐滋滋地看戏，郁泽闵过去问他怎么回事，张公子乐得讲八卦，开始说前因后果。

“原来那姑娘有点来头，是杭城美院院长虞瑾明的女儿，虞瑾明——你听过吧？”

虞瑾明，杭城的“与可遗风”，动辄画出天价墨竹。

郁泽闵挑了下眉，有些意外，原来只当这姑娘是个巴结上了庄子怡的普通学生，倒没想到她是这样的出身——虞瑾明的女儿，那就是土生土长的杭城人了，怎么还装模作样说无处可去，住了酒店呢？

过家门而不入，挺有个性。

宁孝庾没听过虞瑾明其人，他对中国画画家所知不多，面上露出一丝茫然。

郁泽闵失笑：“圈子里谁都能不知道虞瑾明，但三哥你不知道，就真说不过去了。”

宁孝庾没言声，脸上写着一行鲜明的“此话怎讲”。

“虞瑾明一幅墨竹是怎么炒到现在的地步，要认真讲，和你爸还有很深的渊源。毕竟，杭城是什么地方，画中国画的遍地都是，他虞瑾明凭什么当‘与可遗风’？还不是得有人捧场。”

郁泽闵虽然没有明说，但对宁孝庾来说，却足够串联起因果。

宁仁政在艺术圈算是收藏大手，既然他在收藏虞瑾明的墨竹，当然会炒热虞瑾明的身价。有了宁仁政的“捧场”，才有了如今虞瑾明的“一竹难求”。

这是再简单不过的因果关系。

不过，“艺术”两个字，很多时候都是这样的伪命题，依靠这圈子里的各色手段，以“艺术”之名，行“资本”之实。

宁孝庾并不感到意外。比起虞瑾明和自己父亲的“渊源”，刻下，他真正有些意外的却是另一件事。

原来虞照不是菟丝花，很有可能，那回见到的长头发男人就是她父亲虞瑾明。

车里的艳丽女人，和此刻正歇斯底里的脸对上了号，真相终于大白。

原来从头到尾都是他误会。

是他先入为主，以为她处处纠缠不过是本性恶劣，现在想想，似乎无意中给这朵温室小花下了不少冰霜。

只不过这株小花比较特别，生命力尤其顽强，任他怎么冰雹连天，就是不蔫。

知晓虞照身世的同时，也由此理解了小丫头脸上总挂着倨傲和恣意的因由。

虽算不得出身高明之家，也是书香门第的千金，这样没心没肺似的性格倒很贴切。

宁孝庾沉默地望着远处的虞照。小丫头正被一个衣着光鲜的女人指着鼻子，始终沉默着，脸色不明，让人生出不忍。

张宸还在津津有味地看戏，即时给他们解说。

“那个骂得挺厉害的女的叫李妍妍，是虞瑾明的女朋友，虞瑾明要和她分手，她觉得是他女儿搞鬼。本来碰不着面，事情也就过去了，谁知道偏偏住到一个酒店里，你说巧不巧？是不是有生之年狭路相逢？”

张宸摇摇头，唏嘘：“恶战一场，不能幸免啊。”

那头，李妍妍说着说着已经哭起来：“你以为我容易吗……我就是喜欢他，你非要拆散我们……”

虞照被保安拦在几步外，似笑非笑地看着，始终没说话。

李妍妍又说：“你就想你爸一辈子打光棍吗？你心好狠啊……反正你妈已经不在了，你就——”

话音未落，一兜子东西劈头盖脸地朝女人砸过去。

橘黄的橙子四散滚落，李妍妍本能地伸手挡住脸，头上还是被砸中几颗，当时就蒙了。

“你——”

虞照眉眼弯弯，眼底却有警告：“你最好别在我面前提沈思。”停了停，她又几不可见地笑了一下，“你提我，我不见得打你。你提我妈妈，可就不一定了。”

李妍妍张口结舌半晌，就要冲过去抓虞照的脸。

张宸见势不妙，戏也看够了，连忙让保安把发疯的女人拖出去。

郁泽闵轻笑一声，问张宸：“不是说 VIP 客户不敢动她吗？”

张宸扯唇一乐：“别揭穿啊，我这不是想把戏看完嘛。”

宁孝庾原是在旁冷眼看着，这时却抬步朝那边走过去。

张宸这才注意到郁泽闵还带了一个人来，看着宁孝庾的背影，若有所思。“这帅哥和你一块来的？谁啊？”

郁泽闵说：“浙传学表演的，你不认识。”

“少和我鬼扯——脸倒是演员脸，气场可不是学表演的气场。”

“说得这么邪乎？什么气场？”郁泽闵倒是感兴趣起来。

张宸拳头抵在下巴上，盯着远处的人影，忖道：“说不上来，但我没见过哪个学表演的敢不拿正眼瞧我，而且吧……你看看，他这个站姿，挺老干部的。”

郁泽闵跟着看过去，不远处，脊背松竹般挺直的男人立在女孩面前，一手负在身后，他不由得失笑：“还真是。”

张宸皱着眉催促：“那是什么人物，你倒是说啊。”

郁泽闵瞥了他一眼，语气认真地介绍：“我发小宁孝庾，我打小叫他三哥。”

张宸一脸茫然，心说，这名字在杭城闻所未闻，难道是自己交际圈不够广？

郁泽闵好心地提醒：“百度一下，你就知道。”

张宸不知道是哪几个字，又实在好奇，干脆拿了手机递过去，让郁泽闵在搜索框打下宁孝庾三个字。

按下搜索，关联链接铺满整个页面，翻页还有，张宸有点傻眼，犹犹豫豫地点进了个人百科：“还有百科啊？”

宁孝庚（Victor），男，祖籍海市，国际艺术策展人。

2013年毕业于RCA(皇家艺术学院)。2015年至2017年策划“迷城(迷失的城市)”巡回展，引起国际艺术界高度重视，获年度优秀策展奖。

先后担任卡塞尔文献展、西班牙当代艺术国际双年展和约翰内斯堡双年展的艺术总监……

2018年，宣布暂停所有工作，次年归国，任安宁资本CEO，并创立“Victor”艺术基金会。同年9月，受聘为F大视觉艺术学院名誉教授……

张宸摸着下巴，半天没动静，又看到下头家族关系那一栏，才惊了：“哎哟，他爸是宁仁政啊？”

“怎么？”

“行内不都说宁仁政是老板里最会搞收藏的，收藏家里最会当老板的嘛。”

郁泽闵挺新奇：“现在做酒店的都得知道艺术圈的事儿了？”

“也不是，之前听说宁仁政一堆女儿，就一个独苗儿子在国外，我还当是个草包。”张宸想了想，评价道，“挺低调的，要不是今天见到了，我都不知道还有这号人。”

郁泽闵挑了挑眉，又听张宸好奇道：“他在国外这履历不简单啊，怎么回来了？”

这话问到了郁泽闵的痛点上。

因为他也不知道。

不是没旁敲侧击过，可他三哥这人，事情不管大小都习惯了憋心里自己扛，就算问了也是白问。

郁泽闵耸耸肩：“谁知道。”

一抬眼，瞧见远处宁孝庚走到了电梯口，正蹲身给那小丫头捡橙子，郁泽闵颇感意外，半笑不笑地接了一句：“说不定觉得国内桃花多呢。”

这话堪比诽谤，张宸信他就有鬼了，嗤一声，没接茬。

4.

电梯口，恶女退散，只留下一地狼藉。

虞照蹲在地上，和侍应一同捡起满地橙子，余光却瞥见一个人影。

来人步伐沉稳，气息沉冷。她先是嗅到他身上的香水味，只余后调，像是广藿和琥珀的清香，温淡典雅。

然后，她就看到了他递过一颗橙子的手。

瘦削，白皙，干净。

她忽然想到那首词——并刀如水，吴盐胜雪，纤手破新橙。

她收回心猿意马，站起身，把最后一个橙子扔进袋子，朝宁孝庾粲然而笑。

经历刚刚一场闹剧，她脸上竟没有半点窘迫。

“稀客，宁先生是特意来看我笑话的？”

宁孝庾看了她片刻：“抱歉。”

“你抱歉什么？”虞照莫名，歪了一下脑袋，发顶的呆毛随着动作起伏，有点可爱。

宁孝庾凝视她剔透的眼眸，沉默地弯起一点嘴角，没答。

虞照琢磨了一会儿，突然自己了悟：“你不会以为我也是虞瑾明的……女朋友吧？”

父亲生得风流倜傥也未必是好事，她身量长成后，一同和虞瑾明出现，总被人误会成虞瑾明的红颜，早就见怪不怪。

可现在，误会的人是宁孝庾，她心里莫名有点发堵，却还是大剌剌地笑着揶揄：“难怪，我问你要号码，向你示好，你通通当没听到，原来你以为我是交际花呀。”

她言辞得体，大事化小。宁孝庾却只是望她，仿佛要将她脸上带笑的壳子望穿。

虞照终于垂下头来，被李妍妍的那个女人吵得心情太糟了，连笑都泄露出勉强。她长吁一口气，仰起脸来朝他耸耸肩。

“你也看到刚才发生什么了，我现在心情有点糟糕。”

“嗯。但没必要。”他连劝慰的口气都很平静。

虞照按了电梯，偏头说：“可是很丢脸啊。”

“没人会记得。”宁孝庾说，“只要别把自己想得太重要，这件事就没多重要。”

虞照一言不发地走进电梯，他跟着走进来，她诧异地看了一眼。

电梯门关上，她站在他身侧，咫尺之距，伸手就能触及对方的衣袖。

她这样想着，也就这样做了。

他衬衫袖口上有一颗蓝色的宝石袖扣，她的指尖先是触到冰凉的宝石表面，而后是他的布料，再然后——手指就被他捉住。

呼吸顿住，连带着心跳也放慢，虞照努力掩盖自己的无措。

电梯的镜子反射出他与她凝滞的动作，宁孝庾垂眸望进她眼里，女孩的眸子里一片澄明，半点杂质也不掺。

“虞小姐，女孩子该矜持一些。”他的语气甚至有些温和。

“要是我不想呢？”

虞照略带挑衅地回望，仿佛满身铠甲的战士，只等攻破他这座城池。

她的目光那样笃定，看得宁孝庾微微怔住，略带困惑地挑眉，她已经接着说下去。

“我这个人天生反骨，最不爱迂回婉转那一套，看上谁了就出手，才不管矜持不矜持的。”她轻声说着，反手扣住他手背，“现在我看上你了，可以吗？”

她满身磊落地站在他眼前，说出自己的诉求。

没有迂回，没有暗示，也不谈条件。

虞照把一切摆到台面上来，像个最诚信的生意人那样，问他，我想要这样，你觉得可以吗？如果你觉得可以，我就试试。但她的眼睛仿佛在说，我的试试，是全力以赴，一点也不掺假的。他无论怎么选，都毫无损失。

宁孝庾若有所思地凝视虞照，淬利的眼神一点一滴地消融，却没包裹上温润的假象。

他剖白了自己去望她，发现自己即便遇过各种各样的取舍，深谙权衡利弊之道，也很难抗拒这样义无反顾的勇敢。

尘世打滚的成年人，谁心里没有九曲回肠，摆到面上却只作波澜不惊，他以为芸芸众生无一不同，没料到今天遇见一个只管横冲直撞的。

他觉得有意思，但也只限于此。

宁孝庾沉默地抬手，描摹一样感兴趣的艺术品般，指尖拂过她的额发，掠过鬓边，最终落在发顶的呆毛，轻轻地把那撮不听话的头发压下去，拍小孩一样拍了拍她的头。

这让她一瞬间感觉自己受到了轻视。

“到了。”他送她出电梯，走出几步后停下来，用行动诠释着陌生男女交往应该遵守的社交礼仪——他无意窥视她的房间号。

“我就送到这里，回去吧。”

他将她在电梯中进攻一般的问话轻描淡写地略过。再一次。

虞照慌了一瞬，目送他离开电梯，才面无表情地垂下头，无意识地，攥着袋子的手暗自用力，塑料提手在掌心勒出了深红的一道痕迹。

当夜，雨终于停了。

虞照出门买了新手机，装上自己的电话卡。几乎在信号显示满格的同时，就收到一条新短信。

【电话怎么打不通？说好了要给你接风，看到回电。】

发件人，岩野。

5.

Chill Lounge 坐落在湖滨，毗邻 LV，气质摩登，且视野极佳。

岩野是这里的常客，得知虞照到杭城的消息，立刻在这里订下位置准备接风。找来的朋友也就是群里的老四人组：岩野，虞照，费以丞，向岚岚。

几人年龄相仿，家都在一个校区，从小学到高中便一路同校，后来费以丞和虞照去海市读书，向岚岚和岩野留在杭城，四人才分开，但每逢节假日，只要回来，就会聚头。

只是虞照突然离开后，便仿佛人间蒸发，四人群组此后静如死水。

要不是之前虞照在群组里冒泡问 Chopster 的车主，估计还没人知道她已经回来了。

几个月了，她还一直没来得及和这几人碰过面，心里揣着点莫名的忐忑。

会不会觉得她变化很大？

会不会嫌弃她的短发？

要知道她从前可是个长发飘飘的小公主……

事实证明，虞照想太多。

她一到场，先被费以丞逮住灌了杯黄酒，灼得整个人热烘烘的，才看到岩野起身朝自己走过来。

这一层是卡座楼层，以透明材质隔断各处，背景音嗡嗡地混着人声，却不喧嚣，像极了某种白噪音。

岩野似乎比从前更高，头发短得几乎能看到发青的头皮，他穿深色 T 恤，在明暗交界处辨不清确切的颜色。

记忆还停留在那年高考结束的夏天，她如愿过了 F 大的分数线，他也拿到 Z 大的通知书，向岚岚和费以丞也都打怪成功，几人各自顺利地来到人生的第二阶段，相约毕业旅行。

他们一起去了日本。

炙烫的八月中旬，USJ 环球影城人山人海，她像个最幼稚的小朋友，打卡似的一样一样尝过美食，再试过各种娱乐设施，最终精疲力竭地瘫倒在 Pub 的卡座里，分不清身边揽着肩喝酒的人，到底是向岚岚，还是谁。

清吧里奏着不知名的爵士乐，她在醺然酒意里，听到耳际有人在说话，整个人却迷迷糊糊，觉得烦。

乐队休息的间隙，她终于听清楚耳边传来的最后一句话。

是岩野的声音，那年还有些许生涩，佯作无意，玩笑里带着几分认真。

“阿照，要不然咱俩凑合凑合得了？”

她当时怎么回答来着?

她打了个激灵坐直身体，把他推了老远，说了句“滚啊”，拿起酒杯作势要灌他。对面的向岚岚尖叫起来，笑着去拦，费以丞拍手叫好，一脸看热闹不嫌事大。

那是她记忆里的最后一个美好的夏天。

旅行后，连复盘的时间都没有，几人匆匆奔赴新的征程，有很长一段时间，忙着适应新的环境，新的朋友，连聚会都少有。

再后来，她就离开了，三年间音信杳然。

此时此夜，纵是满眼春风百事非，他们却还在。

看到岩野的第一秒，虞照有些发怔，肌肉记忆却做出反应，像几年前那样朝他伸手，碰了个拳，正要退后时，却猝不及防被拥住。

岩野的力道大得她脊背生疼，剩下两个不怀好意地发出怪叫，她思绪恍惚地感知到对方熟悉的气味和温度，颇有些鼻酸，一时忘记推开。

等到岩野被向岚岚扯开，她才回过神来，皱了皱脸。

“想把我勒死？”

几人哄笑，费以丞不怕事大道：“可不嘛，这小子学了巴西柔术，勒人一绝！”

岩野只是淡淡地弯唇，望着虞照，眼睛很亮，模糊了原本的厉色。

他接过向岚岚递来的酒，一饮而尽。

“可算回来了。”顿了顿，岩野清了清嗓子，不太自在地问，“以后不会突然走了吧？”

虞照觉得肉麻，皱着脸朝向岚岚比画脑子，言外之意：这人脑子“瓦特”了。

几人你来我往闹了半晌，向岚岚靠着窗，朝楼下望了望，忽然道：“那车好眼熟。”

爱车人士费以丞立刻来了兴趣，跟着探头问：“什么车？我看看！”

这会儿工夫，车早就下了地下车库。

向岚岚说：“没什么，你之前帮阿照问过的那个，郁泽闵的车。”

虞照握住酒杯的手指微微一折。

郁泽闵来了，是不是意味着，宁孝庾也来了？

她起身说：“我上个厕所。”便匆匆离席。

岩野坐在原处没动，甚至没有看一眼她的背影。

向岚岚轻笑着瞥他：“咱们虞大小姐这回好像是来真的哦。”

岩野嗤了一声道：“对谁来真的？郁泽闵？”

费以丞耸耸肩：“那可说不准。”

岩野站起身，面无表情道：“我出去透透气。”

“看看看，急了吧。”向岚岚大笑，和费以丞心照不宣地碰了个杯。

6.

坐落在第三层的 V plus 包间十分安静。

放眼望去，是大面积的落地玻璃，顶棚和地板偶有镜面，通过反射将湖边夜景引入室内。偌大空间里，有唱歌区，有长沙发供人休息，打开落地拉门，就是宽阔的露台。

来这里玩乐，本该喧闹，此间却有些冷寂，案头放着红酒和骰盅，几人围坐，扔骰子玩酒令游戏，只传来零星的说话声。

宁孝庾运气不太好，几轮喝下来已经有些头疼，酒令又偏偏是要和身侧人互动的。

身侧坐着一个女孩子，黑裙短发，介绍自己是学表演的，大家都叫她昵称“喵喵”。喵喵依着骰子点数的指示，伸手遮住宁孝庾的眼，等他盲指一人喝酒。

他的眼睫不经意刷过女孩手心，她咯咯笑起来，另一只手轻推他的肩膀，说痒。他在黑暗里抬手，修长的食指漫不经心地绕了一圈，最后指向身侧的喵喵，顿时被一顿奚落。

“这是故意的吧。”

“太不怜香惜玉了吧？”

喵喵倒是不扭捏，落下手来朝他笑：“宁哥哥要我喝我就得喝呀。”

宁孝庾神色如常，看她喝完了酒，就起身说：“你们玩。”

他这样猝然离席，众人一时噤声，并无人敢拦，还以为哪里惹他不快。

郁泽闵和席间诸人交换了个眼色，替他解释：“我哥老年人作息，熬不了夜，没事，咱们继续。”

宁孝庾自顾自地拉开门，走上露台。烟雨微风扑面而来，将周身吹了个彻骨凉。

他一向敏锐，站了片刻，余光便感知到一侧的影子不对，偏头看去，却是一怔。

女孩靠在微凉的墙壁上，从室内任何角度看过去，都是死角，除非有人走上露台。

视线在昏暗里交错，他看到她竖起食指，立在唇上，似乎在请求他不要声张。

他站定不动，一时静默。

她为什么会在这里？是为了找他吗？

她……怎么过来的？

一个莫名其妙的词儿浮上心头——天外飞仙。

紧接着，他自嘲般地笑了笑。

他醉了，所以放任心意地想下去。

她藏在这里，又怎么能算到他一定会走上露台？如果是别人来了，她说不定会被赶走，被抓去问话，又或许在这种场合……会遇到某些危险。

真是胆大包天。

酒精短暂地燃烧了他的意志，巧合一而再地出现，本该像是一场处心积虑，可因为是她，他却生出踌躇。

半开的落地拉门后，远远传来说话声。

“听说安宁资本的宁先生这次是特意来看展的，会不会也是冲着虞瑾明来的？”

“应该不是，好像他这次是给朋友撑场。”

“虞瑾明的墨竹价格炒得越来越离谱，你说我要不要趁机入一手？”

“你想买都难，他的墨竹现在有价无市。”

“这么难吗？”

“上头有人就好这口，你说呢？”

另一人“嘘”了声：“宁先生在前面。”

脚步声停了停，又朝这边走来，虞照微微瞪大眼睛，意识到，他们可能是要来和宁孝庾问个好。虞照一颗心提到嗓子眼，有点着慌。

V plus 包厢出入刷卡，她怎么解释自己凭空出现在这里？说从四楼翻了一层露台下来？这听起来更像是鬼扯吧？

而眼前的宁孝庾淡淡地看着自己，口型微动，无声地说了两个字。

虞照读唇的速度和正常人的阅读速度相差无几，瞬间领悟，不由自主地耳尖发烫。

他在说：“求我。”

脚步声近了，她无意识地抿了一下唇，脱口说：“求你。”

几乎同时，宁孝庾欺身过来，手用力地将她肩头按向墙壁，掌心托住她后脑，垂首。

鼻息交错，他的唇似有若无地停在咫尺，像是马上要吻下来，又像是在诱惑。她浑身肌肉紧绷，视线四处乱飘。

木质东方调的气息将她层层包裹，这一次她终于嗅到他香水里的其他成分，有焚香、雪松……像是山林的气息。

虞照感觉到自己心跳得很快。

她明明没少和异性近身肉搏过，但刻下和从前的任何情况都不同。

她本能地伸手抵住他胸口，头微微一侧，想要避开，又被他落到颈后的手牢牢控制住。

吐息散在嘴角，他用气声说：“别动，小心吻到你。”

她果然僵住，心里却很叛逆地想，难道这个时候你不该吻我？

那两个谈话的男人走到门边，才说了句“宁先生”就顿住。

青年搂着一个陌生女孩靠在壁上，耳鬓厮磨，极致暧昧，手掌掀起她颊侧短发，露出雪白的耳垂。精致的黑色连裤装尽显身材，展露纤腰长腿，水袖带了裸肩设计，她的手搭在他腰间，黑袖白衣，正是合称。

这样的情状，哪里还容得下别人打扰。

两人连忙噤声退出去，还好心地帮他们把露台的拉门合上，也忘了去想，包厢里的女客都在玩酒令，这凭空多出来的一个人到底从哪儿来的。

7.

宁孝庾当然也在困惑，虞照到底是从哪儿凭空冒出来的。他扣住她肩头的手落下来，沿着她腰侧逡巡而过，及至身后，并未找到暗兜——她没有卡。

掌心摩挲而过，虞照起了一身鸡皮疙瘩，险些没提膝撞上去。

幸而他在一无所获后，手落在腰后一段弧度上，没有再动。

虞照定了定神，挑着眉朝他吹一口气：“你吃我豆腐。”

宁孝庾要放手退开，她跟了一步，将他的手扯回原处按住了。

“还想毁坏证据？”

宁孝庾于是一手环抱住她，垂眸注视。

她身材正好，纤秾合度，却有些不知天高地厚，一条腿大剌剌地别在他双腿间，体温透过西裤，灼烫他的皮肤。

他屏息片刻，低声问：“来找我？”

“不然呢？”虞照笑着伸手刮他鼻子，这动作她对向岚岚做惯了，每次都惹得对方脸红，百试百灵。这次却好像没奏效，对方面不改色，好似被蚊子咬了一下。

宁孝庾抓住她作乱的指梢，眼神微暗。

“你怎么知道我在这里？”

“我和朋友过来玩。”她说，“有人看到了郁泽闵的车。”

宁孝庾不带语气地重复：“朋友。”旋即轻轻勾唇，接着说，“我忘了你是杭城人……有家有朋友，却让泽闵给你安排酒店。”

虞照大大方方地说：“我在暗示你可以来酒店找我呀，宁先生。”

宁孝庾简直要冷笑。他要是真去找她，说不定她又要认尿。刚刚佯作亲昵都僵成一块木头，一张白纸，哪来的底气再三撩拨他。

虞照确实没有底气，她自认为已经很用功了，他还是一脸沉冷。给的拥抱也更像某种安抚，松手时轻轻地在她脊背拍了两下。

他说：“送你出去。”

宁孝庾一路环抱着她，让她的脸躲在怀里，把她送出包房。

“我就送到这里，你回去小心。”

小丫头呆呆地站在走廊里看他，有点不敢置信。

“我过来找你花了好大力气。”

“嗯。”

虞照拧眉：“就这样？”

宁孝庾面无表情地转身进去，临关门又回头提醒：“别混着酒喝。”

虞照下意识地闻了闻自己身上，确实不止一种酒的味道。

宁孝庾冷酷无情地走了，门关上，留她在原地眨巴眼睛，回味他那句提醒。

这是……在关心她？但也不能抹平他吃了豆腐之后，还把她赶出来的伤害。

虞照决定记上一笔账。

有侍者走过来询问："小姐，请问您在几号包厢？请出示一下门卡。"

虞照堆出一个笑脸："我走错楼层，马上离开。"

侍者不依不饶地跟上来："小姐，V+ 楼层也是需要刷卡才能按电梯的，请问您是怎么进来的？"

虞照加快了步子，看到走廊拐角，偏头朝侍者微微一笑，倏忽间蹿了出去，一转弯就快步跑向安全通道。

等侍者反应过来追上去，她已经消失在了楼梯口。

回到卡座，岩野不在，向岚岚带着类似于"拈花微笑"的表情看着她。

费以丞拍拍沙发说："坐过来，有话问你。"

这架势仿佛要开三堂会审。

虞照浑身发毛，乖乖地坐下问："怎么了？"

向岚岚一抬手说："等着。"然后迅速在桌上用若干小酒杯摆出一个大型飞机。

这是要和她拼酒？

"下面我们问你的，能说就说，不说就喝一杯。"

虞照恍然。

刚刚吃喝玩乐都是客套，这才是损友们的脾性，她一声不吭地出走，三年间音信全无，他们早该兴师问罪，要是一直闭口不提，她才害怕呢。

虞照松了口气，露出"终于来了"的表情，摊手做黄飞鸿状："请。"

8.

岩野回来时，正赶上向岚岚问："你是不是看上郁泽闵了？"

他于是在虞照身后顿住脚，不声不响地听。

"乱猜什么？我就问了问那辆车是谁的！"虞照大感冤枉。

岩野眯了眯眼，露出一点笑意。

"我看上的不是他，"明明酒意醺然，这句话，虞照却说得近乎冷静，"是另一个人。"

话音才落，岩野坐到虞照身侧，在几人视线里拿起一杯酒，偏头看向虞照，面色沉冷。

“是谁？”

向岚岚和费以丞默契地闭上嘴，看着虞照。

虞照来后一直没有剪发，头发疯长，落下来堪堪及耳，比刚回来时柔和许多，只是没什么形状。她正偏头与岩野对视，碎发便从耳后落出来。

岩野等了半晌，只等来她狡黠一笑。接着，手中一空，她拿过酒杯一饮而尽。

几人毫不掩饰惊讶地交换了几个眼色，半晌无言。

这个问题，她竟选择不回答。

散场后，向岚岚死活拉着虞照去她家住，虞照只得答应。车行途中，两人并排坐在后座，向岚岚疲倦地扯着虞照的胳膊，把头枕在她肩上。

虞照看着肩头的女孩，一时百感交集，抬手替她理了理额发。

“阿照。”向岚岚闭着眼睛唤她。

“嗯？”

“岩野……”

“我知道。”虞照截断了话头。

向岚岚静默片刻，含糊地问：“不考虑一下？”

“我有人要追。”

“到底是谁？你真喜欢那个人？”

虞照沉默几秒，窗外流光滑过眼底，映照出一片深邃。

“算不上喜欢。”她垂眼，扯着嘴角笑了一下，“就是有点好奇吧，目前……”

倏地，那人清寒的眼，不起波澜的神色，以及衣服上宝石蓝的袖扣，种种画面悉数浮现在眼前。连她都没有意识到，不知不觉中，他身上的每一寸细节她都铭刻在心。

她一霎顿住，似乎为了说服自己似的，重复道：“嗯，目前为止，我对他只是好奇。”

可是心在隐隐地抵抗她的答案，好像在否认道，不止。

我对他，好像已经不只是好奇。

9.

凌晨时分，宁孝庾启程回海市。

助理魏桑亲自开车来接人。魏桑和宁孝庾年龄相仿，却总觉得老板像是自己的长辈。

“宁先生，您喝多啦？”魏桑从镜中打量后排的人，只觉气场有些不对。

老板面色如常：“还好。”

魏桑说：“到家估计还要俩小时，您可以稍微睡一下。”

宁孝庾拿出手机，开机却微微一怔。

屏幕左上角显示着“您的 SIM 卡未插入”。

他几乎立刻就想起前因后果——卡可能还在小丫头那里。

“魏桑。”

“哎。”

“挂失我的电话卡。”停了停，他又补充，“尽快。”

魏桑问：“哪张电话卡？”

“私人的。”

魏桑毕竟是个女人，八卦之心燃起，终于没忍住，好奇地问道：“怎么手机好好的，就卡丢了？”

若照往常，宁孝庾多半沉默带过，不见得回答。今天他却难得开口，语气隐隐揶揄。

“被小毛贼偷了。”

魏桑纳闷，被偷了，还挺高兴?

她从镜子里瞟了一眼，老板仍旧神色淡淡，仿佛刚刚口气里的揶揄只是她的错觉。

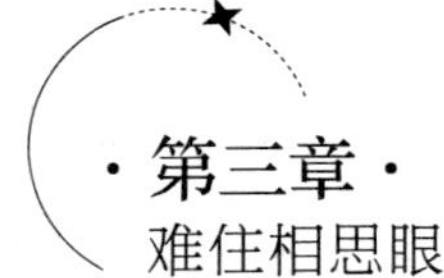

·第三章·
难住相思眼

1.

海市，创业产业园 A 区，三楼走廊里，传来清脆的声音。

“我的梦想是拥有一只自己的艺术品基金。”

庄子怡一身干练的名牌西装，腕上一块全球限量圆桌骑士手表，怎么看也不像是能艰苦创业的。

她身后跟着几个刚招进来的艺术学院的毕业生，一脸稚气地听美女老板憧憬未来。

而站在美女老板身侧的一个女孩，抱肩靠在走廊墙壁上，显得有些吊儿郎当。鸭舌帽遮住她的眉眼，只露出刀锋般的下巴，以及高挺的鼻梁。

庄子怡带人参观完办公室，优雅地回过身。

“记住，梦想才是第一生产力。最大的天赋是什么？”

员工们齐声说：“喜欢！”

庄子怡拍拍手：“很好，干活去吧！”

几人稀稀拉拉地散开，回到座位开工。

虞照笑道：“你这不是传销吗？”

庄子怡道：“放屁！”又伸手去揉阿照宝宝的脸，致力于把婴儿肥揉回来，“来不来？跟我干？”

虞照被她摧残得脸都变形了，含混不清地应：“好啊。”停了停，又说，

“就怕林笃院长不高兴。你这工作室他不是投了钱吗？”

关于林院长和虞照的恩怨，庄子怡有所耳闻。

这位林笃院长是视觉艺术学院的一把手，更是沈思的恩师，算起来，该是虞照的师公。可偏偏林笃并不待见虞照，但凡有什么策展活动，虞照的申请一概石沉大海，直到虞照响应国家号召跑去当兵，林笃的“小鞋”才告一段落。

庄子怡略带忧伤地纠结了一会儿，又满不在乎地摆摆手。

“没事，他顶多不待见你嘛，手还能伸到我这里来？我这里又不接学校的项目。况且他那点钱在我这里算什么呀，我是不好意思驳他面子而已……”

庄子怡说着接了个电话，挂断之后又说：“有新活儿，是个杭城的新人画家。下周末你和我一起去。”

手机忽然嗡嗡振动，虞照掏出手机，心不在焉地问：“去哪儿？”

“杭城啊。”

虞照“哦”一声，低头看手机。

手机定位界面，红色光点一闪一闪，正朝一个方向移动。放大地图，市郊地区，离这里不远，没什么标志建筑，几乎靠近荒山野岭了——他这是要去哪儿？

她食指一顿，却掠过一个名称十分眼熟的地标：龙腾射击场。

她歪着头似乎想到什么，庄子怡还在和她说新人画家的事情，她急着走：“我先走了啊，回头说。”

庄子怡诧异道：“去哪儿？”

“去谈恋爱啊。”虞照说，“革命尚未成功，同志仍需努力。”

庄子怡一下子来了精神：“你等等！你到底看上谁了？是海市人？”

虞照纠结片刻：“确切地说，他是一半海市人，一半杭城人。”

她并不太清楚庄子怡和宁孝庾到底是什么关系，说这话也有些试探的意思。喜欢归喜欢，万一伤了与师姐的感情，可就不好了。

庄子怡琢磨半晌，忽然晴天一声霹雳，炸出一个名字来。

这说的不是宁孝庾吗？

再想想这阵子虞照接触过的异性，除了宁孝庾这样的人，还有哪位能引得小丫头红鸾星动?

难道那天让三哥出去接人，小丫头就一见钟情了?

庄子怡痛心疾首，小丫头肯定是没见过三哥吓人的时候，被那张脸给欺骗了。现在的一腔热血，也只是少女懵懂，一旦知道三哥的真面目，肯定就不会沉沦下去了。

她可真是太懂了，想当年，她也是一样的心路历程!

庄子怡心里五味杂陈，皱着脸问：“师姐奉劝一句，追宁孝庾，你可真的是想不开。话说回来，你到底喜欢他什么？”

虞照理直气壮地说：“帅啊。”

庄子怡无语片刻，道：“祝你好运。”语气里透着“等着看你作死”的惋惜，却并没有吃味的意思。

虞照松了口气。

警报解除，唯一的担心也消失，她决定放开手脚，松松筋骨，好好打一仗。

她是蓝方，宁孝庾是红方，连敌方的作战指挥室都尽在掌控，供她随时追踪，还怕仗会输?

却没人能告诉她，恋爱和打仗是两码事。不论怎样，到最后总是会有输家。

2.

露天射击场，绿地一直蔓延到场地边缘，阳光明晃晃地洒落，时不时有砰砰枪响传来。

虞照肩上挂着一杆双管猎枪，摘下护目镜，坐在场边的休息区，和人勾肩搭背地侃大山，对顾客指指点点说尽坏话。

客人枪响过后，程昱问：“打得咋样？”

虞照煞有介事地点评：“起枪不稳。”

程昱就哈哈大笑。

旁边几名教练无奈地看看自家老板，恨铁不成钢。

不就是个小丫头片子嘛，不就比打飞碟靶打输了嘛，一会儿工夫就一口一个“阿照”，亲得和自家人一样。忘了刚刚怎么被小丫头嘲笑枪法烂了?没骨气。

程昱席地而坐，一肘撑在虞照肩上，丝毫不觉得自己要把人压垮了。

“原来你就是那个阿照？我听刘队念叨你好久了，想着，怎么也不会真和传说里一样是个娃娃吧，今儿一看，长得真是个娃娃样儿。”

程昱过去也是当兵的，几年前伤病退伍，转业了。

虞照也没想到，她不过为了一句“飞碟靶场只对 VIP 开放”，赌气要和这里的老板比赛，居然就遇上一位前战友。

程昱和虞照你一言我一语地评论半晌，有人小心翼翼地凑过来，说：“老板，到了。”却欲言又止。

程昱却像是知道对方要说什么似的，笑容收敛，点头问：“在哪儿？”

“到门口了。”

“给这边清场吧。”程昱说着站起身，“其他射击场地照常。”

虞照见他要走，连忙跟着起身：“这里清场？”

程昱回过身看她，龇牙一笑，皮肤黝黑，牙齿雪白。

“是啊阿照，让人带你去边上的场地，我就先不陪你玩了。”

虞照露出扫兴的表情：“什么来头，过来打飞碟靶还得清场？”

程昱伸手一扒拉她脑袋，嘿嘿乐了：“什么来头？总之你是惹不起，所以乖乖给人家让地方。”

虞照躲开他的手，皱着眉说：“成成成，你少碰我的头。”

她说话流里流气，当兵时被一堆北方人带跑偏了，只要不和轩飞光在一块，就一点吴侬软语的调调都没有。

程昱心底没设防，更不拿她当姑娘，伸手搭着她肩一道往外走。

“送你一程。看程大哥对你好不好？”

宁孝庾从远处举步走来，就瞧见这一幕。

虞照和程老板勾肩搭背，亲昵得仿佛情人。她其实很高，足有一米七二，虽骨架纤细，却胜在肩宽腿长，线条矫健，站在一米八八的程昱旁边，即使小了好几圈，气场上也没有特别违和，不至于让你觉得是美女和野兽。顶多一个是幼年美洲豹，一个是成年美洲豹，总之肯定都不是圈养的。

宁孝庾走着走着停住，身侧引路的人怔了一下，不明所以。

“宁先生？”

那头程昱已经瞧见他了，松开虞照走过来，爽朗地笑。

“宁先生来啦！”

他和程昱握了握手，视线却落在身侧的虞照身上。

小丫头正笑着看向自己，却不像之前一样主动吭声，他于是低垂视线，几不可见地勾唇。

学会敌不动我不动了，有意思。

程昱见虞照没走，指了指前头：“那边还有个靶场，我让人带你过去。”

宁孝庾说：“不用了，她和我用一个吧。”

程昱简直头皮都炸起来了——原来这位宁先生还能说这么长一句话呢？

等等，不对劲啊，这人平时来都一副方圆几里生人勿近的姿态，这会儿见着个丫头，怎么就突然人设崩塌了？

程昱眨眨眼说：“宁先生，不好意思，阿照不是这里的工作人员，是我朋友……不然这样，我给您找个女枪手陪练，您看成不？”

宁孝庾本来已经走出去几步，闻言回过身，似笑非笑地拿下巴一点。

“你问问她，到底要在哪儿。”

虞照背着手，一步步蹭过去，朝程昱吞吞吐吐地说：“哥，我……这不是……嘛……”

程昱哪听过她说话这么弯弯绕绕的，头皮又炸了：“你好好说话！”

虞照于是字正腔圆地说：“我这不是在追人家嘛。”

程昱没反应过来，又或者说他根本不敢想，居然有人胆大包天敢追宁孝庾。

“追谁？”

虞照用眼神示意，朝前一瞟，又对程昱点点头，意思是：就他，没错。

程昱忽然整个人都不好了。

3.

偌大一个露天飞碟靶场彻底清空，长方形场地，五个站位，三名教练，一名老板，十五台抛靶机，全部为宁孝庾一个人服务。

虞照支着下巴，心想，可宁孝庾看起来还是不开心。

他要是能笑一笑就好了。

没人说话，全程只有宁孝庾选枪、上子弹时发出的细微声响。

宁孝庾准备完毕，扛枪站在一号站位，教练喊了“开始”，他动作利落地看靶，起枪，扣扳机。砰一枪过去，什么颜色的烟雾都没有，脱靶了。

程昱和虞照并肩坐在后方，安静地看完全程。

程昱试探地问：“这枪打得咋样？”

虞照一本正经：“完美。我就感觉这风突然吹过来了，不太好。不然肯定打中了。”

程昱一脸愤慨，压低了声音说：“你怎么能这样？”

虞照眨巴着眼睛看他：什么样？

程昱心道，亏我以为你是个对枪法铁面无私的正经人，原来双标这个词儿说的就是你。

虞照无声忍笑。

这时候第二枪又响了，空气里干干净净，啥都没有。

又脱靶了。

虞照终于忍不住小声问：“他到底会不会打呀？”

程昱也摸不着头脑，这位宁先生头一回来，打第一轮就十五靶全中，后来他才知道，人家在国外成天练这个玩。今天怎么发挥失常？难道因为有虞照看着，紧张？

这时候，有人走过来问：“宁先生，有一位姓孟的先生到了，请他进来吗？”

宁孝庾点点头，把枪放下。

孟总进来后，宁孝庾就没再打，于是所有人就看着孟总打。

这位孟总三十岁上下，是真的一点都不会，脱靶不说，还乱跟靶，很容易误伤别人。几枪下来，他自己也知道危险，放下枪和宁孝庾聊公事。

虞照看两人站在靶场上聊天，心道，浪费。

她大模大样地走过去，拿了枪问宁孝庾：“我把这轮打完？”

两人谈话正告一段落，宁孝庾漫不经心地扫她一眼，只是点点头：“去吧。”

过了一会儿，耳边传来枪响，孟总耳朵震得发疼，连忙把耳机戴上，回身去寻，却见那短发美少女正端着枪，随着飞碟迅速移动，下一枪又“砰”地中了。

孟总惊艳道：“那位小姐是靶场的射击教练吗？”

宁孝庾目光微凉地望过去，没搭腔。

事情聊完，孟总知趣地提出告辞，宁孝庾说：“不送了。”

见宁孝庾转身朝那个女孩走过去，孟总蓦地恍然，暗自后怕，幸好自己没再多问那美女什么，连忙快步离开靶场。

虞照打完一个站位，正要移动，看见宁孝庾走过来，展笑。

“接着打吗？枪给你。”

宁孝庾从善如流地又打了一枪，不出意料地脱靶了，他脸上没半点失望，平静地放下枪换子弹。

虞照英雄病发作，吊儿郎当地说：“我教你打呀？”

话一出口，又觉得这个提议可能会伤害对方的自尊心，毕竟众目睽睽之下，宁孝庾连着几枪都脱靶了。

宁孝庾暂停手上的动作，面无表情地看她。

虞照连忙补救：“我的意思是，我们互相学习学习？”

她有点紧张地观察宁孝庾的表情，生怕没找补回来，却见他垂下眼，平静地说：“好啊。”

靶场上已经很久没响起枪声了。宁孝庾和虞照凑在一号站位，离得很近。俊男靓女站在一处，十分惹眼。

程昱在后头一直看着，原本奇怪为何今天宁先生水准尽失，看到这一幕，才突然了悟——阴险，这是引阿照上钩呢。

这哪是阿照倒追？明明就是入了套还不自知，蠢死了。

虞照浑然不知，正专心地授业解惑。

“其实口诀很容易，看清靶，稳起枪，快扣扳机，但就是全都做到很难。”她自己举起枪，示意他看清自己如何跟靶，“你看我打。”

教练说：“开始！”

飞碟抛出，枪口迅速跟踪移动，准星到位，食指熟练地扣下扳机。“砰”

一声，橙色烟雾在空中升起，又很快随风散去。

虞照很久没因为开枪这么紧张过，她感觉整个过程里他一直在注视她。那眼神甚至有些肆无忌惮，像要逡巡过她每一寸轮廓似的。

她放下枪，架在肩头，才发现手心出了细细一层汗。

偏过头，宁孝庾伸手为她摘下耳机，垂首凑近。耳郭的汗毛被柔软的唇瓣掠过，她下意识地缩了缩脖子，整个人都僵住了。

他在说：“打得很棒。”

虞照无法形容此刻的感受，风吹透她额发里的汗，激起战栗。她眨了眨眼，把枪还给他，心怦怦跳个不停。她有点慌张地偏头避了一下，转身离开射击区域。

4.

暮色降临，宁孝庾换了衣服出来，准备叫上虞照一起走。

视线寻过去，虞照仍旧盘膝坐在地上。程昱坐在她身侧，没敢再搭肩，却低头小声地和她说了句什么，她脸上露出笑容来，粲然而明朗。

宁孝庾缓步走过去，和程昱打了个招呼，转向虞照说：“走了。”

虞照听话地起身，和程昱道别：“哥，我先走啦，回头见。”

宁孝庾开一辆黑色迈巴赫，优雅外表下藏着一颗强劲心脏。

虞照认出这是独一无二的S级双门跑车系列，当时计划出产百辆，流入市面上的则更少，因为稀有，收藏价值甚至大过车子本身的优越性能。

她羡慕地绕着车看了一圈，啧啧赞叹，说一声：“帅。”然后才坐上副驾驶。

一偏头，宁孝庾仍旧容色温淡，漫不经心地朝她望过来，眼底却淬寒。

他不高兴？虞照想，因为脱靶觉得丢脸吗？

宁孝庾说：“你去哪儿？”

虞照说：“我回学校。”顿了顿，又努力“营业”，“真是太巧了，在这里都能碰到，我们真是心有灵犀，没想到你也喜欢打飞碟靶。”虽然打得那么烂。

宁孝庾轻描淡写：“你和GPS比较心有灵犀。”

虞照微微一僵，没料到借用他手机时顺便定位他的事情被当面揭穿，视线犹疑地扫过去，偷看宁孝庾的脸色。

“你要把定位解除吗？”

“不然？”

虞照说：“那我以后就不能和你偶遇了。”

她想了想，总觉得这件事还有商量的余地，双手合十，眼巴巴地道：“请给我个可以刷存在感的机会？”

宁孝庾不为所动，从鼻子里嗤出一声轻笑。

虞照绞尽脑汁，突然心生一计，决定下套：“不然，你和我打个赌吧？”

宁孝庾偏头用疑惑的眼神看她。

“就比飞碟射击。”虞照自觉胜券在握，毫不脸红，“一轮十五靶，如果我赢了，你就不许解除定位；如果你赢了，我就……我就请你吃顿饭。”

宁孝庾轻笑一声：“我为什么要图你一顿饭？”

原来一顿饭人家还看不上眼。虞照纠结道：“那你说呢……你想要什么？”

“我赢了，你答应我一件事。”

虞照眨眨眼，莫名心里有点发突：“那你得先说是什么事，回头你让我去抢银行，我也去吗？”

“我让你抢银行干吗？”

这倒也是，虞照想了想，试探道：“那你要我干什么？”

宁孝庾看了她一眼，语气轻描淡写，却没有商量的余地。

“现在不能说，赢了才告诉你。”

虞照见他铁了心不开口，也不再追问，心道，反正你也赢不了，不说就不说，烂在肚子里更好。于是她乐滋滋地点头：“那就这么说定啦？”

宁孝庾略一弯唇，算是默许了。

她没瞧见他眼睫遮掩下的揶揄，只暗喜自己成功地迈出一步，皱着眉试探：“那你什么时候有时间？”

宁孝庾默了片刻，反问：“你一向都这么直接？”

虞照噎住："你指哪方面？"

宁孝庾轻飘飘地看了她一眼，她就了悟，吊儿郎当道："也分人嘛。"

暗示到此，都不用点破。宁孝庾脸上依旧看不出表情，可至少没有讨厌的痕迹。虞照暗暗松了口气。

车窗外掠过不知名的景物，也不知开到了哪里，虞照看着窗外走了神，视线黏在一座圆顶建筑上，经过后还在好奇地转身回望。

等转过头，他的手忽然探过来，温热的掌覆在她肋下，几乎盖住纤细的腰身。

她浑身僵硬，本能地屏住呼吸，隔着一层薄薄的衣料，怕他感知到自己呼吸的幅度，更怕泄露肌肉本能的紧绷和由此可知的生涩。

她要追人，怎能自曝毫无感情经验的底牌？

她所有意志力都用来与紧张抗衡，却还是被他当下就戳破了纸老虎皮。

在她肌肉紧绷的瞬间，他几不可见地勾了一下嘴角。

她警惕地偏头看向他，下一刻，车子不甚剧烈地颠簸了一下，再恢复平稳时，他的手已经自如地收回。

这一切不过发生在须臾之间，他从容得仿佛什么都没发生过，只她一人反应不及，兀自呆坐。

她下意识地抬手覆住余温尚在的地方，迟迟明白他突然伸手按着她是为了什么。

车子经过一个减速带，为防受到震荡，他出于礼节，伸手护住她——如此而已。

虞照好一会儿没有说话。

她想起她过去习惯了伤痛与颠沛，在山路上负重奔袭，再苦再累也不曾皱过一下眉头；想起那几年她无数次跌倒又爬起来，无法分辨疼痛程度的轻重，只知道肉体生死，意识有无的区别。

甚至想起，她在自以为是公主般的童年里，也从未得到过这样体贴入微的关怀。

浑身艺术细胞的父亲爱红袖添香胜过阖家团圆，而母亲至死都在为热爱的事业奔波，最终客死异乡。

于是她总是一个人。

取回母亲骨灰时如是，休学离家时如是，决心归来时如是，选择毫无退路地靠近宁孝庚时，亦如是。

她与几个发小再亲近，却不愿告知这半世有过多少死生别离。

向岚岚有次无意般和她说，阿照，我总觉得你身体里住着一匹孤狼。

而她只得无言以对。

“抱歉。”宁孝庚发觉她的沉默，说，“以前总是弟弟们坐边上，一时忘了你是个姑娘。”

虞照轻声地、不可自抑地听到自己脱了轨。

“有没有人说过你很温柔？”

“嗯。”宁孝庚停了车，解开安全扣。

她问：“谁说过？”

他眼神温淡：“你刚刚不是说了吗？”

虞照歪着头看他，想说，我没说，我只是问你。

“你心里说的。”停了停，他像是看出她的意思，接着道，“我听到了。”

虞照怔住。

是心跳，是眼神，还是呼吸。总之，她脏腑内某处壁垒正为之陷落。

她想，不太对，我原本不是这个打算。我好像设了个套，把自己套进去了。我现在要出来，还来得及吗？

没人能回答她。

宁孝庚不知何时走到她这侧，为她打开车门。

“到了。”

她回过神，发觉车子规规矩矩地停在校门口，并不进去。

这个时间，学生们刚吃过晚饭，正是展开夜生活的时候，校门口不免人来人往。

宁孝庚立在车边，一手扶住车门，无论是样貌还是姿态，都像极了言情剧桥段，一会儿工夫就引来不少注目。

虞照偏偏要慢条斯理地下车，让人看个够，要是误会就最好，能和宁孝庚扯出一桩桃色绯闻，也算是一点进展不是？

“我进去了？”她走了两步，又觉得不甘，回过身问，“比赛时间还没定。”

他正要上车走，闻言略略转过头，漫不经心地道：“你定。”

虞照迅速盘了盘自己的课程表。

“那……这周六我们射击场见？”

宁孝庾不置可否地一笑，周遭的声响其实有些嘈杂，他或许是累了，声音哑下去，放轻了许多。

“好。”

那态度不冷不热，让她莫名有些失望，眼睁睁看着他驱车离开，长出了一口气，才往回走。

虞照觉得自己的心被搞得七上八下。

这人一下招惹你，一下又不吭声了，真是好烦。

5.

周六这场比赛，虞照想不到自己会输给宁孝庾。

可面前的一切又在告诉她，这件事真的发生了。

“砰”一声，飞碟靶在空中炸开彩色的烟雾，又瞬间随风消逝。

宁孝庾打完最后一个站位，熟练地放下枪，摘了耳机，然后，回头看她。

虞照按住内心那个目瞪口呆大喊骗子的小人儿，尽量保持淡定地朝他牵动嘴角，勉强挤出一个礼貌的笑。

“你赢了……进步挺大啊。”

“承让。”宁孝庾面无得色，走到近前，颔首凝视她，“毕竟士别三日，当刮目相看。”

您这堪比职业运动员的枪法，是几天能练出来的吗？合着是从一开始就拿她当傻子逗呢。

亏她为了不让他自尊心受损，自告奋勇先打不说，还故意漏了一枪，真是失算，失算。

虞照自知上当受骗，内心一时扭曲，几乎想脱口来句有种咱们来真的。

可是自己那段经历搁在寻常人眼里怕是骇人听闻，她也不必自揭老底，权当吃一堑长一智。

总归知道了，这男人可不是想象中衣不染尘的谪仙，往后得小心。

“走吧。”宁孝庾捡起衣服。

她露出一个得体的微笑，别开脸：“呵呵。”

不谙呵呵二字精髓的宁孝庾诧异地看了她一眼，见她表情冷酷，眼神复杂，忍不住摇摇头，罕见地露出一丝笑意。

两人离开靶场时，一个沉冷如常，一个情绪低迷。

上车后，虞照收到微信。

来自默默围观她被完虐的程昱。

程昱：【为什么是猪呢？ JPG.】

这就是看破不说破。连程昱都早知这男人来了一招请君入瓮，偏偏她一个人蒙在鼓里，五味瓶打翻在脏腑，真是滋味难言。

阿照：【点烟 JPG.】

她竟然也有点想问自己：我明明一个酷女孩，到宁孝庾这里，为什么就成了猪呢？

大约是她一路上丧得太过明显，宁孝庾开着车的间隙瞥了她好几眼。

女孩毫不掩饰心情，歪着身子把头靠在车窗上，面无表情，两眼发直。偶尔颠簸撞了一下，她也不吭声，直起身揉揉额角，再靠回去。

如是反复几次，宁孝庾终于忍不住沉声道：“坐直了。”

虞照闻言倏地直起身，像被老师抓了现行的小学生，听见身侧传来的轻笑，才反应过来。

她耳后滚烫地靠在靠背上，想回敬几句，却不知该说什么，只好抿唇垂眼装乖。身侧的人却仿佛什么都没发生过，只偏头看她一眼。

虞照讪讪地别过头，佯作看向窗外，却忽然意识到什么。

这是……要往哪儿去？

她眨眨眼说：“这好像不是回学校的路。”

“今天是周六。”宁孝庾淡淡道。

“所以？”

“你输了。”

“没错。”

虞照一时语塞，眼也不眨地看着他的侧脸。可惜对方并没有赏脸回她一个眼神，直到红灯，车子缓缓停下，宁孝庾才转头看着她，眼神平和地提醒："你输了，要答应我一件事。"

虞照怔了几秒，问："但你还没说是什么事？"

"什么事你都应？"

宁孝庾一手落在膝头，用很放松的姿态向后靠着，歪头凝视她，神色仍是冷淡，却莫名带着揶揄。

不知道是不是错觉，虞照忽然觉得，这位宁先生的眼神有点不正经。可思来想去，他什么都有，她一无所有，她能应他什么事？又怕应他什么事呢？

虞照不怯场地扬了扬下巴，丝毫没示弱。

"啊。合法范围内，什么都能应。"

下一秒前方绿灯，虞照没等来其他反应，只得到一句不带语气的"嗯"，他便继续专心开车，再没看她。

虞照忍不住又开始苦恼：他这个"嗯"到底是什么意思？

· 第四章 ·
莫问自危

1.

寸土寸金的市中心，武定路上，漆黑的雕花铁门将一幢联排别墅封在院落内，神秘而幽邃。

蔷薇爬满了古旧的楼墙，直至宁孝庾驱车进去，虞照还透过车窗盯着那些粉白错落的蔷薇花。

下车，转脸便看到院中的白玉兰树，正值花期，硕大而漂亮的玉兰花伸展在枝头，借着昏黄的灯光看过去，恍若凭空缀在夜幕里的一笔罨画。

宁孝庾将虞照带进了民国旧址一样的地方。

“这是哪儿？”虞照好奇道。

博物馆？景点？这么晚景点还开着？

宁孝庾迈上两级台阶，走到门前，伸手输密码。

虞照蓦地抿住唇，不吭声了。

他拉开门，伸手示意她进去，以行动陈述，这是他家。

进门后，虞照换了拖鞋，很拘谨地落座在沙发上。宁孝庾暂时离开去给她拿水。

她无聊地四下打量，视线回到脚下的地毯，不由自主地屏住呼吸。

这个米黄色的地毯……有点像旧玩意儿。

毕竟专业所在，虞照本能地对这种风格别致又来历不明的小玩意儿敏感，小心翼翼地打量了半晌脚踩着的花纹，把拖鞋挪了又挪，最后干脆脱了鞋，在沙发上抱膝坐着。

宁孝庾拿了水回来，就看到小丫头抱住膝盖，蜷缩在沙发上，歪着头目不转睛地看着地上那块地毯。

深秋天气，她只穿了件宽松的 T 恤，袖子长得遮住手指，下身是条及膝的牛仔短裤，很宽松，随着她抱膝的动作，裤腿自然地缩上去，几乎到了非礼勿视的位置。可即便如此，也不曾抹杀一身毫无来由的磊落。

因为磊落，她不知道自己正踩着异性的界限这个事实，似乎也变得情有可原。

宁孝庾收回视线，无声地抿唇。

粉红色的饮料瓶递到她身侧，她小小地受了惊，松开手接了饮料，抬眼看到他，又踌躇着不知该不该把腿放下去。

“踩吧。”他又把她手里的饮料拿回来，拧开了才还给她，漫不经心地道，“地毯铺上就是用来踩的。”

话虽如此，但虞照把脚重新放下去，还是克制了一点力道。

“能看出来是哪儿的东西吗？”

虞照迟疑道：“像是新疆的东西。”

米黄色的毯子上，以深赤色丝线绣了骆驼队的轮廓线条，整体干净而流畅，画风很有民族特色。

“嗯。”宁孝庾又问，“年代呢？”

虞照抿唇，露出两个小括弧：“这个真看不出……”

宁孝庾在她身侧隔着一臂的地方坐下来：“清朝。”

她眼睛瞪大了一瞬，看了看他，又低头看地毯，两手攥着饮料瓶，像只捧着松果突然受惊的小松鼠。

他眼里泛出几不可见的一点笑意：“这么喜欢？”

“也不是喜欢，没见过嘛，好奇。”

他“嗯”一声，沉默下来，似乎有话要说。

房间那么静，是刻着宁孝庾独有印记的装修风格，像一座长久无人问津的博物馆或纪念馆。

他不说话的时候更让人紧张。

虞照听到自己的心跳急促起来，佯作镇定举目打量周围，视线落在前方工艺现代的博古架，琳琅满目，却没过心，因为不知道他接下来的打算，屏息之际，脑子里忽然一片混乱。

等待审判的滋味不好，不如先发制人。

“你应该知道我为什么想和你打这个赌吧？”

他转脸，迎上她明亮又坦荡的眼神，牵了牵嘴角，算是默认。

虞照扬了扬下巴：“我为什么在你手机里装定位，你应该也明白的。”

他漫不经心：“定位早就叫人解除了。”像是在说，早知道你会输。

她被噎了一下，很执拗地要把话说完：“宁孝庾，我折腾这么多天，说明对你是认真的，你……给个准话吧。”

黄昏时分，室内没开灯，窗外却有醺黄的光，映着竹影，斑斑驳驳地落在客厅的地毯上。

他近乎冷酷地与她对视，在一片死寂里，眼底仿佛也是影影绰绰，叫人辨不分明。她吞了吞口水，下一刻，下颌被人探手捏住，他倾身靠近，一寸一寸，慢镜头一般的。

虞照心如擂鼓，耳后通红，等她反应过来，已经抓住了宁孝庾的手，思绪搅成一团糨糊，后知后觉地怀疑起宁孝庾要她答应的到底是什么。

把她带回家来完成的事，能是什么？

他是这个意思？

君子端方的滤镜到了这一步还没碎，她竟然并不反感，脑子里的念头一个接着一个，以至于循着本能朝他挪了挪，而后，一条腿跪上了沙发，反客为主般，双手撑在他两侧，自上而下地凝视。

她在脑海中勾勒了一下这个画面。嗯，没错，沙发咚。应该还挺美好的吧？

宁孝庾顿了顿，攥着她下颌的手缓慢放开，懒散地向后靠坐，像是拉开距离，又像是在说，你来，我看看你能造什么反？

她没在他眼里找到反感，就理直气壮地得寸进尺。

2.

太近了。

女孩及耳的碎发悉数倾落，麦色的皮肤一日白过一日，几乎马上和她耳后那片细嫩的皮肤一致。她生了一双明澈的杏眼，眼梢扬起，笑时弯弯，睫毛很长，随着呼吸轻轻颤动。

他以视线勾勒她献到眼前的所有美好，意识到自己并不如想象中从容，心跳频率超过水平线，释放出危险的信号。

克制再三，他蓦地抬手按住她的肩，阻止她继续靠近，在她困惑的注视里微微皱了眉，脱口制止道："阿照。"

她愣了一下，随即展笑，露出令他目眩的两个可爱的小括弧。

"这是你第一次叫我的小名。"她不明白自己为何会有这样发自内心的快乐，几乎无法掩藏脸上的喜悦，咬了咬唇，得寸进尺道，"再叫我一次好不好？"

她不知自己的眼神有多明亮，落在他面上的呼吸有多痒。她甚至不明白，她孩童似的追求在他的世界里，本质到底是什么。

够了。

宁孝庾的耐心与克制终于告罄。他抵住她肩头、原本意为制止的手，顷刻便反转了使命，向上粗鲁地抚摸过她肩颈，最后扣住她的下颌。

虞照甚至来不及拿出训练有素的身体反应，眨眼就被他推倒在沙发上。他的膝盖技巧性地按住了她下盘关节，掌心几乎包揽住她侧脸，伸展的手指无声地摩挲她耳后、鬓发，乃至嘴唇，直到它们变得泛红作痛。

"宁孝庾……"

她试图摆出见惯风浪的神情，却仍被他望不见底的眼神吓住了，无法做出理想中的自如回应。她甚至使不出力气来与他对抗，只是无措、慌乱，以及前所未有的紧张。

他如一只沉睡许久的困兽，匍匐在猎物之上，冷静地端详、研判地审视，却迟迟没有下口享用。

见他迟迟不动，虞照终于大着胆子报告："有……有点疼。"

宁孝庾下意识地挪开了落在她唇上的拇指，语气平和地问："哪儿疼？"

虞照不由自主地抿了抿嘴："嘴。"

殊不知，她此刻心里想的却是，为什么要用拇指碰呢？吻下来不好吗？

如她所愿，话音刚落，宁孝庾笑了一声，俯身吻下来。

可紧接着，虞照终于意识到，原来吻也可以是痛的。

他赐予的不仅是耳鬓厮磨的温柔，更有饱含了占有欲的痛楚。他离开她带了血腥气的唇，在纤细的锁骨留下痕迹，听到她隐忍的嘶声也不曾犹豫。他带了薄茧的手自她 T 恤下摆探入，被她惊惧地隔着衣服握住，便顺从地停下，于线条分明的腰侧摩挲、徘徊。

她不晓得亲昵是带着原始感的，只觉素来冷淡的人变得陌生，一切触碰都令她不知所措，她最终无法抑制地红了眼眶，抓着他衣襟无声告饶。

宁孝庾停住落在她心口的、危险的啜吻，揽着她坐起身，将她整个人抱在怀里，抚了抚脊背安慰。

虞照的手还抓着他的衣襟，像抓着救命稻草一样不肯放松。她知道自己露了怯，比起惊惧，反倒是丢脸的窘迫更胜一筹。她难堪地将脸埋在他怀里，不知道以后要怎么以追求者的身份再面对他。

“吓着了？”

怀里的鸵鸟摇摇头。

宁孝庾安慰的手顿住，试探地问：“那是……”

“我都不会。”

宁孝庾怔了怔：“什么不会？”

虞照带着沙哑的声音从他胸口闷闷传出来：“我都傻了，不知道该怎么回应。你好会，我都不会。”

宁孝庾半晌没说话，很想为她的脑回路拍案叫绝。可她蜷在怀里的模样又实在太过可怜，他沉默了一会儿之后，尽量迎合她的思路安慰道：“没有人要求你会，你也可以不会的。”

虞照终于抬起头，眼底的泪花还没散，很不解地问：“是我在追你，我不会怎么行？我总不能比你还差吧？”

他……到底……哪里差。

还什么都没做，怎么就差了？

宁孝庾无言地看了她几秒，最后深吸了一口气，岔开话题。

“一会儿再聊，先吃晚饭。”

3.

厨房干净得犹如样板间，可宁孝庾拿出锅碗瓢盆的样子，却不似第一次。

虞照扒在门口看他做意面，手指无意识地在留下印子的锁骨上抓过。

宁孝庾将面煮上，不经意瞧见她的动作，皱了下眉，继续回过身去调酱汁，背对着她道：“手。”

虞照不解地问：“手怎么了？”

宁孝庾关了火，擦干净手，转身朝她走近，抓住她仍不安分的手指，垂眸掠过她锁骨上瑰色的痕迹，低声道：“皮下瘀血，别再抓了。”

虞照这才恍然，有点不自在地“哦”一声，想把手抽出来，却反被攥紧。

她疑惑地仰面看他，想起适才种种，忽然有点不明白，自己明明慢悠悠地开着车，怎么就一下子上了高速。

“你是不是……喜欢我？”虞照很直接地问。

宁孝庾凝视她的眼睛，沉默。

“你就是已经开始喜欢我了。”她很笃定地说，“不然你刚刚为什么亲我？”

她一向逞强，嘴上如此说，心里却有些七上八下。只消看着她的眼睛，就能轻易地找到藏不住的忐忑、无措、不安，和羞怯。

到目前为止，她的“追击”毫无技巧，全凭本能，而他回敬的方式却又总能打得她措手不及。她却是一张白纸，哪怕再装腔作势，在他面前也被一览无余。

她偏偏对此一无所知。

有那么一瞬间，他想告诉她适才的真相，即男人的灵与肉大多数时候是可以分开的，他吻她，哪怕继续发展下去，也可以不代表任何事，就只是欲望而已。

可是说出口来，又未免残忍。

宁孝庾抬手，轻柔地将她额发拂开，眸光温和了一霎。

虞照几乎以为他会吻在她眉心，可等了片刻，他只是低声道：“不为什么。”

她问，你为什么亲我？

他答，不为什么。

这个极其不负责任的答案堪称渣男范本。可惜虞照没经验，不能当机立断做出此人是渣男的判断然后转身就走。她只觉心头一霎空了，喉头又哽住，张了张口，不知道要说什么。

宁孝庾已经回到流理台。

她本该继续在他面前刷存在感，却忽然感觉没办法和他在同一个空间继续相处下去。某种细微的失望从脏腑泛上来，牵扯着，不放过她。

二十余年，虞照从未有过这样的感受。

厨房与餐厅被琉璃似的玻璃隔断，虞照缓步退出来，坐在餐桌旁，余光能感知到他每个移动线路、每个停顿，却梗住脖子，不想再偏头多看他一眼。

本小姐不高兴了。她想。

宁孝庾走出来，便看到她趴在餐桌上出神。她头上的呆毛翘起，让人想伸手按下去。

罗勒三文鱼意面被放在了虞照面前，而后是他亲手递过来的叉子。

她堵着的气在美食面前瞬间消散，有点迟疑地接过，满怀期待地尝了一口。

居然……很好吃。

怎么会连饭也做得很好？老天造他的时候难道就没有手抖过吗？

她捏着叉子，偷觑坐在对面的男人。

宁孝庾到家后没来得及换舒适的衣服，仍穿一件淡蓝色的衬衫，因为做饭，袖口挽起忘记放下，露出线条有力的小臂及手腕。微微隆起的青筋在冷白色的皮肤上显得违和，仿佛谦谦君子执了一把青龙偃月刀。

越是靠近，她就越想不明白宁孝庾究竟是怎样一个人。做不到知己知彼，就注定这是一场持久的攻坚战。

见她出神，宁孝庾问道：“不好吃？”

她难得安静下来，垂下眼摇摇头。

女孩看似乖巧地坐在他对面，实则半点没能收敛骨子里的恣肆，上半身规规矩矩，桌下一双脚却不修边幅地朝前伸展，几乎碰在他鞋边。

他眯了眯眼，无声地往后挪了一寸，搁下手里的叉子。

她却仍是一贯迟钝，还轻快地晃起了脚。

宁孝庾很难否认，此刻看着虞照大口吃东西，心头忽地有股微妙的、奇异的情绪。

对面的女孩像不知打哪儿来的一只野猫，正毫不设防地享用他的馈赠。而这只野猫无疑是没心没肺自己送上门来的。

他冷静地放纵她纠缠，看她自导自演，本存了丝恶意，想看她到底可以坚持到哪一步，哪怕偶有施与善意，也从未越过冷眼旁观的界限。

可是此时，他忽地难以漠然。

4.

馀照昏黄，四下静好。

宁孝庾无意识地抬手抚过桌面，桌子是特意在欧洲定做的。来自加州的、腐烂的胡桃木，嵌入切割成四分之一英寸厚的蓝绿色玻璃，仿佛在他与她之间画下梦幻般的楚河汉界。垂眸，便能透过中空的玻璃河流，望见桌下那双亲昵贴近的脚。

有那么几秒，他试图记起上次这样和旁人面对面吃饭是什么时候。

但很快他就发现，自己不记得了。

又或许不记得，只是因为很久没有过了。

于他而言，展览是一场仪式，而仪式感能够召唤观众在特定空间里的“敬畏”“尊重”以及“专注”。

回来海市之前，宁孝庾的生活被工作填满，他倾尽生命的每一秒去到世界各个角落，伦敦、首尔、东京……乃至数不清的无名城镇，只为创造一场又一场仪式。

他以此为使命，四处奔忙，却非本意地远离了自己。

他终于成为带着自己印记的无数仪式里，唯一心不在焉、失去敬畏的那个人。

Victor 基金会官网上公布 Victor 中止策展的消息后，业内曾掀起过不小的议论。随着他归国过起隐世生活，那些议论也逐渐湮没无声。

他仍处缁尘，却从青年艺术家 Victor 变成满身铜臭的宁孝庾。

没有人在意、更没人知道他已很长时间不接触策展。

偏偏是郁泽闵的一通电话，让他猝不及防与熟悉的世界重逢。

其后，他遇到了虞照。一个那天莫名其妙出现，现在又莫名其妙坐在他对面的女孩。

宁孝庾看了虞照很久，是审视，又是自省，在思考她是怎么一步步踏进他的界限里，他又是怎么一步步纵容到了现在。

虞照只知道吃，等光了盘，一抬头才发现他的注视，那视线让她本能地汗毛倒竖，她莫名其妙地眨眨眼。

"你不吃东西……看我干什么？"

宁孝庾说："吃完饭，我们聊聊吧，关于赌约。"

愣了几秒，她不由自主地想起刚刚那场超出她认知的耳鬓厮磨，脊背倏地挺直，更加确认了自己的猜想：他要我答应的，是那个没错吧？

欲盖弥彰地抬手撑着脸，却遮不住通红的耳垂、有如擂鼓的心跳……好一会儿，她才尽量冷静地开口回答："我觉得可以。"

宁孝庾抬了抬眉："什么？"

"我觉得我可以答应和你睡。"

虞照只是大剌剌地表明态度，合乎情理地做出揣测，没觉得自己好似凭空抛出个手雷，炸得人七荤八素。

宁孝庾真真切切地被炸得怔住，陷入沉思一般，抬手揉了揉眉骨，神色染上没来由的倦意。

"你也对别人说过这种话？"

虞照有点委屈似的，提高声调道："怎么会，我只追过你一个人。"

宁孝庾忍着什么似的，"当啷"一声扔下叉子，看了看她，又无可奈何地叹了口气："刚刚吻你，是我逾距，我和你道歉。"

"但不管往后你追谁，喜欢谁，都别把这种事挂在嘴边，就算是对方提了，也不能像今天这样轻易答应。你根本不懂男人，说不定哪天吃了亏还在那儿傻乐。"顿了顿，他声音哑下去，"你这么对异性不设防，是不应该的，虞照。”

她听蒙了，眼睛瞪大，想说自己没有不设防，只是对你这样，这是策略，而且一般的异性也不是我的对手……她动了动唇，又因为他表情实在严肃，没敢开口，低眉顺目听训。

见她乖乖地听着，宁孝庾不由自主地放缓语气。

“我要你答应的不是……”没法像她一样大剌剌地将睡不睡的挂在嘴边，他皱了下眉，转开话题，“我要在杭城做个展，想问问你，愿不愿意来做助理策展。”

虞照不可置信地抬起头。

5.

一周前。

“这个人叫陈尚我，是一位杭城的画家，他似乎抄袭 Sivan 很久了……”

魏桑拿给宁孝庾一本画册，简单说了说这位功成名就，仍无人揭穿他抄袭的画家——陈尚我。

魏桑问，要不要她来处理这件事。

宁孝庾看着画册上似曾相识的色彩、布局、构图，盛怒一如既往克制地徘徊在胸口，而后似乎想到了什么，冷笑一声。

短暂沉默后，他说：“这次我亲自来吧。”

魏桑诧异道：“你亲自？”

宁孝庾颔首：“我亲自。”

魏桑反应不过来了：“那策展？”

“现在就着手企划。”停了停，他脑海中不由自主地浮现出那个行事恣意、说话荒腔走板的小丫头，不知不觉地微微眯起眼，补充道，“我会带个人一起赴杭。”

宁家世代持礼，他于家教浸淫里只练就一身克制。

长辈一直教他，君子当端方景行，温润如玉；不卑不亢，不矜不伐……

可没人知道，他骨子里压根儿就不是什么君子，端方自持、孤高淡漠的表皮下，一颗心囚着五毒俱全的鬼，只要他想，随时可以放出来祸世。

一直以来他都忍住了。如今，那颗原本无可转移的、磐石般的心，正随着汩汩血流而躁动，令他过分沉寂的世界生出波澜。

他已经一再对这世上的不公退让，往事纷至沓来，落在眼前，只得菩萨低眉换作金刚怒目。

退让够了，搅乱这粉饰的太平又何妨。

·第五章·
夜永欹席云鬓

1.

不管在哪儿，依山傍水都是金贵的地界，入目全是软红十丈，众生繁华。

在江畔 18 号和平饭店，打眼一瞧，几层馆子都是年代戏里出现过的，没有百年老字号撑场面，似乎都不好意思在这里露脸。

庄子怡舀了一勺蟹粉，细细地浇在虞照的米饭上，又贴心地问："要不要醋？"

对面红木座、绣锦席里的女孩一改往日饿死鬼般的吃相，攥着勺柄，若有所思地沉默。

庄子怡正要说话，却见虞照突然把勺子搁下，道："宁孝庾要带我去杭城做展。"

闻言，庄子怡冷静地"嗯"一声，似乎一点也不惊讶："他怎么和你说的？"

"我俩打了个赌，我输了，得答应他一件事，他就说让我做他的助理策展。"

虞照想了想，挺苦恼的样子："我不知道他为什么选我。一来我也没有什么策展的经验，他身边应该有很多比我更有能力的人；二来呢，我主动出击这么久，也没把他拿下，他应该是不喜欢我，按道理应该避而远之，怎么还想把我放在眼皮子底下呢？"

庄子怡觉得她倒是没被爱情冲昏头脑，分析得挺客观，失笑："那他选你，你应该高兴啊，怎么反倒纠结起来了？”

“我就是觉得凡事都没有平白无故。”

“嗯。”庄子怡轻哼一声，神色复杂，夹菜道，“这事儿其实我也知道，三哥一早和我打过招呼了。”

之前接到三哥电话，说要借虞照过去做策展助理的时候，庄子怡也是诧异的。

一则没料到宁孝庾竟有心带虞照入行，二则没料到虞照咋咋呼呼要追人，居然真的转动了宁孝庾这块磐石。虽说她早对宁孝庾心死，但眼看着别人攻城略地，大有摧枯拉朽之势，心里不是不酸得慌。

却偏又酸不得。

或许这就是虞照这个小丫头的魅力所在，不然怎会让她连酸一酸都觉罪孽深重。

庄子怡叹了口气，终于抬眸，瞧见虞照一脸茫然，问：“你就说，有机会和他相处，你高不高兴？”

高兴自然是高兴。可是，赴杭城工作可不是一天两天，她的工作又是和宁孝庾这么朝夕相对，会发生什么，还真是心里没底。

“就是觉得心慌，不知道哪里不太对劲。”她咬着饭勺，罕见地展露出一点忧愁。

庄子怡道：“高兴不就得了，想那么多干吗？对了，你吃完饭上哪儿？”

“回学校学习呀，师姐。”她重重地叹了口气，“期末了。”

临到期末，虞照忙得焦头烂额，答应宁孝庾的事儿就这么搁置下来，每天往返自习室和图书馆，未免挂科临时抱佛脚。

等到终于考完试，她整个人都变了样。

学校生活把她一身痞气洗掉不少，肤色也在庄子怡盯着涂防晒的关怀下白了一个色号，起码看着不再像是体育生，真正是读艺术的美少女模样了。

接到宁孝庾的电话时，她还在班级群里潜水看大家对期末的答案，正心惊胆战，突然来了一个电话把聊天框冲掉，整个人一下子烦躁起来。

“干吗？”

那头的人沉默几秒，她这才意识到自己语气不好，尴尬地静了几秒，装作什么也没发生过一样，放轻声音：“有……事找我？”

“快放假了？”

“嗯，你等等。”虞照从宿舍的床上爬下来，在室友的注目下溜出门，挑了个僻静的楼梯转角站定，才低声说，“好了，你接着说。”

宁孝庾只听那头窸窸窣窣的，接着传来脚步声，困惑地皱了下眉：“你在哪儿？”

“宿舍啊。”

“不方便说话？”

“现在没关系了。”虞照解释，“我刚出来到走廊上说话，你快说，这里好冷。”

那头的人静了片刻，道：“回房间去，我打字和你说。”

“啊？”没等她反驳，宁孝庾已经挂了。

2.

夜里九点钟，金融中心双子大楼还灯火通明。百叶落下，遮蔽住落地窗外的黄浦江。

庄闫安推开CEO办公室的门，却见办公室主人没在工作，反而坐在一旁的沙发上，拿着手机摸鱼。

这可真是稀罕。

宁孝庾也会玩手机?

庄闫安清了清嗓子，引得对方抬了下头，才要说话，却见他又马上把视线转回手机上。

“干吗呢？”

快步凑过去一看，微信界面，宁孝庾居然在打字!

“不是吧？你什么情况？”庄闫安一脸活见鬼的表情。

在公事上，宁孝庾一向是个相当老派的人，一丝不苟到令人发指，公事只走OA是规矩，微信绝不打字和发语音是常识，有生之年，他居然能看到宁孝庾和人微信打字聊天?

再要细看对话框上的名字，手机一翻，被盖住了。

宁孝庾皱了眉："有事？"

哟，这是打扰他谈情说爱了？

庄闫安的表情犹如老父亲看儿子终于出息了，欣慰地拍拍宁孝庾的肩头："就该这样嘛，泡个妞儿，喝个酒，过点儿阳间生活，别老一个人死宅着，这可是海市，软红十丈啊，你就舍得一直辜负？"

手机嗡嗡两声，是虞照的回复。

阿照：【你放心，我已经申请退出双年展了，那就是个志愿者，我没什么所谓。】

魏桑查到虞照申请过双年展，同在年底，和他的项目刚好撞车。其实他本不必考虑她会不会后悔，但想到自己手头有大把可用之人，并不是非她不可，干脆直言，若她想跟着林笃，他可以放人。

对方倒是答得干脆，要跟他一路走到黑的姿态。

他没再回复，罕见地生出一丝愧疚。要是她最后知道这次到底做的是个什么展，会不会怪他？

会吧。

但已然把人拉进旋涡里，他也不打算放手了。孤寂久了，他到底自私，还贪恋她年轻而纯粹的热情和全无遮掩的爱慕。

不似这个年纪其他的女孩一样，尽管漂亮，却是玻璃瓶中带着丝娇饰的永生花。

她是一株日光下的山茶，红得炽烈，伸展得肆意。

庄闫安"啧啧"出声，终于成功窥屏，念出对聊天对象的备注。

"阿照？挺男孩儿气的，但应该是个女的，我没猜错吧？"

宁孝庾按下锁屏，手机随意地搁在茶几上："有事儿说事儿，没事儿就出去。"

"有事有事，和你说个最新消息。"作为合伙人，庄闫安全无尊严，挤着宁孝庾在沙发上坐下，和他抱怨，"碧玺那只私募基金你知道吧？"

宁孝庾皱了眉，点头，却不意外："出事了？"

庄闫安一摊手："暴雷了。就今天晚上的事儿，实控人连夜跑路，估计明天就得出新闻，他们投资标的还款期早就到了，要还上亿啊。质押的艺术品全都得拍卖变现，这都还不一定还得完，你说坑不坑人？他们一跑路，同行惨了啊，本来国内搞艺术基金就没人看好，估计之后就更难了。”

“未必。”宁孝庾淡淡道，“暴雷那几家，原本心术不正，拿别人的钱玩火，焉知最后不会引火烧身。难道我回来的时候不知道大环境什么样？这些我们决定不了，自己走正路就是。”

庄闫安一早就想到他会这么说，叹了口气：“有时候，只有一个人在走的正道，难免也会被认为是离经叛道。”

宁孝庾没反驳，沉默下来，眼底涌上沉郁，仿佛想到什么。

过了好一会儿，他说：“或许吧。”

却并不是被说服的样子，庄闫安早知他性情，叹息片刻，状似无意地起了另一个话头。

“赵柯的事情闹得不小，听说了吗？”

宁孝庾“嗯”一声，是知道的样子，神色却有些奇怪。

庄闫安看出他不对劲：“怎么这种表情？”

“金融圈子里传得沸沸扬扬，说什么的都有，甚至有提到我父亲的。”宁孝庾顿了顿，深肃的眉又散开，无所谓地道，“不过也正常。”

宁仁政实际控股的多个公司里，有两三家牵涉其中。宁孝庾深知父亲不会清白到哪里去，但对于究竟牵涉多少，蹚进泥里多深，到底有些许担忧。

庄闫安拍拍他肩膀：“过几天处罚决定书肯定会下，赵柯是砸饭碗没跑了，上头没定性别人，那就是还有缓和的余地，咱们别在这儿预支焦虑，划不来。”顿了顿，又问，“伯母是郁家人，手眼通天啊，不然打个电话问问看呗。”

宁孝庾只是冷淡地摇了摇头，有一句话却没对庄闫安说出口。

郁令文和宁仁政这对表面夫妻，谁也不会管谁的死活。

3.

赴杭的头一天晚上，虞照久违地梦见沈思。

眉目秀雅的女人风尘仆仆地从机场出来，她和虞瑾明一起迎接，快步跑过去，扑到母亲怀里。

“囡囡，最近好不好？都和爸爸学了什么画呀？”

她扬着笑脸，和女人一样样地数：“学了可多了，爸爸还送了我一刀红星老纸，和我同一年出生的，让我留着以后当嫁妆！”

沈思不高兴地瞥了虞瑾明一眼：“和孩子都胡说什么呢！”

虞瑾明就笑着摸了摸小阿照的头：“爸爸和你开玩笑的，不当嫁妆，一刀纸而已，可劲儿用，咱们不心疼。”

她跟着笑，拉着爸爸妈妈的手穿过机场大厅。人潮涌动，来往的行人越来越多，一家人被迎面的人流挤得跌跌撞撞，紧攥的手不知何时放开了。

她高声喊妈妈，却被喧嚷的噪音吞没。

人潮终于散去，她孤身站在空旷的大厅里，四顾茫然。

接着她低下头，看到自己脚上的鞋子变大了，她难以置信地摊开手，手掌里满是枪茧，根本不是握画笔的样子。

她猛地打了个激灵，哽咽起来，意识到这不是小时候。

虞瑾明背弃白首之约，结了新欢；而沈思，也早就已经离开她了。

噙着泪醒过来，她揪着睡衣前襟大口呼吸，只有在半梦半醒时，才敢痛痛快快地难过一场。

隔天，随着学校封校进入寒假，虞照也终于和宁孝庚连着策展团队碰了头。

起先，虞照以为宁孝庚会在杭城某座写字楼里安排一个临时办公点，再不济也是租一间小别墅——像庄子怡那样的，方便开展工作。

谁知魏桑来高铁站接她，车子一路驶进灵山寺景区，偶尔路过其他门庭冷清的古寺，最后在山脚下泊车。

路碑上是钟繇隶笔，题着“灵山云径”四字，踏过石碑，俨然是一座古村落。

虞照在杭城十几年，居然不知道有这样世外桃源一般的地方。

魏桑一面走一面解释：“五星酒店大都坐落繁华地段，宁先生喜静，住不惯，这里虽离市中心偏远了些，但好在清静，隐蔽性好，又是宁先生自己的地方，到底还是在熟悉的地方落脚舒服一些。这样一来，就难免委屈你了，也不知道你适不适应。”

喜静这点虞照大约感受得到，可这么大一个古村落，又在寸土寸金的灵山寺景区里，到了魏桑嘴里，竟是宁孝庾“自己的地方”。

双脚踏过生苔的石板路，直到有戴着胸牌的工作人员带着笑上前，虞照才反应过来，这里不是什么古村落，这里竟然是个酒店。

可一草一木，一门一舍，远山梵钟回荡，目下红叶柴扉，分明是百年前的江南小镇。

虞照恍惚以为入了梦，什么都不真切。

酒店侍者拎着她的行李，穿过青瓦白墙的院门，入了庭院，又恭恭敬敬地递了钥匙。

“欢迎您入住灵山云径别墅套房。”

魏桑又嘱咐虞照，这次宁先生撇下手头的工作出来，是打算静下心做好这个展的，她不能陪在身边，海市还有很多工作要替宁先生出面，所以拜托虞照多多照顾。

接过魏桑递来的文件夹，虞照心下惴惴，但见对方一副托孤的姿态，仍是先应承下来。

“当然，你放心。我会照顾好宁先生。”

魏桑深深看了虞照一眼，手比在耳旁做了个随时“电联”的手势，才转身走了。

庭院静谧，行李箱在凹凸不平的石子地面上滚了两滚，声音刺耳，她干脆轻轻巧巧地整个提起，大步走到敞开的木门前。

入目是一楼大厅，陈设带着禅意，除却满眼原木色，就是棉麻、缃色，连微微亮着的地灯也光晕温柔。一楼最右边放着一张造型简单的月洞门四柱床，床榻掩映在素白的帘幔后，虽诗意，但卧室没有明显的隔断，几乎是半开放的。

她搁下行李箱，沉思片刻，高处传来老木头发出的嘎吱声响，转过头，宁孝庾立在楼梯上，穿一件高领的月白色开司米毛衣，睡眼蒙眬地望过来。

“来了？”

嗓音带了丝哑。

她没来由地脸上发热：“嗯，我就……睡在这儿吗？”

团队的其他人都单独住在普通的村庄客舍，灵山云径里只有这种别墅套房是双床的，上下两层各有床榻和独立卫浴。可毕竟是古村落改造而来，当然不比现代酒店，卧房单独隔开，完全私密。

魏桑倒是问过宁孝庾一句，虞小姐要怎么安排，他当时没想太多，只说离我近些，却没料到是这个现状。

如今人都到了，他一眼瞥到她后头那间毫无隐私可言的“卧室”，本可以让她也和旁人一样睡客舍的基础大床房，鬼使神差，话到嘴边却打了个滑。

“你上楼睡。”他说，“我下来。”

“不行。”她自觉身负重任，要照顾好眼前这人，攥着手里的文件，直接往身后的床上一躺，微撑起上半身，“我就睡这儿了，挺好的，敞亮，还通风。”

的确通风。

往前走几步，右手边是窗子，窗子又正对左手边的大门，比穿堂风更甚。可惜这是隆冬时节，杭城的温度还要低上几度，宁孝庾畏寒，瞧着都觉得冷，于是也不再问她的意见，下来拎起她还没打开的行李就往楼上走。

虞照腾地从床上跳起来，一步追上来握住他手臂：“我说了我不上去。”

“别闹。”他语气和缓，把她当小孩子一样，“是魏桑想得不周到，女孩子不能睡这儿。”

谁知道魏桑完全将心比心，是把虞照放在自己的位置考虑的。若是往常出差，魏桑也就睡在这儿，方便老板召唤，哪还顾及自己什么隐私。

虞照怔了一下，转而贴着他的手也攥住行李拉杆，妥协得飞快，他反倒有些意外，可接着就发现不是那么回事儿。

她大剌剌地说：“那上去吧，咱俩一起睡楼上。”

4.

这回宁孝庾没动，实实在在感到一丝头痛，头痛里又夹杂着某种不能宣之于口的微妙心情。

虽然是她不知死活地撞进网里在先，难道他就没有想过拢住口子不让她出去？

男女关系走到这一步，暧昧有了，亲昵有了，窗户纸也被她捅破了，他却偏偏要作壁上观。

十数年家教浸淫告诉他，这不是个事儿，不能这么对她。可偏偏骨子里长居人上的劣根又分明享受一推一拉间，小丫头种种出人意表的行动。

她就是很特别。你也不知道她下一刻要做什么，所以愿意时时等着她给出惊喜或惊吓。

但宁孝庾没被吓到，和她对视几秒，微微一笑，没像她想的那样，退一步做个君子。

“也好。”他说。

虞照以进为退不成，反而搬起石头砸自己的脚，听到自己脑子里嗡嗡作响，半晌都没能说一个字。

可是话已经撂下了，就算为了面子也不能认㞞。

这有什么，不就是同床共枕？

关系突飞猛进，岂非遂了自己的心意？只是宁孝庾居然是这种宁孝庾，虞照深感受骗，磨磨蹭蹭地跟在他后头上了楼。

楼上果然更暖和，还多出来两扇电暖气隔断分开，可见宁孝庾体格不行，怕冷。

大床在一端，好歹将卧室和其他区域分隔开，地上铺着草席，有一股清新的木质香，和他身上的香水很像。

虞照心里评点一番，宁孝庾已经坐到沙发上，拿起电话叫餐。

她站在原地，和她的行李一样孤立无援，不知道该干什么。

宁孝庾报菜名的余暇看了她一眼：“别傻站着，收拾行李，洗个澡，然后吃饭了。”

两个多小时高铁，一路奔波，身上沾了各种途中行旅的味道，她不觉得有什么，无奈宁孝庾讲究，她只得不情不愿地点头应了。

浴室还是完全私密的，这大约是灵山云径里最具现代性的地方，浴缸和智能热水器一应俱全。她背着手晃了一圈，又晃回来，宁孝庾已经撂下电话，疑惑地看她。

“我下去洗。”她若无其事地打开行李箱拿衣服，“怕打扰你。”

洗了澡出来，被穿堂风一吹，她惊天动地地打了一阵喷嚏。

知道她回来，向岚岚、费以丞几人早就按捺不住，打来语音电话询问寒假的安排。

四人群组开了音频连麦，她没吹头发，就那么坐在一楼的床上，光脚踩着地上窄窄的榻榻米，有一搭没一搭地聊天。

起先大家七嘴八舌地扯了两句，到后来向岚岚和费以丞不知何时闭了麦，就剩她和岩野。她哪能猜不出这两人的小算盘，只是没当回事儿。

岩野的喜欢，她也没太往心里去，总觉得是发小一时鬼迷心窍、头脑发热，等清醒过来就好了。

岩野问："你回杭城住哪儿？"

虞瑾明的风流韵事被虞照四处宣扬，几个死党无人不晓，更知道虞照不愿意和父亲待在一个屋檐下，估摸着是不愿意回家的，于是有此一问。

虞照说："我住酒店，灵山寺这边，特别漂亮，我好歹是个杭城人，居然不知道有这种地方，像个土包子一样。"

"灵山寺那边哪里有酒……灵山云径？"

"你知道？"虞照惊讶，合着只有她一个人是土包子啊。

岩野沉默着没出声。

灵山云径是什么地方？杭城奢华铺张的五星酒店多的是，灵山云径却不单是一个贵字可以说尽，它的奢华是在骨子里，不动声色。

灵山云径是一座古村改造而来，能入住的人大都非富即贵。一二月份的时候，灵山寺下是观雪的最佳地点，灵山云径住一晚，少说几千多则上万，这种价格却根本一房难求。

即便有钱砸在这上头，虞照这种根本懒得附庸风雅的人，恐怕也不会忽然转性。

所以她为什么会住在那儿呢？

"你在那里……度假？"

虞照叹气："我哪有闲情度假，工作啦。"

"什么工作？"

"给一个画家开展，我是助理策展，不过现在刚落脚，还什么都没开始。

你呢？放假做什么呀，大腕儿？”

岩野虽是个妥妥的学霸，正经的 Z 大工科生，但阴错阳差进了娱乐圈，大三就签了上京一家公司，常年到处飞，朋友圈更是常发各种宣传硬照。

一来二去，得了个外号“大腕儿”，纯是狐朋狗友调侃。

“我还能做什么？搬砖。”岩野语气显得很无奈，“发个位置过来，过几天去找你。”

“干吗？”

“送温暖上门啊大小姐，要不要？”顿了下，他又补充，“向岚岚也要来看你的，是吧岚岚？”

闭麦许久装死的向岚岚终于开麦：“是啊，听着你那儿挺好的，我正打算找个清净地方画画，马上要交参赛作品了。”

虞照想了想，和他们见个面，应该还是抽得出时间的，于是点头道：“好吧。”

敲定见面后，两人又聊起别的。

打小虞照就是和他们无话不谈的，直到沈思去世后才不怎么说自己的心里话了，可一旦打开话匣子，仍然有份旁人无法企及的亲近自然。

她跷着脚听岩野说话，时不时点头“嗯”一声，脸上露出很放松的笑意。

宁孝庾等不到她回来，在沙发上看了会儿画册，翻来翻去都是那几页，最后把画册撂下，下楼来寻人，一眼就瞧见虞照。

尽头那张雪白的床榻上，女孩穿着灰色连帽卫衣和长裤，孩童般屈着腿坐在上头，戴着耳机，头发湿漉漉的也不理，专心致志地不知在和谁讲电话，面上带着和煦的暖意，红唇勾起的弧度，是对着他从未有过的轻松自如。

虞照有所察觉，抬眼，微微一怔，又低声说了两句话，他依稀分辨出唇形是“回头再说”。

她摘下耳机，水汽朦胧的脸庞朝他扬起，似初夏的桃子般甜美剔透：“宁先生？”

“准备吃饭。”

他神色冷寂，扔下这句话就披着外套出门，过一会儿回来，侍者跟在他后头从院门口推回一个餐车。

她有些讪讪地道：“这种事以后喊我去就好了。”

他没吭声，示意她过来餐桌坐下。

餐厅就是一楼正中的这张长桌，原木色餐桌之上放置着各色藤编的、棉麻的装饰。她依次放好菜，素食和鱼鲜颇多，这也是灵山云径的特色之一。

杭帮菜完全长在她味蕾上，是家的味道，这一顿饭她吃得不亦乐乎，把烦恼全忘在脑后。

等吃完饭刷了牙准备睡的时候，才迟迟想起，她可扬言要和他同床共枕来着。

——真是没有比信口大放厥词更糟糕的了。

5.

宁孝庾走出浴室，就瞧见虞照窸窸窣窣地从楼下蹭上来，和他对上眼，又撇开头去，坐到布艺沙发上，信手翻起矮几上放着的画册。

这副慌了手脚还佯装镇定的模样，当真可爱。

他同样穿着一身运动装，和她打扮相似，若是站在一起，只像是学长，看不出什么年龄差。

虞照抬眼偷瞄了一会儿，见他擦着头发转身，又立刻垂眼。

她的视线瞥到手里的画册，微微一愣。

这居然是陈尚我的作品集。

陈尚我，魏桑和她讲过的，就是这次要做展的画家。

其实在海市时，她和宁孝庾的团队有过几次前期会议，多是线上进行。那时候她就已经看过陈尚我的相关作品。但因为期末考试在即，她并没有时间对画家做更深入的研究。

她对陈尚我其人止步于作品和背景层面。

只知道他是个杭城青年画家，男性，二十八岁，央美出身。

百科上是这么形容的：近两年异军突起，成为国内颇有名气的超现实主义画家。

他的画风别具一格，将打着鲜明个人印记的意象罗列在画纸上，做出不规则的排列，他本人宣称自己的艺术理念深受超现实主义代表人物杜尚“实验艺术”的影响。

但是，在看过他的作品后，虞照并不十分“感冒”。

或许多多少少受到虞瑾明的影响，虞照自幼跟着父亲学习中国画，骨子里仍崇尚传统主义，而西方当代的年轻画家大都在和超现实主义、后现代主义、光影主义等叫嚣反传统的现代流派打得火热，这恰恰是虞照比较欣赏不来的。

再加之她一向对过于抽象的画风敬谢不敏，所以近年来冒头的新新画家，她都不甚了解。

陈尚我这个人，也纯粹是因为工作去临时恶补罢了。

见她看画册看得认真，宁孝庾问：“不睡？”

她一下子绷紧了，并不抬眼，唰唰翻了几页，示意自己在忙：“不困。”

“不困的话，过来聊聊天。”

“啊？”虞照缓慢移动眼珠，放下画册，终于肯抬头看他，却见他走到隔断后，似乎坐到了床上。

“过来坐。”

床的右侧正对着一扇古朴的窗子，窗棂上了年头，带着斑驳印记。窗下就是一张坐榻，上面摆着矮几、蒲团，和一盘棋。

她乖乖地在坐榻上盘膝，而端坐床沿的男人，与她不过一个跨步的距离。

“和我说说陈尚我，”宁孝庾说，“你自己的看法，想到什么说什么。”

虞照心里咯噔一声。哦，原来这是来验收功课来了。

怕她前期准备没做好吗？好歹她也是文艺世家出身，批评一流名家是没什么把握，批评一个新晋画家还是不在话下。

于是虞照清了清嗓子，拿出做报告的姿态，开始发表长篇大论。

从陈尚我的师承讲到获奖作品，再对他的画作一顿毫不留情的指点，宛如手里握着两把巴洛克，一开火弹壳纷飞，场面那叫一个壮观。

听到后头，宁孝庾平静的表情终于有了一丝波动。

“这么说，你不是很认可陈尚我的风格？”

虞照没听出他话里的深意，被问得卡壳几秒，才赧然低垂眼眸，带点无耻和娇羞：“为了工作嘛，我也可以去努力喜欢的。”

“你倒是能屈能伸。”宁孝庾轻笑一声。

虞照生怕自己的工作态度被质疑，立刻清了清嗓子打算挽救一下。

“我当然知道他是近几年成名画家里比较出类拔萃的一位，否则你这么大的咖，干吗放着那么多国际大展不做，突然接了这么一个新锐画家的个人展呢。”

宁孝庾的表情变了变。

虞照皱着眉沉思半晌，继续往回找补。

“其实我对超现实主义的创作风格并没有强烈的主观感受——无论是好的还是坏的。但我总觉得吧……陈尚我的画和他的生活背景不搭边，有一点点违和。”

她加重语气强调：“就一点点。”

宁孝庾扬眉，示意她继续。

见老板没有表现出不高兴，她就壮着胆子继续说下去，反正她一个初出茅庐策展小助理，随便说两句又没什么。

“我小时候也学画，虽然现在几乎不动笔了，但从我的自身经历来看，创作一开始都是基于模仿之上的自由发挥，但最后，作品总归要回到‘人’身上，也就是对自己的表达。”

听到这儿，宁孝庾似乎终于对她的话起了一点兴趣，向后靠在沙发上，一手落在膝头，手指轻点。

他问：“陈尚我没有自我表达吗？”

“当然有。”虞照马上回答，顿了顿，又道，“但违和感也是出自这里。你看，陈尚我是个土生土长的南方人，大学读央美，又久居杭城，他早期的画作，也就是在校和毕业两年内的这个时间段里，画风是相当写实的，无论是什么风格，都摆脱不掉他中国画的神韵和底子。可就在两年前，他的画风发生了很明显的改变。”

那幅令陈尚我声名鹊起的获奖作品《编号 7》，就是他前后画风变化的一道分水岭。

6.

《编号 7》是一幅典型的具有超现实主义风格的画作。

陈尚我这幅作品中的内容比以往大幅减少。

他选取了当下的涂鸦作品中的局部和个别符号，比如风车、鸟巢、红十字架、飞机等，以一种逻辑颠倒的、毫无规则的方式，“贴纸画”一般呈现在画布上。

这使得画作看起来是一个非常简单的东西，实际上却是非常复杂的方式创作的。

风格的“独特性”成为这幅画作得以获奖的关键。

而虞照关注的却是另外一件事。

画作里那些西方印记十分鲜明的符号，无论如何都跟陈尚我的生长轨迹对接不上。

“就像红色十字架，在我看来这就是一个非常西方的、宗教的符号。还有飞机模型的局部，陈尚我本人对此的解释是，他童年对乘坐飞机有向往，简直莫名其妙。这么说吧，我觉得陈尚我从中国画到超现实主义的跨度实现得未免太突然，也太快了，难免让人感觉他前后期的画风很割裂。”

虞照一面感到违和，但同时又将其归咎于自己对艺术的理解浅薄。

她抬起头，对宁孝庾也是这样解释的。

“不过我想，艺术家之所以能凭借这样的作品立身，得到行内的承认，那么肯定有他的道理在。我应该还是学习不够，所以会有这种想法。”

虞照自觉这个姿态摆得很好，不卑不亢，在肆意点评之后又给自己留了个台阶，宁孝庾横竖是不可能挑出什么错的。

“你说得很好。”果然，宁孝庾在沉默了一会儿后，点点头。

虞照提着的心终于安然地放回原位。

“但你的功课还是没有做足。”

她很是不情不愿地垂下头，没反驳，“哦”了一声，模样乖得不可思议。

宁孝庾起身朝她走过来，微微俯身。她察觉到了，抬起头，就迎上他低垂的脸庞。眉眼，鼻梁，嘴角，呼吸，都近在咫尺，裹挟了难以言说的压迫感，朝她倾斜。

虞照下意识地屏气，睫毛因此轻轻颤抖。

明明没有触碰，宁孝庾却莫名觉得有柔软卷曲的羽毛轻轻刷过他某处皮肤，很痒。

“期末小论文写的是当代画家批评？”

虞照发愣：“你怎么知道？”

看到宁孝庾的神情，她就知道自己问了个蠢问题。

他是 F 大特邀的名誉客座教授，想知道什么不是轻而易举。大佬用人之前，恐怕连她的 GPA 都得仔细核查过才行。

宁孝庾直起身：“多留个作业——用比较美术学方法写对陈尚我的批评。”

虞照蒙了一下，没想到放假了还得搞学习：“和谁比较？”

“你不是说他的作品前后割裂？或许是受到欧美艺术家的影响……当然，这是留给你的作业，你可以好好想一想。”

虞照还想垂死挣扎一下，瞧见宁孝庾的眼神，又放弃了。

行吧，老板面前，万事认㞞，认㞞保平安。

虞照小声嘟囔：“你刚刚说话好像我们学校教授。”

宁孝庾原本要走，闻言回头，垂眸看她半晌，笑了。

“虽然我在很多学校挂名，但很可惜，我不喜欢教学生。”

虞照怔了怔，有些意外：“啊？为什么？”

“有时候会觉得……没意义。”

虞照怔了怔，在他深邃不可见底的眼眸里，反而窥见了一丝真实。

这一刻她才觉得他在展露真实，不是君子端方，不是高高在上，也不曾俯瞰这个尘世，因为他眼中有属于凡俗人的迷惘。

宁孝庾缓慢地掀起眼皮，朝她看过来。那个眼神仿佛一帧一帧无限放慢的长镜头。

“你应该学过这些。杜尚以后，艺术就已经在观念的层次上存在了。其实观念这种东西，是没办法传授的。就好比授人以渔，捕鱼这个动作实际存在，有法可依，但观念是个很虚无的东西。学得来形，学不到意，这是完全没意义的事情。

“人本能所感知到的空间，色彩，线条，读过的书，写过的字，经历的哀乐……这些都是无法可依的，因为每个人的轨迹千差万别。”

“没有人能教给你。教授的同时，其实也意味着一种复制和模仿。”宁孝庾语气冰寒，“你听过这个圈子里有句话吗？杰出的艺术家模仿，伟大的艺术家偷窃。”

虞照怔然，察觉到他语气中带着憎恶，因此显得冷酷而不近人情。

“而我最反感的就是这句话。荒唐至极，不是吗？”

虞照花了点时间消化他这番话：“我有个问题。”

他微微抬眸，示意她开口。

“你这次做展，到底为什么……要把我带在身边？”

她脱口问完了，才发现他表情微妙，轻抿着唇，像是在看一个傻子。

“你这么看我干吗？”她问。

“作为一个追求者，你得有点自觉，虞照。”他脸色放缓，语气轻快起来，“我是在给你靠近我的机会。”

7.

夜里他们到底还是没有睡在一起。

起先虞照四处忙活拖延时间，可她不睡，就没法熄灯，床上的宁孝庾语气略沉地催了她一句，她见终于挨不过去了，才硬着头皮爬到床上。

虽然是躺在他身旁，但也隔了一段距离，她努力让自己无限接近床边，到了翻个身就会掉下去的程度。

谁知躺下没多久，她闭上眼睛，就听到身侧窸窸窣窣，一偏头，却见宁孝庾翻身下床。

“怎么了？”她腾地坐起身，拥着被子，瞪大眼睛看着他拿了手机走到楼梯口，一脸茫然。

他在下楼前回身看了她一眼，表情很值得琢磨，是让她觉得危险的样子。

“睡你的。”他声音低哑，扔下这句话就头也不回地离开。

过了会儿楼下的灯亮起，她坐在床上等了半天，只等到关灯的声音，她就知道他应该是在那里睡下了。

她睡意全无，懊恼地想，你怕什么呢虞照？怎么出击这么久好不容易有了破格性的进展，自己又尿了？真是功亏一篑。

只怪上次在宁孝庾家中，不过浅尝辄止的亲昵，却实实在在给了她前所未有的冲击，以至于现在想想还头皮发麻，没来由地生出畏惧。

此前她还敢口口声声扬言和他睡，那之后却再也不敢提了。

隔天醒来，先和团队碰头，然后宁孝庾让虞照拿着前期的策划去见陈尚我。

“我去见？”虞照惊讶。

“嗯。”男人在坐榻上兀自摆一盘残棋，漫不经心似的，她都怀疑他到底知不知道自己说了什么。

“可我……”

“从现在开始，这个项目你就是主策展。无论对谁，你都可以这么说。”

虞照蒙了：“这不行……”

在一个展览的设计里，工序林林总总几十道，前置会议最耗心神，可在海市时她忙着期末考，根本只在线上听了个热闹，参与感挺足，实则没出什么力。

框架设计，媒介手段，动线设计，空间结构，文案介绍……那么多事情，都落在手里这看似薄薄几页纸里，她知道里头重逾千斤。如今宁孝庾一句话要把功劳推到她头上，她根本不敢受。

“为什么？”

“想知道？”男人完全不在意她的堂皇，轻描淡写地朝她一笑，“你见了陈尚我回来，我再告诉你。”

杭城的雨一向如此不分时节，任性来去。到达约定的 BWV 画廊，天色竟阴云密布，不多时就下起淅淅沥沥的冬雨。

虞照想起几个月前来这里时，杭城也是连日阴雨，没想到这次回来还是如此，仿佛某种预兆，让她生出不安。

她坐在休息处靠窗的沙发上，透过冰裂纹的玻璃窗朝外看。雨势渐渐小了，却无人叩门。

和画家的约定时间是上午十点钟，现在是十点十五分。

陈尚我迟到了。

算了。

虞照百无聊赖地转过头，就瞧见二楼有人倚着栏杆正在看自己。

他身后的墙壁上挂着一幅半人高的人像，与他的样貌相差无几。一人一画就跟复制粘贴一样立在那儿瞧她。

虞照若有所思地歪着头，朝对方招手道："郁泽闵？"

"约了人？"郁泽闵双手插袋，一脸清冷地走下楼来。

"嗯。约了一个画家，工作需要。"

"哦，徐宝山同我打过招呼，叫陈尚我是吧。"

郁泽闵在她对面坐下，虞照想起来什么似的，说："你对杭城这边的圈子比较熟，应该知道陈尚我吧？要不趁他没来，先和我说说？"

郁泽闵瞥她一眼，摇摇头："不怎么了解。"

虞照心头闪过一丝疑惑。

好像提到陈尚我这个人，郁泽闵的表情就有点奇怪。

况且……

之前魏桑说过，陈尚我这次冬季个人展的场地就定在这里。

画家开展有两种情况，一是主动联络，二是受邀。也就是说，要么是陈尚我主动，取得了与BWV画廊的合作，要么是画廊递出橄榄枝邀约，陈尚我接受。

无论哪种，都意味着陈尚我要和郁泽闵打过交道，有过谈话才行。

可郁泽闵现在为什么说自己对陈尚我"不怎么了解"呢？

如果不了解，何必与其合作做展？

不是因为郁泽闵，宁孝庾又是从哪里知道陈尚我这个人，进而接下这个案子的呢？

这不过才第二天，虞照却已经感觉到，这份"难得与大拿相伴"的工作，和预想的有很大不同。

她隐隐觉得有哪里不太对劲。

8.

郁泽闵只是来和虞照寒暄几句，接了个电话就要离开，临走还和魏桑一般，叮嘱她好好照顾三哥。

一个两个都如托孤，仿佛她就该是宁孝庾的助理。

又过了半个钟头，画廊的大门才终于打开。

来人是一个样貌清隽的青年，穿着精致而成熟，驼色大衣被雨淋湿了一点，却丝毫不觉得狼狈，眼神凌厉而有神，四下扫了一圈，等经理徐宝山过来询问，才报出姓名。

“陈尚我，我找虞照小姐。”

虞照所在的位置占尽地理优势，足以将他一举一动尽收眼底，观察到现在，她才起身迎上去。

“你好，虞照。”她挤出一个官方微笑，“久仰了，陈先生。”

陈尚我朝声音来源处看去。

眼前的女孩一袭黑色镶银的小香风套装，大衣搭在手肘，黑发堪堪及肩，与古雅装扮违和的是她通身有一股磊落不羁的气质，好似行走江湖的女侠。

陈尚我走了神，听到虞照问：“那边有沙发，我们过去聊？”

“好。”

两人坐定，虞照将初步方案给他，拿出纸笔来，开门见山。

“您先看看，有什么构想都可以提出来，我们会尽力给您实现。”

陈尚我翻开文件，一目十行地掠过，也不知有没有认真在看，总之两分钟就翻完了，最后兴致缺缺地把文件一撂，往后靠在椅背上，打量她。

“说实话，BWV 很少主动给哪个画家做展，这次他们提出这个合作，我收到邀约当然是很高兴的。”他似笑非笑地说着，话锋一转，“不过话又说回来，他们找不到宁孝庾那样的大拿做我的展，我理解，毕竟我不是塞尚、梵高，这点自知之明我是有的。”

虞照静等他说到重点。

果然。

陈尚我眯了眯眼睛，略带不悦：“但他们拿虞小姐来搪塞我，我可实在是没想到。”

虞照只是微笑听着，从头到尾面不改色，倒让陈尚我讶异起来。

他哪里知道，这番话早被宁孝庾料中，宁孝庾还告诉她，要是他提出换策展，你就说你是我的助理策展。

虞照有样学样，“宁孝庾”三个字一砸下来，陈尚我半天没缓过劲儿来，调整了一下坐姿，似乎不信，上下打量她一番：“你是 Victor 宁孝庾的助理策展？”

虞照说：“宁先生回国后，维克托基金会一直是照常运转的。我是从基金会资助的创业策展工作室里被提拔到宁先生身边的，你知道，宁先生金盆洗手了嘛，不好张扬，得有个人帮忙，而且……宁先生这次……也是为了提携我。”

话里真真假假，暗示给他做展，其实是宁孝庾的垂青，她不过是个担名分被提携的。

再名不见经传的小人物镀上宁孝庾三个字的金边，也能立刻飞升成仙。这一下陈尚我看虞照的眼神复杂了几分。

“原来是宁先生的意思，失敬失敬。难怪……虞小姐气质出众，宁先生真是好眼光。”

圈子里腌臜事不少，虞照这样入行的不是个例。陈尚我见怪不怪，反倒没了顾虑，意有所指地笑了笑，看破不说破，点到即止。

虞照只得跟着赔笑，和陈尚我见完面回去，只觉身心俱疲，头大如斗。

一到灵山云径里，她就进院子找宁孝庾质问，为什么这么干。

她问这话的时候，宁孝庾正在院子里支了个架子画画，甩手掌柜当得十分清闲。

“你觉得为什么？”他狡猾地把问题丢回给虞照。

虞照私心里不是没有自己的假设，可是说出口又是另一回事了。

如果真是陈尚我以为的那样，宁孝庾有心借此机会带她入行，那是不是意味着，宁孝庾对她……也一样动了心？

否则他干吗要对她好，给她扔这么大一个馅饼下来呢？

她所学的这个专业，想要真正入行，钱反而不是最稀罕的，稀罕的是资源。可他就这么随随便便地给她了，没提任何条件。

虞照发了蒙，心里说不清是什么滋味，在原地站了半天，忽然快步上前，自身后搂住了宁孝庾的腰：“我们交往吧？”

宁孝庾执着画笔的手顿了顿，画布上是村庄远山薄雾，意境非凡。

他视线凝在山脉上不动，脊背清楚地感知到女孩轮廓的柔软，双臂箍在他腰间的力道，还有她轰隆的心跳，几乎立刻就起了反应。

就如昨晚他根本无法在她身侧平静地入睡，本能的信号急迫又热烈，诉说着最原始的欲求，不容他无视。

“用不着你投桃报李。”

“这怎么是回报？你和我交往，是我赚了，血赚。”

他无奈，一手落在她腕上，似要扯，触到那段光滑的、带着寒冬凉意的肌肤，又动不了了。

真是要命。

9.

“阿照。”宁孝庾喉结滚动，声音沙哑，“放手。”

“不放。”

他搁下画笔，两手用力，谁料虞照身材纤瘦，力气与他相比竟然毫不逊色，也不知用了什么手法，锁得死紧。他动了七分力，竟没把她拽动，再用力下去，又怕她受伤，只得作罢。

“我带你是来工作，别胡闹。”

“可我就是想不明白！”身后的小丫头语气一下子变了，带着鼻音，瓮声瓮气道，“你今天要是不和我说明白，我是不会放手的。宁孝庾，我算是知道了，你就是在吊着我呢，不主动不拒绝不负责，偶尔给一点儿甜头——你凭什么这么干？”

他的指腹摸到她棱嶙的指节，感受到微微颤抖，才知道她原来忍了很久，关于这番话。

暧昧里，先沉不住气的那个人是输家，她甘愿掀开底牌任他漫天要价。

反正她是初生牛犊不怕虎，平生第一次动心栽在这人身上，横冲直撞又怎么样。

她没哭，只是莫名委屈，豁达和满不在乎都是为了不在他面前矮一头，不想让他觉得她是追求者就合该低三下四。论骨子里的倨傲，她比他不遑多让，又何曾对一个男人这样费尽心机，仍往往徒劳。

心里不见得承认自己有多情深义重，靠近他的初衷摆在那里，她本就居心不良，可一路跌跌撞撞向着他，有多少真心又有多少假意，自己早就分不清了。

她错就错在以为可以拿捏他的感情当砝码，最后把自己赔了个底儿掉。

被搂住的男人脊背僵硬，一动不动，她额头一下一下撞着他，没用太大力，却仿佛在告诉他我不好惹，你别欺负我。

“我是没谈过恋爱，你也别欺负我不懂。没有你这样子的。只我一个人朝你走过去，你在原地不动、不理，我也就认了，干什么又三番五次对我好？”

像是喟叹，又像是在自问，他感到荒唐似的失笑：“这难道就叫对你好？”

宁孝庾心里比谁都要清楚，给她的大多数善意，换作另外一个人也能给得出同等分量，所以实在想不明白她这句“对她好”从何而来。

涉世未深的小姑娘，轻而易举就能被这一点点砒霜夹心的甜头俘获，他没来由地为此忧心，若她不是天生卑怯，只对他如此，或许还有救。

最好是只对他如此。

他承认自己动过一万次念头，想恶劣给她看，告诉她我不是你想象中的白马王子，我是个危险品，小丫头，你看走了眼，更信错了人。

曾经，也只是动动念头。

刻下却是真切地起了付诸实践的心思。

她到底知不知道，她贴着他脊背寻求感情上的答案，可他脑中所想全是与感情无关的欢愉。

宁孝庾闭了下眼睛，手势温柔地捏了捏她指骨，令她松开，转身扣着她颌骨吻下来。

不给预兆，更没打一声招呼。

虽早见识过他裹挟了血腥意味的吻，却还是半点招架不住，唇舌失守后，所有关卡也跟着溃败。她的心狂跳起来，呼吸跟着凌乱，搂着他肩的手立刻背过去，隔着衣服将他按住了。

所有动作被齐齐按下暂停键，唇分开，他垂眸望她，潮红的容颜，横波的眸子，张狂和恣肆化作一潭春水。

分秒流逝，情热虽未搁浅，他好歹仍保有最后一点善心，准备将手抽出来，不妨被她按牢了，不叫他走。

留也不是，走也不是。光天化日的，连他都生出几分不知如何是好的茫然。

宁孝庾皱了眉，声音哑到不行："怎么了？"

"你抱我进去。"她没头没脑地往他身上跳。

他猝不及防地接住了，掌心是绵绵的触觉，她的两条长腿本能地环住他的腰，"考拉"似的挂在他身上。她总是出其不意，他没了法子，认命地依言将她抱进去，要就近放在一楼那张床上，又被狠拍脊背。

"这里不行。"小丫头搂着他脖颈在他耳边小声说，"去楼上好不好？"

到了楼上，俯身把这只"考拉"搁上床，他耐心也已然耗尽，欺身而上。

游离的思绪里，她记得最清楚的却只是他贴着耳边，气息滚烫得像是烧起来，问她："知道自己在做什么吗？"

她当时好像已经在哭，嗓子哑得说不出话，用力地点了点头，就又被他送入下一场跌宕的梦里。

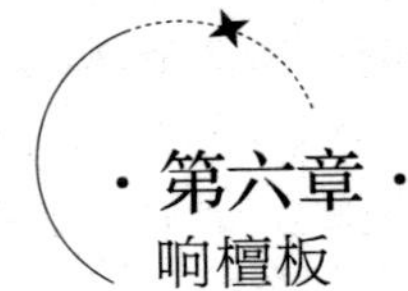

·第六章·
响檀板

1.

十一月中，策展的行程几乎是摧枯拉朽一般朝前推进，但凡一点阻碍，在“宁孝庾”三个字面前也全变得不值一提。

陈尚我几次提出来想见宁孝庾，虞照回来转达他的意思，都被宁孝庾轻描淡写地摇摇头回绝。

她没问为什么。

在这个男人面前，很多问题问了也是白搭，他不想给的答案，你就算翻山越海也别想逼他给。

繁忙地开会，去画廊落地实施布展……团队里的人都渐渐和虞照混熟了，里头的人一半是庄子怡工作室的，另一半是魏桑找来的。

相处久了，纵是宁孝庾很少露面，出席会议更是寥寥无几，但大家都不是瞎子，一男一女之间有事和没事，磁场天差地别，又岂会看不出虞照和宁孝庾之间的关系不清不楚。

才子佳人的故事，自古虽是老掉牙，但胜在赏心悦目。

毕竟，若论起和钱、权、名、利纠葛的饮食男女，圈子里再怎样荒唐离谱的关系都不缺，即使身份云泥，这样赏心悦目的一对，反倒更容易被接受和理解。

张扬是宁孝庾这边的人之一，身兼总协和设计两个重磅职能，策展概念图就是他全权负责的。

因为同样出身 F 大，虞照便喊他师兄，再加上策展落地的方方面面都要和总协沟通，一来二去，众多人中，虞照和他变得最为熟稔。

这些天大家都在忙最后的布展工作，这是策展里最烦琐的一部分。

陈尚我这次出了不到百幅作品，展陈设计精益求精，单是做展品配框、展线就熬了几个大夜。

展陈设计虽不是虞照专业所在，但毕竟被戴上了主策展的高帽子，还是要没日没夜地陪着，事无巨细，都要谙熟于心。

张扬和她同病相怜，陪着熬大夜的时候，他好奇地问过她一句，和宁先生怎么认识的。

她窝在 BWV 展厅的沙发上迷迷糊糊，闻言打了个激灵，瞬间清醒了。

她想了想，才说：“我是先知道有他这么一个人，暗中考察了一段时间，再去接近的。所以要说怎么认识的，应该是我一手促成的认识吧。”

当然，这里头不乏上天好心赐予的两次偶遇。

她说这话时姿态坦然。

张扬算是宁孝庾的人，虞照岂会不知。因此，话能说几分，虞照还是心中有数。

张扬被虞照这番“心机深沉”的发言惊到，半晌才眯着眼睛感叹：“行啊，师妹，是师兄小看你了，我还当是……”你一朵小白花被宁先生这等神仙似的人物勾得七荤八素，不知道天南海北了呢。

既然是虞照先处心积虑，他就不操这个心了。毕竟想对宁孝庾处心积虑，也得有门路见着人才行。唯一困惑的只是……

“你就这么和我交底啦？也不怕我回头闲聊不小心告诉宁先生？”

虞照扬起手按在眼皮上，若有似无地一笑：“我倒希望你能不小心告诉他。”

张扬蒙了，没琢磨明白，却听到门口风铃叮咚，有人进来了。

虞照没动，因为听出了来人的脚步声，只懒洋洋地在沙发上张开手，仰着头等来者过来抱。

宁孝庾地位特殊，若非有今日这个展，张扬未必能得见其一面，所以被魏桑安排来这里之后，铆足了劲儿求表现。

在他心里，宁先生一展“迷城”年少成名，随展现世的画作更是被拍出天价。此后宁先生陆续出了不少影响业界的作品，甚至受邀参与威尼斯双年展的中国馆……在宁孝庾这个年纪，这样的履历绝无仅有，该是被奉为神祇。

却不想，如今这位神祇走到这四仰八叉的小丫头旁边，神色仍冷若冰霜，拒人千里，动作却宠得没边儿——他伸手把人从沙发上抱起来，朝张扬点了点头，说句辛苦了，就扬长而去。

过了会儿展陈设计师从小黑屋里出来，瞧见张扬呆若木鸡的，问了句：“怎么了？熬夜熬傻了？”

张扬摇摇头：“看见了不该看的东西，快瞎了。”

“啊？”展陈设计师觉得他脑子“秀逗”了。

张扬一副“你什么都不懂”的神情，心说，被闪瞎的。

2.

被抱上车扔到副驾驶座，虞照也不老实，等宁孝庾坐进驾驶位，又探身凑过去讨吻。

宁孝庾正启动车子，冷不防温香软玉凑过来，难免心浮气躁，皱了眉避开：“别闹，开车呢。”

“魏桑临走前叮嘱我照顾你。”虞照也只是逗逗他，见他不解风情，自讨没趣地坐回去系安全带，“把你生活上的习惯喜好巨细无遗列了个清单给我，那么厚一沓 A4 纸。”

迈巴赫终于上了路，宁孝庾瞥她一眼：“所以呢？”

“按道理，我得给你开车，可是我不称职啊。到时候魏桑姐姐问起来，我怎么和她交代？”

宁孝庾嗤笑一声：“得了便宜还卖乖。”

她偏头凝视他，对他的冷嘲热讽，无所谓地耸耸肩。

有了肌肤之亲后，即便关系没到男女朋友的份儿上，总也还是更坦诚几分。

男人端方温润底下的坏脾气也随着时间暴露无遗，冷心冷肺，动辄说话不留情面，要等他说句窝心的情话，或许哪天太阳绕着地球转才有可能。

说起肌肤之亲，其实半个月来，就只有那一次。

犹记得她醒来后浑身散架一般，他眉目清冷地靠坐床边，一勺一勺地喂她吃水蟹粥，什么也不提。

名分之说，在他眼里仿佛毫无意义，显得她之前口口声声问他讨说法的举动也幼稚得要命。

她干脆上了头来了劲，不就是比谁更渣吗？他不提，她也不提。

后面工作紧锣密鼓，虽然同在一个屋檐下，每天她回来他已经睡下，又哪有时间思及情爱。至多不过溜上楼凝视他睡颜半晌，因怕吵醒了他，再略有心酸地下楼去睡。第二天她又起个大早离开，有些刻意回避的意思，但最重要的是，她不想辜负他给的这个主策展的名头。

现在的宁孝庾，明明比之前那个看上去闪闪发光的“艺术品”次了不是一分两分，她竟还是觉得沉溺其中，且有愈演愈烈的趋势。

“宁孝庾。”她没大没小地直呼其名，在凌晨一点钟的高速上喃喃，“你给我下蛊了吧？”

他心平气和，带着骨子里的疏冷，戳破事实：“你自己心不稳，我不用下蛊。”

“哦。”她头仰靠在椅背，侧着脸肆无忌惮地盯着他看，“瞧把你得意的。”语气有点要翻身做主人，把他当宠物逗弄的意思。

他警告地瞥过来一眼，到底没和她计较。

这段时间以来，还是头一次半夜回到灵山云径时，两人都醒着。

各自洗了澡，虞照照例要在一楼睡下，才抖了抖被子，身后就有不速之客欺上来将她拦腰搂住，唇贴在她耳后，语声低沉：“说了多少次，睡这里要吹风，上去睡。”

虞照将手覆在腰间箍紧的臂上，轻轻搭着，转头和他碰了碰唇，道：“上去的话，你不要碰我。”

忖着她话里的意思，他披上君子面皮，显得很克制：“除非你想的话。”

“我不想。”她很快回答，接着又迟疑地说，“但我想抱着你睡，像情侣那样。”

他笑了一声，分不出是嘲讽还是单纯觉得她想法有趣：“你又没谈过恋爱，上哪儿知道情侣怎么睡？”

她理直气壮，振振有词：“书里、电视剧里、文艺作品里都是这么表达的，可见小情侣就是要搂在一块儿睡觉。”

他又开始轻描淡写：“我们又没在交往，什么时候变‘小情侣’了？”

她心凉了半截，咬唇发狠：“我不管你有没有，反正我今天就得抱着你睡，你不给，我就出去说你潜规则我，反正你宁孝庾比我要脸，拿你名字卖新闻我又不吃亏。”

这话说得七真三假，实则因为气急败坏。宁孝庾也不恼，恍然道：“嗯，合着我是个工具人。”

她回过身，仍被他搂着后腰，仰面看了他半晌，深恨他脸上的云淡风轻，不起波澜。

谁能知道这一副好皮相底下，实则五毒俱全。

虞照伸手捏住他脸颊，拽了拽，把他弄愣了几秒，刚想发作，她已经迅速放下手，装作什么都没发生过。

“上楼睡觉觉了。”

她这么打一枪换一个地方，游击似的和他交锋，他还真拿她一点办法都没有。

躺到床上，他到底还是展开手臂把她拢进怀里，遂了她的心意。

对宁孝庾来说，这么盖着棉被纯睡觉的经验绝无仅有。

后半夜她睡相不佳，贴得死紧，整个人往他身上蹭，害他醒来后再没法闭眼，心猿意马强自克制，喉咙干得要命。

伸手不见五指的静夜里，佳人在怀却只知道呼呼大睡，碰也碰不得，他睁着眼睛，无奈地喃喃自语。

“欠了你的。”

3.

清早，先于闹钟，宁孝庾被一个电话吵醒，伸手一摸，是虞照的手机，上头显示着来电人。

岩野。

男的？谁？什么关系？

致命三连问闪过脑海，他随手挂断，开了静音，又把电话扔在一旁，垂首吻了吻肩头蹭过来的前额。

她迷迷糊糊没睁眼，以为是他自己电话响了不接：“谁啊？”

“没事，睡你的。”他说。

她果然没再问，动了动下巴，在他肩头找到了舒服的位置，又闭上眼睛睡过去。

原本催上班的总协大人破天荒地没动静，她一个回笼觉睡到中午才醒，知道时间后急得抬手直捶宁孝庾。

“中午了！我惨了！”

看似绣花枕头似的粉拳意外有力道，他挨了两下受不住，制住她手腕：“怪到我头上？明明是你自己贪睡。”

就知道不能答应和这男人同床共枕。祸水！

虞照深感堕落，脱出手来，推开他起身下床洗漱。

踢踢踏踏的脚步声从厕所走到客厅，走下楼，又走上来，他躺在床上，靠着床头闭目养神，安静地听她来回走，最后往他跟前一站，说要走了。

他睁开眼，眼底还发青，说句“路上小心”，却见她半天没动，直勾勾地盯着自己。

“还不走？”不是着急吗？

“你不送我？”她又露出那副理所当然的表情。

宁孝庾沉默了片刻，抬手按了按突突直跳的太阳穴，因为她根本一夜没合眼这种事，到底说不出口，只好反问：“车费都是报销的，自己不能打车？”

“小情侣都是要送对方上班的。”

她是铁了心要用“小情侣”仨字拿捏他到底。

他深深看她，表情仿佛风雨欲来。她不闪不避，就大大方方地和他对视，到头来他失笑，摇摇头，认命地下床。

“折腾我你就爽了？”

“爽。”她面无表情，抱着肩，以一个标准的稍息站姿看他穿衣服，“你不知道使唤渣男——尤其是你这种黑了心的渣男给我开车，有多爽。”

宁孝庾只匆匆刷了牙抹了把脸，没刮胡子，更没梳头，只得戴上棒球帽。

他抬手压了压帽檐，走到她跟前，力道放轻地扣着她下颌，迫她仰面与他对视。

“我知道你心里打什么鬼主意，现在我给不了，等这个展结束，回了海市，如果你想法没变，再来找我。到那时候，能给的我都给，好不好？”

温柔并非来自他轻缓的语气，而是望着她的深沉的眼神，摩挲她脸颊的拇指，以及眉宇间透出来的那股不知打哪儿来的忧郁。

他是半担忧半恳切地在请求。

这么好的皮相，世间孤品。她一时心动，于是不再剑拔弩张，收起一身的刺。

最坏不过是不爱她，也不是他的错，她何必幼稚呢？

“你……你继续休息吧。”她打了个磕巴，抬手摸了摸他眼下那片乌青，“是不是没睡好？不闹你了。”

小丫头心软得太快，他不免又为此忧心，觉得她若是往后也这样对人处处妥协，容易在弱肉强食的丛林里摔得头破血流。

“衣服都穿好了，送一趟也不耽误事。”他说着，牵了她的手下楼，姿态坚定，不容抗拒。

她只盯着交握的手，半晌没移开视线。

谁知车子一路疾行，最后驶往的目的地却根本南辕北辙。

虞照睡了一路，睁开眼简直五雷轰顶。

“宁孝庾！”她一手扶着车门立在原地不动，“这是哪儿？”

闹市中，宁孝庾很不容易才找到了路边一处停车位，正松了口气下车。

闻言，他满脸不解，一只手插袋，另一只手关上车门。

“你是杭城人，问我？”

见她脸都白了，是真的心急，他才露出一点笑意，好声好气地走过去搂着她安慰：“给你放个假，布展都是些重活，他们去做就好了，不用你跟着受累。”

虞照并不是很同意：“我毕竟是……”

“好的策展人都是用这里的，”他打断她，修长的食指点点太阳穴，“不是去做展场工人。”

这话从旁人口中说出来，虞照未必信服。可他毕竟是宁孝庾，行业中的权威，她便闭上嘴，心里虽然有些过不去，但还是妥协了。

“好吧。”

他露出“这就对了”的神色，牵了她的手，很自然地拖着她过了马路。

身旁是车水马龙，处处尘世烟火气，她走了神，盯着他侧脸，他丝毫不察，走了没多远就开始拿出手机导航。

她“扑哧”一声笑了：“你要去哪儿，还不如问我。”

是了，这里有个土生土长的活地图，虽然找景区差了些意思，市中心她还是出入自如。不比他，虽是半个当地人，却仿似他乡过客，没有地图导航，去哪儿都举步维艰。

宁孝庾回眸，小丫头双眼亮晶晶的，捏了捏他手心，亲昵到令他心头滚烫，似往百年碧甃里投下顽石，激得波澜骤起。

这样的感觉太陌生，宁孝庾强自冷静地找回自己的声音，报出那百年老馆的名字，心里却久久回荡她清脆悦耳的笑。

4.

谁说过，到杭城不吃奎元馆，等于没有来过杭城。

百余年的老店，仍是客似云来。或许因有过一众名流到访，这陈设朴素的面馆，早成了杭城一处鲜明的文化印记。

大堂上摆满木桌木凳，声响嘈杂。她从竹筷子筒里擎出颇带岁月感的筷子，虞照细心地用茶水烫过，才递到对面的男人手里。

见他皱眉，她忍不住笑：“没在这么热闹的地方吃过饭吧？”

的确没有。

以为杭城人必定钟爱自家的百年老店，问了魏桑后就打算带她过来，不承想体验生活的成了自己。

“本地人呢，哪家馆子都能吃到片儿川、虾爆鳝，不是非得来这里。”她一面给他倒茶，一面解释，“就好比……海市人成天排队点都德吃港茶，可是真正的广州人吃早茶，不是非要去点都德的。”

顿了顿，她又补充道："当然，土著也爱吃奎元馆，我就爱吃。"

因身处闹市，心下烦躁，宁孝庾本就话少，这会儿更是缄口不言，颔首算是在说"知道"。

菜是虞照点的，一道黄鱼面，一道虾爆鳝面，没加旁的菜，吃面才是正经事。

百年老店自有它的理由，面是真的好吃，她埋头吃得浑身出汗，抬起脸，发现他盯着看个没完。

好像她吃东西的时候，他老爱盯着她看。

虞照歪头想了想，似乎觉得这会儿吃东西更重要，干脆无视，继续大快朵颐。

吃完后他结账，她先出去站在街边，拿出手机打算给张扬打个电话，这才发觉清晨时有个岩野的未接来电，便先回拨过去。

一接通岩野便叹了口气："大小姐，你没赶上我给你带的糯米藕，早上那会儿还热着呢。"

岩野这么说，那肯定是他妈妈亲手做的糯米藕，知道他要来见她，所以嘱咐着带过来。

她"啊"一声，有点懊恼："明如阿姨做的吗？还有剩吗？"

"没了，就那两口。"岩野故意说，"时间久了就不好吃了。"

虞照抬手一按额头，岩野又问："你在哪儿？一会儿有空吗，去找你。"

前段时间，向岚岚一个人抱着画板来灵山云径采风，两人见了一面，当时向岚岚说岩野临时有通告出差，所以没来。

她于是问："你忙完了？"

"嗯。昨晚飞回来的。"

虞照没立刻接话，下意识地转头，发现男人早就结完了账，正礼貌地站在一步之外，等她打完电话。

只是，看起来他脸上像结了层冰似的。

电话那头没了动静，岩野迟疑道："阿照？"

她回过神来，低声说："我今天可能不方便，改天……等我这边工作结束吧，到时候四个人一起聚聚，好不好？"

岩野沉默良久："你就这么不想单独见我？"

虞照哑然，半晌道："我和你说过，我有人要追。"

"那追到了吗？"

岩野一针见血，偏她没法理直气壮地说"是"。几秒的迟疑已经说明答案，岩野轻笑一声。

"其实我猜到是谁了，均宁少爷那位刚回国不久的表哥宁孝庾，是吧？"他语气十分平静，却带着说不出的严肃。

"阿照，他那样的人，真的适合你吗？表面高高在上，让人以为他打了个龛台把自己供上去还不愿意下来，其实里头烂透了，身上全是些见不得光的事情。"

她一径沉默，不置可否。

岩野顿了顿，才放轻声音："我知道，沈思阿姨走之后，你心里一直埋着根刺，觉得放不下。

"就算你怪我，我今天还是得和你坦白我怎么想的。我觉得沈思阿姨走得很蹊跷，我不信你没有过一星半点儿怀疑，否则你也不可能和虞叔叔闹成那样，更不会放着学了十几年的画不画了，非要去策展。如果，你是为了这个才入这行，才去接触宁孝庾那种人……"

"够了，岩野。"

不妨他提起沈思，戳痛了脏腑，虞照花了很大力气维持冷静，开口打断他。

她的口气听上去很平和，是克制之后的样子："你说得很有道理，我也明白，我会仔细考虑。"

说完，不等岩野回复，她就挂断电话。

虞照再度回眸，步武之距的男人正目视前方车来车往，魂游天外一般。

吃完饭两人又去湖边轧马路，宁孝庾问她要不要进银泰逛逛，毕竟女孩子都喜欢购物，谁知小丫头却对商场避之不及，拉着他快步经过。

元旦早过了，农历年关将至，景区仍是热闹，再寒的风也阻止不了游客的热情。

再往前，人潮渐渐拥挤，虞照有些担忧地拽拽他的手，问："回去吗？"

宁孝庾疑惑地皱了下眉，又听到她解释："怕你不适应。"

一个不住现代酒店，偏爱灵山云径那样地方的人，怎会喜欢和人牵手逛景区。

宁孝庾摇摇头，正要说话，忽然被撞了一下，偏过头，是一个边走路边看报纸的男人，对方如梦初醒似的抬头，连声说着不好意思，又被后头的人流推向前方。

"没什么不适应……"

他话音刚落，却见虞照如离弦之箭般蹿了出去，宁孝庾本能地回身跟上，正要问你做什么，却见女孩一把扣住那看报纸男人的手，提膝猛压向男人的膝窝。

周围的行人惊呼四散，电光石火之间，那人已经被虞照反手制伏在地，乱叫着："打人啦！杀人啦！"

虞照一言不发地从他兜里掏出一个黑色皮钱夹，带出泛着银光的镯子，当啷落地。

宁孝庾看得很清楚，纯黑荔枝皮的钱夹——那是他的钱夹。他摸了摸夹克口袋，果然已空空如也。

围观的群众也顿时明白了这是怎么一回事，瞬间哗然，开始你一言我一语地谴责小偷。

地上的男人见势不妙，登时噤声，转为哀求，说是误会云云。

景区附近巡逻的警察早就闻声过来，群众七嘴八舌地和警察描述刚刚发生的事。

虞照松手移交小偷，警察上下打量她一番，惊讶非常，很难把眼前这个漂亮到有些张扬的妙龄女孩，和群众嘴里飞身擒贼的女侠联系起来。

警察问虞照可不可以跟他们过去做个笔录，虞照当然是点头答应，随即又回眸看了看身后的宁孝庾，见他始终面若寒霜，不由得轻拽了一下他袖口。

"很快的。"她小声安慰。

一行人带着小偷离场，人群再度散开，汇聚成向前的洪流。

事情没多复杂，这小偷也是派出所的熟面孔，警察一说，虞照才知道，这报纸男是湖边景区的惯犯，有组织的，抓着这一个，将同伙连盘拿下就有了突破口。

笔录做得比较简单，过程中警察问了几句虞照的过往，她都不紧不慢敷衍过去了，并不想多提。

结束的时候警察忍不住感叹：“行啊，这年头小姑娘都不简单，反应挺快，身手也好，学过武术？”

虞照展笑：“算是吧。”

宁孝庾听着一问一答，陷入沉思。

他想起那日小丫头锁在他腰间、怎么也分不开的手，射击场上笃定又娴熟的姿势，忽然意识到，魏桑查出虞照大二休学，去当兵三年，或许不是想象中的那么简单的一段经历。

她的隐忍，坚持，坦荡，磊落……都远超常人，或许这才是原因。

出了派出所，回过头，宁孝庾看见她将手里的钱夹一抛一接，微笑地朝他走过来。

寒天风起，拂动她不知何时长到了颈窝的黑发。

5.

回去的路上，宁孝庾沉默地开着车。

虞照在旁边把他的钱夹翻了个底朝天，却没打算物归原主，当成自己的东西一般，爱不释手地把玩。

过一会儿，在几张黑卡里抽出其中一张来，她好奇地问道：“这是不是传说中的运通黑金？”

无限额度，呼风唤雨，极致土豪，传说中的听说过没见过。

费以丞曾经和她吹嘘，过不了几年自己就可以申请，没想到今天出现在她眼皮子底下。

余光瞥了眼，宁孝庾用一个“嗯”字回答。

虞照思考片刻，语气变得怪怪的：“都谁有你的副卡？”

大概猜得到小丫头想旁敲侧击些什么。

情感经历，家族成员，人际关系……她对他所知不多，到现在才知道要问，比起他遇过的一些还没交往就开始查户口的人来说，已经算是难得。

宁孝庾选择满足她的好奇心："我妈妈有一张，但她没用过。"而且从某种程度上来说，郁令文比他有钱，收下儿子的副卡，也不过是走个形式。

虞照"哦"一声，安静了几秒，又忍不住问："那家里其他人呢？"

"有两个姐姐，一个妹妹。"

她失笑："哇，你一回家岂不是被女孩包围了。"

"大家很少见面。"他平静道，"我十六岁就去英国读男校，寄宿制，很封闭，没什么机会和家人联系。她们也一样，差不多在我这个年纪就一个个出国读书。等我回国的时候，她们早就天南海北。我们这家人，一年顶多能碰一次面，在妈妈生日那天。"

他说着轻笑一声，带点讽刺的意味："比过年都整齐。"

"那你爸爸呢？"她几乎是脱口而出。

他偏头望了她一眼，视线带了点说不清的意味。

在她的认知里，像是研判。她的心突突跳起来，绞尽脑汁想打个岔，揭过这个话题，他却答了。

"家里人和他关系都比较一般，他那个人……"做事不择手段。

后半句被宁孝庾咽回去，无声片刻，似乎觉得话题结束得突兀，转而主动提起自己的妹妹。

"庄子怡应该没和你说过，我妹妹是被收养的，比我小三岁，是个作曲家，这两年回国发展了，有机会介绍给你认识。"

没有血缘关系的妹妹？作曲家？

虞照没接茬，默不作声地把他那张黑金卡插回卡槽，装没听见。

回到灵山云径后，她才想起一整天都没和总协联系，而张扬居然也没有给她打过电话，估计是宁孝庾早就知会过了。

刚窝在沙发上，宁孝庾洗了澡出来，问她钱包在哪。

她仰躺着，从背后拿出钱夹，作势递过去，等他伸手，又嗖地缩回来了。

他凝视她半晌，没恼，却说："下次别做那么危险的事情，遇到什么自己傻傻地往上冲。"

她愣了一下，逗弄的心思顿时烟消云散。

"哪有傻傻的啊。"

“万一对方带了刀呢？”

虞照有点无语，没料到英明一世，居然沦落到被他教育人身安全问题的境地，当即想说他班门弄斧，可被盯㞞了，偏没能出口。

半晌，她才讷讷道：“我心里有数的。他那种人是惯犯，拿张报纸遮挡往人身上撞——其实撞着你的时候我就发现了，但怕吓到你嘛，所以等他走了两步我才冲上去的。”

顿了顿，她又笃定道：“真的，你放心，我不会让你受伤的。”

说完，等了半天，眼前的男人没反应，她不由得心虚地眨眨眼。

“不是我。”他深感头痛，“我是说你。你自己呢？考虑过没有？”

她怔了怔，想说这是本能，是条件反射，没什么，就算挨一刀也不过痛上几天，她习惯了，可在他深沉视线的笼罩下，又忽然失语。

过了好一会儿，她才低眉顺目地说：“好，我知道了。”一转脸，却挟着钱包问，“我好歹给你挽回了损失，这可是运通黑金卡哎，你怎么谢我？”

见她故态复萌，是完全没把这件事儿放在心上，宁孝庾欲言又止，最后放弃对她继续进行安全教育。

“你想我怎么谢？”

传说中，运通黑金卡客户往往是一卡在手呼风唤雨，其实不是什么笑谈。你就算在生日会上打给负责人说想找人过来舞狮子，对方也得做到，更何况是补张卡。

虽然有一点琐碎，不过，这种事情一向是交给魏桑，总归烦不到他头上。

可是见小丫头兴致勃勃地预备着讹他一笔，他就没解释。

她都以身犯险，拿出搏命的架势来了，想讹他就讹他吧。

他总归被讹得起。

虞照抿了抿唇，抽出那张黑金卡。

“你……可以给我也开一张副卡吗？”

这个要求提得任性，不懂事，又荒唐，是在赤裸裸地贪图钱财，家人除外，无论谁这么和宁孝庾说，估计他都会这样去想。

可偏偏是她，所以他没办法。

须臾间，他的声音就到了耳边，说好，轻描淡写得仿佛这没什么大不了。

虞照没料到他会答应，捏着卡错愕了一会儿。他走过来揉了揉她的脑袋，抽走她指间的卡，然后是钱夹，至此物归原主。

正要走，不妨沙发上的小丫头抬手搂住他，脸颊贴在他腰侧，语气软绵绵的："你放心，我不拿你的卡做坏事。"

"没说你要做坏事。"似乎他还没说什么，她先为此愧疚，好像自己犯了多大的错。

宁孝庾叹了口气，手心搭上她颈后，撸猫似的来回摩挲，两人一站一坐，她瞧不见他目光复杂，眉峰沉沉。

"对我，你可以理直气壮一点。"他最后这么说。

6.

陈尚我个展开展前一天，声势已经铺天盖地，甚至在行内数得上名字的人都接到邀请函，并答应了前来参展。

Victor 艺术基金会官网上也用了头版大肆宣传，誓要让陈尚我一展跃居一线的架势。

虞照看得心惊肉跳，暗地里问总协："陈尚我给了多少宣传费啊？"

张扬震惊："他给宣传费了？我怎么不知道？财务呢？我问问……"

可见，这事儿根本就是宁孝庾自己财大气粗罢了。

要不是和宁孝庾有不可说的关系，她几乎要怀疑宁孝庾是不是暗恋陈画家，所以邀人家办画展，给这么大的排场，居然还分文不取。

简直稀奇。

事出反常必有妖。这个道理虞照明白，但一方面忙得焦头烂额，没工夫细想；另一方面，就算想了，也揣度不出来这男人的用意。

还不如老老实实做个打工人。

开展当天，BWV 门庭若市。

宁孝庾依然隐世不出，虞照和张扬就担起迎来送往的重任，与各路业内大拿寒暄。

陈尚我的经理人郑东年当然不能错过这个露脸的机会，整场扒着陈尚我的肩，两人形影不离地四处 social（社交），但凡听到对画家的夸赞，郑东年就喜形于色。

郑东年从业年头不短，捧过不少画家，而今终于出了一位拿得出手的陈尚我，难免膨胀。

毕竟，陈尚我这回是被有杭城“艺术风向标”之称的 BWV 亲自邀约做个人冬季展，而且连国内颇有影响力的画家周郎朗也拨冗到场——要知道，这个不惑之年的男人，可是当今艺术圈子里最炙手可热的人物。

也就是说，周郎朗去哪儿，风就刮到哪儿。

今天他来了陈尚我的个展，就意味着陈尚我的 level（地位）也眨眼高了一等。

这和莫奈到塞尚画展上买画，导致塞尚身价暴涨是一个道理。

周郎朗出身央美，虞照小时候还在家里见过他一回，也不知他和虞瑾明是什么交情，只当是头一回见，客客气气地喊“周先生”。

周郎朗背着手，眯缝眼睛盯了她两秒，又将视线落在入口处的策展前言上。

显然，他看到了策展前言最下方的“策展人——虞照”这一行字。

虞照登时有些紧张，以为会收到什么评价。

过了会儿，周郎朗却只是朝她一笑，若有所思地继续背着手，往里走去。

虞照松了口气，撞撞张扬的肩：“吓死了。”

“怎么，认识？”

“也不是，但他是大画家嘛。”

“看你那尿样儿……”张扬翻了个白眼，顿了顿，又状似无意地问，“先生今儿是不打算过来了？”

虞照说了一上午客气话，嗓子正哑着，视线还落在远处周郎朗的背影上，没头没脑地，脊背生出一股不妙的感觉，心里阵阵发慌。

她莫名地按了按心口，嘴上敷衍：“我哪里知道他要不要来。”

“你们不是朝夕相对吗？”

“想得美，我忙成这样，哪有工夫和他朝夕相对？”

话音刚落，人群一片哗然。

虞照蓦地回过头去。

以周郎朗为首的一圈人，站在这次策展的主展品《编号 7》前，几乎把展台围了个水泄不通。

这是很少见的。更何况这次参展的大都是行业里的翘楚，很少会像看热闹的大爷大妈一样，把哪儿哪儿围起来。

虞照瞧不见发生了什么，心脏却咯噔一下，本能地意识到，出事了。

可……到底出什么事了？

·第七章·
终意乱

1.

灵山云径有陌生的车辆驶入，一路畅行至宁孝庾所在的院落。

院门处，比之前多悬了一块木匾，上书“看取莲花净”，皆以钟繇隶笔写就。

王帅推门下车，在门口打了个电话，静候片刻，才被允许进来。

电话那头的声音听起来心绪不佳，知道他来，只说了“门没锁”三个字。

王帅只身入内，走了没两步，一眼瞧见宁孝庾。

二层阁楼前摆了一张藤椅，上头铺陈着暖和的羊绒毯，他躺在椅上，颇为闲适地裹在毯子里，手边落着一本看了大半倒扣过去的书，目光却若有所思地望向院中倚墙的一丛竹，不知在想什么。

“宁先生，您怎么坐这儿啊？”王帅愕然上前，“山里头可不比城里，容易吹风着凉。”

宁孝庾带着倦意将视线从竹子上头移开，打量几眼王帅，捡起书起身往里走。王帅愣了一下，连忙跟上去。

室内开着电暖气，空调反倒不受待见。

王帅冷不丁从寒凉走进热气里，激得浑身打了个哆嗦。

两人在一楼客厅那张长桌上坐定。

王帅拿出平板电脑来，点开几个网页。

“宁先生，事情办得差不多了，目前引起了不少关注。”

目前微博热搜第一位，陈尚我画展被曝抄袭。

第二位：BWV 画廊，画自燃。

第三位：陈尚我 BWV 个人冬季展。

第四位：陈尚我抄袭 Sivan。

……

宁孝庾把电脑屏幕朝向自己，随手点开热搜首位，上头一条微博热评热转已经破十万，博主名叫“Sivan 反抄袭基金会”，竟有着象征企业用户的蓝 V。

这条微博并无文字，只有一段视频。

视频已经开始自动播放。

画面的角度近乎诡谲，自上而下，时而传来背景音的嗡嗡声响，但只要看一会儿就不难发现，这个视角，多半来自室内作业的无人机。

展场里人影憧憧，无人机摄像头靠近正中的一幅画作，在不远处停滞。

一个花白头发的中年男人正与几人背对着镜头，立在一幅画前细细品鉴。

变故是在瞬间发生的。

眼前的这幅画作忽然在玻璃框内自燃，绽放出微弱的、淡蓝色的火焰。

画前的几人不约而同地受惊向后退去，随着一声尖叫，有人试图喊工作人员要灭火器，可是太晚了，画布在短短几秒内已经燃烧殆尽。

“快看！后面是什么？”有人终于发现了不对劲。

“还有一幅画！”

人群震惊地看着眼前这一幕。

这幅主展的画作在特殊装置下燃尽后，竟露出玻璃框隔断后的另一幅画作——这显然是策展方精心安排之下的结果。

或许只是一场噱头，周郎朗想。

“在搞行为艺术？”

画面中头发花白的中年男人，即周郎朗，不解而又好奇地向前几步，看清玻璃后另一幅画作的刹那间，忽然失声道：“原来如此。”

眼下这幅画，与先前被烧毁那一幅，构图相似，笔触雷同，但两幅图给人的视觉冲击力却是云泥之别。

他在瞬间想通了事情的来龙去脉。

宁孝庾为何发帖请他来看一位初出茅庐的画家的展，甚至没有在主策展上挂自己的名字。当他问及陈尚我其人，宁孝庾又为何三缄其口，意味深长……

原来宁孝庾请他来看的，并不是一场个展。

而是一场精心筹划的揭露——或者说是，报复。

与此同时，画廊大厅里，回荡着无人机里发出的、近乎诡异的机械声，众人闻之哗然。

那机械音在反反复复地质问一句话："陈尚我，你是否承认抄袭了 Sivan 的画作？"

2.

无人机环绕在已经蒙圈的人群头顶，一圈又一圈，三百六十度无死角地记录下所有人的表情，以及，突然冲入画面，试图挥手打落无人机的男人。

那是陈尚我的经理人。

"胡说！简直是造谣！"郑东年怒不可遏，"策展方的人呢！滚出来解释！这到底是谁动的手脚！一定是有人陷害！不许拍，快停下来！"

没有人理会他，所谓的"策展方"自始至终只是冷眼旁观，甚至连保安都静立在原处，似乎对眼皮子底下发生的一切看不见也听不见。

郑东年近乎疯狂地跳着脚，锲而不舍地追着无人机，以为只要毁掉这会说话的机器，一切就可以当作没发生过，陈尚我就还是他的摇钱树。

无人机掉转方向，朝另一侧飞去，在周郎朗的带头下，众人举步跟上。

紧接着，梦幻般的场景就在眼前发生了。

一幅又一幅画作随着特殊装置启动，在玻璃框内焚烧成灰，露出隔热玻璃背后隐匿的、画家 Sivan 的原作。

与之前一样，两幅画布局相似，元素相似，像发型或衣服不同的双胞胎。

或许原作终究是原作，毕竟有着一个青年画家无法企及的感染力，在场的都不是外行，只一眼就明白，究竟是谁在东施效颦。

"画于 2013 年。"有人辨认出原作上的英文落款，倒抽了一口冷气，"这甚至是……七年前的画作！"

陈尚我最出名的《编号 7》画于两年前。

这意味着，陈尚我抄袭 Sivan，从两年前就已经开始了，又或许更早。

却，无人得知。

不远处传来暴怒的人声，周郎朗停下脚步，回身望去。

入口处，陈尚我指着主策展和总协的鼻子大骂。

“你们敢阴我！竟然敢和我玩这一套！我告诉你，你们没有资格焚毁我的画，我已经报警了，我一定会告你！”

周郎朗皱了下眉。

郑东年精疲力竭也没能干掉无人机，发现陈尚我自己跑出来跳脚，心下一沉，立刻过去试图阻止。

不管事情如何发展，作为涉事的画家本人，一旦言行不当，恐是万劫不复。

事到如今，郑东年还心存侥幸，觉得陈尚我不会被就此打倒。

被骂的总协和主策展始终沉默，无人机飞在郑东年头顶跟过去，发出滑稽的笑声。

机械音再度响起，语调冰凉而嘲讽。

“毕加索说过，摧毁的冲动也是一种创造性的冲动。陈画家，焚毁是这场展的一部分，你应当感到荣幸，你那屎一般的画作，参与了一场伟大的艺术创作。”

陈尚我腾地转身，指着无人机，仿佛能够透过镜头看到“仇人”的脸。

他脊背生寒，脑子嗡嗡直响，近乎咬牙切齿：“你等着！我要告你！”

下一刻，语音切断，无人机停止拍摄，缓慢落地。

背后操控的人似乎玩够了，懒得再对话。

总协张扬刚要上前将机器回收，郑东年冲过来一脚踩下去，用力之大，足见心中的恨意，无人机瞬间七零八落。

只是没踩两脚，就被赶过来的保安扣住了。

“虞照！你叫虞照是吧？主策展？！哈哈哈，我呸——”

郑东年双目通红，死死盯着她，女孩似乎无知无觉，缓慢地抬眼，看着他被保安拖出门去。

陈尚我连忙追出门去，却见郑东年被扔在门口，灰头土脸，而眼前是……

密密麻麻、将画廊大门包围的记者。

陈尚我整个人呆若木鸡。

不知如何得知消息的记者们蜂拥而至，将陈尚我围堵在当中。

“这是您首次做个人冬季展吧，这场个展的策划你满意吗？”

“您抄袭的关联词已经是热搜第一位了，请问你想不想对此做出什么回应？”

“这场展的主策展与你是否有私人恩怨？”

……

一个又一个问题劈头盖脸地砸过来的当下，陈尚我才迟迟意识到：原来刚刚无人机在拍摄的同时，进行了直播！

或许此刻，网上正铺天盖地地流传着刚刚录制的视频。

陈尚我脸色青白，长枪短炮之下，心虚和慌乱都无所遁形。

一门之隔，画廊内，周郎朗当先上前，向虞照道谢。

“Sivan 被杭城某画家抄袭的事，我其实早就知道，只是……”他慨然叹息，话锋一转，朝女孩欣慰地道，“感谢你的勇气，这是我看过的最精彩的一场展。”

接着，周郎朗问她可否交换名片。

在这位当世名家带头下，其余人也陆陆续续前来，向虞照或真或假地表示尊敬和谢意。

张扬偏过头，见女孩面如纸色，心里大概明白原因，帮她象征性地接下几张名片，其余的便都借口挡下了：“抱歉，她太累了，不太舒服，能不能让她上楼休息一下？”

“当然。”

大家亦明白这只是托词，纷纷让开一条路。

女孩道了声歉，快步离场。

虞照不知道自己是怎么爬到了二楼，双腿似乎不是自己的，跌跌撞撞间，更不知要逃向哪里。

胡乱推开一间储物室的门，她走进黑暗，才松了口气，不顾灰尘，跌坐进狭窄而闭塞的角落，似乎是哪个纸箱子上。

她抬手捂住了脸，滚烫的泪顷刻奔涌。

事实上，她已经很久没有流过泪。

这场展叫“倾城”，布展风格里，有往昔废墟般的残垣，也有现代精致的琉璃画框，是两种极端的结合。

她在策展前言上写：“断壁残垣下得以存活的或许并非情爱，而是对人性卑劣本质的原宥。”

她记得宁孝庾对这句大加赞赏。

原来只是因为这样。

他赞赏的，并非文案本身精彩与否，而是她笔下的“人性卑劣”几个字。

因为这一场展的真实目的，原本就在于揭露人性的卑劣本质，即陈尚我的抄袭。

她想起数日前初次来到灵山云径，想起无数个日夜的奔波，想起枕侧的缠绵，想起他说，你对我可以理直气壮……

但事实是，所有人都知道，唯独她被蒙在鼓里，傻傻熬夜写策展前言，写文案，事事躬亲，鞠躬尽瘁……不愿辜负宁孝庾的“重托”，以为这是自己踏入行内的里程碑式的第一场展。

到头来，不过是个笑话。

3.

平板上点开的视频播放到末尾，宁孝庾神色如故，未见波澜。

只在画面中露出女孩苍白的脸时，才略微不自然地坐直上半身，搁在桌上的手，也几不可见地虚握成拳。

他又翻了翻评论，除了部分质疑外，多数人倾向于讨伐抄袭者。

王帅浑然不知，自觉差事办得并无遗漏，继续报告。

“我这边已经安排公关部准备好后续的舆情观察，针对陈尚我扬言要告咱们这回事，您也大可放心，他之前抄袭的作品已经售出了，法务会以抄袭非法获利起诉他……”

“王帅。”

“啊？宁先生您说。”

“你在安宁资本公关部干了几年了？”

一般问这个问题，多半背后的含义不见得多好。王帅也算是个打滚公关界，见惯各路神仙的，否则也不会做到公关部的头儿。可偏对着宁孝庾，他打心眼儿里犯怵。

无他，只因捉摸不透这位新老板。

“三年了。”王帅规规矩矩地答，“还得多谢庄总和您看重。”

“我是个新来的，谈不上。”宁孝庾笑一笑，“在安宁你可比我资格老。”

“这是哪儿的话……”王帅跟着失笑，心里却受用这句肯定，“这不是给我戴高帽子吗？宁先生您有话就直说吧。”

闻言，宁孝庾沉默了很久。

“我把一个画家交给你团队做。”宁孝庾轻声说，“一个要求，让他红。即便做不到家喻户晓，起码也要在圈子里举足轻重，不至于什么样的脏东西都敢来染指。”

王帅怔了怔：“营销一个画家？好说。不过呢……可能的话，最好我们还是能和当事人见个面，了解一下背景啊经历什么的，这样到时候也好编故事——您知道，营销这种事儿，没个好故事不行。”

自始至终，宁孝庾的表情都显得很平静，听到这里，却仿佛觉得好笑，轻飘飘地看了王帅一眼。

“人你是见不着。”

“啊？”王帅摸了摸脑袋，“那……”

“他死了。”

王帅目瞪口呆，了悟：“Sivan？”

王帅说不出话来的工夫，宁孝庾无意地偏头看向窗外，忽而微微一怔。

“下雪了。”

杭城的第一场冬雪，终于到了。

4.

虞照迎着雪回到灵山云径，踏着脚下薄薄一层素色，周遭极静，仿佛置身空山之中。

院门上新挂了块儿匾，她驻足，仰头看了很久，才举步踏过门槛，走进去。

深夜，庭中的地灯昏黄地映着新雪，窸窸窣窣作响。

走进门，一楼煌煌如昼。

长桌旁，宁孝庾安静地坐着看书，抬眼瞧见虞照，问道：“喝酒了？”

喝了，而且不少。

只是她没力气和他说这个，也不想说。

洗漱完毕，她抱了枕头要往楼下走。

宁孝庾挡住狭窄的楼梯口：“跟谁喝的酒？”

很久没遇过这种醉鬼，宁孝庾忍不住皱眉。

虞照只是沉默。

他只好又说：“你想一个人待着的话，我下去睡，你不用动。”

虞照嗤笑一声，终于忍不住似的，扬起下巴，眯起眼睛：“宁孝庾，你装什么好人？”

宁孝庾微微合紧后槽牙，有点儿按捺着愠怒的意思，盯了她半晌，无奈道：“阿照。”

她扬起一边眉毛，仿佛在说“我倒要看看你要放什么屁”。

“我很愿意和你沟通，如果你有任何问题的话。”

“可我累了。”

“累了在楼上睡。”

她终于哑然，看了他一会儿，摇摇头笑了：“你还不明白吗宁孝庾，我不打算再被你安排了。”

“虞照。”

她莫名被这声唤激怒，退了一步，回手将枕头摔在地上。

“你很想对我发善心是吧？你就想看我像傻子一样问你为什么，是吧？好，我给你机会，我让你解释，你尽管把你想说的话说完了，然后，别再来我跟前晃悠。”

她语气不见得如何激烈，但每个字都透出怒意。

至少相识以来，宁孝庾没见过她这样冰冷的、不带任何感情的视线。

他张了张口，擦着她肩膀过去，俯身捡起那只可怜的枕头，拍了拍。

“我没到自诩神佛的份儿上，发什么善心？”字里行间带了解释的意味，他回身看她，“我怕你什么都不问，把自己憋坏了。”

她偏头，冷冷地盯着他，脱口问：“为什么？”

“什么为什么？”宁孝庾走到床边，放下枕头，坐到床尾凳上，试图理解她的问题，“为什么我要做这场展？”

“不是。为什么只瞒着我一个人，为什么把我当成傻瓜一样耍得团团转？这才是那天不让我去布展的真正原因对吗？”

虞照说一句就往前走一步，直到足尖相抵，居高临下地逼视。

“怕我去就知道了画框和展台上动的手脚，知道这场展根本就是为了搞臭陈尚我的一场彻头彻尾的炒作！”

他静默很久，甚至没有抬头看她。

“我做的事情，不是所有人都能够理解。退一万步讲，若是我全盘托出，事事同你商量，我无法保证你会不会和我说，你觉得不至于，没必要，因为圈子里处处都是这样的事，我根本不必要大张旗鼓砸所有人的脸面。如果你这么说了，我可能会觉得失望。可我目前对你存有好感，还不想以此来消磨。”

这番话他说得不带语气，眉宇间是淡淡的厌倦。

“虞照，我对人性不抱期望，所以同样的，我也不想试炼人性，试炼你。而你不知情，这场展才是完美的荒诞剧，是真正对所谓艺术这个圈子的嘲讽。”

虞照笑了一声：“嘲讽的对象，也包括我，对吗？”

宁孝庾没有否认。

他的沉默，才是真正的利刃，直直戳进虞照心窝。

她往后挪了一步，单膝跪地，蹲下来，试图看清他那张低垂的脸上的表情。

直至，他扬起视线，与她四目相对。

宁孝庾抬手，拂开她鬓边一绺裹挟水汽的乱发，语气温和，姿态却犹如审判者。

“你费尽心力申请去双年展做个一文不名的志愿者，准备去庄子怡的工作室里帮衬，甚至……一开始处心积虑地接近我，难道不都是为了朝自己的目标前进？”

他把“不择手段”四个字，换成极其委婉的字眼扔到她脸上，接着，很淡地笑了一下。

“这个展，是我送你入行的礼物，虞照。

“展到底是不是符合你的初衷，对你来说并没有差别。因为，你已经拿到你想要的了。”

虞照脸色煞白，一言不发地站起身。

她还能说什么？

下楼之前，虞照牵动嘴角，深深看了他一眼，笑容满是嘲讽。

“那真是该谢谢你，宁先生。”

5.

当晚，虞照没有打招呼，就收拾行李离开了灵山云径。

其实宁孝庾有追出来。

隔着十米左右的距离，他跟在她身后，一路看着她。

女孩看似轻巧地拎着简易的行李箱，却因山路坎坷，跌跌撞撞地走在湿滑的雪地里。

那只行李箱那么小。他忽然意识到，这么多天以来，她来来回回似乎也只是那几件衣服，朴素得不像个小姑娘。

她比他见过的任何女人都要质朴，身上没有过多饰品装饰，衣服更是从简，连吃饭也只偏爱家乡菜，对那些看似高大上的西餐厅、日料店一概敬谢不敏。

她甚至没有像寻常女孩子那样，拐弯抹角地说过话，唯一耍性子般提过的要求，不过是，我们交往吧。

可他回应了什么呢？

沉默而已。

静夜里，雪落个不停，仿佛在控诉他，她是个女孩子，心里怎会没有委屈。

她的背影就那么坚定地朝前走，不是欲拒还迎，不是一哭二闹，是真的对他失了望，因为受到无法容忍的欺瞒。

有那么一瞬间，他觉得她可能是真的不打算原谅他。

刻下的心情无法言述，至少，比他想象中煎熬得多。

一路跟到灵山云径山脚下，看到远处那辆陌生的车子亮起前灯，煞白的光朝她照过来，他蓦地生出一股冲动——想走过去抱住她，不要让她上别人的车子，对她说一声抱歉。

可又有更多顾虑涌上来，冻结住他罕有的头脑发热。

宁孝庾低眸，自嘲地笑了一下，立在原地，终于不再向前。

虞照鼻尖通红，不知是被风吹的，还是哭过。

岩野从车上下来，帮她将行李箱放到后备厢，见她有些走神，忍了又忍，才提醒道："有人跟过来了，是不是宁孝庾？"

虞照怔了怔，没回头，只说："走吧。"

岩野深深望了一眼远处那个人影，抿唇片刻。

接到虞照的电话，问他能不能过来接她的时候，他就已经满心疑虑，猜测是不是出了什么事，否则以阿照的脾气，轻易不肯向自己示弱的。现在瞧见那男人远远站在山脚下目送，若说先头只是三分疑心，现在已经有了八九分肯定。

阿照是和这个姓宁的闹不愉快了。

岩野拉开车门让虞照先上去。

虞照本就有些心不在焉，没多想就上了车，不妨他关上车门，说了句："你坐着别下来。"就径自朝远处那男人走过去。

"岩野！"虞照低低地喊了一声，见岩野头也不回，是打定主意要会会对方的样子，便没再吭声。

算了，随他吧。

她一向镇定，唯独此刻心里乱得厉害。

这一走，是因为动了真怒，况且对于这场欺瞒，宁孝庾给出的说辞更令她寒心，自尊不再允许她和宁孝庾同在一个屋檐下。

多可笑。一直以来，她在宁孝庾眼中，不过用"不择手段上位"一语概之。

她想破了脑袋也想不明白，如果他是这样看不起她，又为什么和她纠缠不清。

她生来倨傲，没对谁低过头，不承想一个不察，成了别人手里任意捏扁搓圆的小玩意儿，让她怎么能够忍下这口气。

虞照看着岩野走到宁孝庾跟前，皱了下眉，眼不见心不烦地升起车窗，不去关注。

“你就是宁孝庾？”岩野走过来，当头问道。

宁孝庾手插在口袋里，视线从远处紧闭的车窗上移开，落在面前的岩野身上。

是个挺好看的男孩，帅气高挑，通身不可一世，是还没太遭过社会毒打的模样。

宁孝庾面无表情，心说，这年少轻狂的气质，简直和虞照一个模子刻出来的。

见他不答，岩野也不恼，歪着嘴笑了一声，黑色的飞行服夹克敞开着，也不畏寒，眯着眼盯人。

“我们阿照打小受不得委屈，在宁先生这儿上班，上到连夜要逃的地步，我好奇问问，你到底把阿照怎么了？”

“私事。”

宁孝庾扔出两个字，极尽敷衍，深眸盯了男孩两秒，到底没忍住，问：“你是阿照的朋友？”

岩野高深莫测地笑了笑，没正面答，打量男人一眼，也明白眼前这人散发着不好惹的气场，问不出什么来，干脆拿手指了指他，撂下狠话：“姓宁的，要是被我知道你对阿照做了什么，咱们走着瞧。”

这通威胁的幼稚等级直逼小学生，宁孝庾微拢眉心，又望向远处坐着虞照的车子。

“雪天开车不安全。”岩野的话被彻底无视，现下宁孝庾心里装的全是别的，“路上尽量小心。”

顿了顿，宁孝庾仍是担忧：“或者我把司机借你用一趟？”

因着两人各说各的，根本搭不上，岩野被堵得说不出话，半晌来一句：“用不着！”

宁孝庾恍然似的，笑了一下，扬扬下巴，吩咐道：“去吧，照顾好她。”

说完竟然转身走了。

岩野半天没反应过来，盯着宁孝庾的背影瞪大眼睛。

这姓宁的指挥谁呢?

6.

虞照睡了一路，等睁开眼，却发现车早就停了，驾驶位上空无一人。

她直起身松动僵硬的脊背，车窗开了一条缝，细细的凉风袭进来，带着雪的清寒。

险些忘了。

这是今年冬天的初雪。

如此美好的初雪之夜，她的心情却糟糕到无以复加。

虞照推开门下车，便见不远处湖岸幽寒。

岩野立在栏杆外，似乎正发呆。

沉默了片刻，她才问："回哪儿？"

岩野抬手看了看表："懒得折腾，先去我家将就一晚？"

"行啊。"

她两眼空空地望着湖面，雪落下又很快融在水里，不留一点痕迹，像她和宁孝庾那段可笑的、甚至未必称得上是爱情的关系。

"你和宁孝庾怎么回事？"

话说尽了，问题在岩野嘴边滚了几滚，他到底还是没按捺住，脱口而出。

她闻言，只困惑似的皱了皱眉："就那么回事儿。"

"我之前说沈思阿姨的事，对不起。"

岩野沉默了几秒，忽然道："我不该随便做那种揣测。我就是觉得，自从阿姨走之后，你做的选择都很突然，突然休学，像逃跑一样消失了，现在回来，又追人追得莫名其妙的……"

虞照表情空白了几秒，扯唇笑了笑。

"不用说对不起，你没错。"她动了动唇，挣扎了很久似的，才自暴自弃地说，"你猜得都没错。"

岩野显然没料到这样的回答，好半天，脸上挂着难以掩饰的震惊："你是说，你就是为了查沈思阿姨的死，才去追宁孝庾？”

居心不良被人摊开来说，原来是这样的感觉。

她像是被人当头泼了一桶水，这会儿才终于清醒过来，试图回忆最初的最初，她拜托老 A 查宁孝庾的时候，到底揣着怎样的目的。

想着想着，虞照忍不住自嘲地一乐。

“不过我还是太高估自己了，以为能打入内部，飞上枝头，没想到现在是赔了夫人又折兵。”

岩野一时间只是沉默，脑子里一团乱麻，不知道从哪儿问起。

“到底怎么回事？”他终于忍不住道，“你回来之后到底都干了些什么，有什么打算，不能和我说说吗？”

她皱了下眉，很认真地抬起头看他：“说了，然后呢？”

岩野被问得一愣，面对这个问题，竟也只能哑然。

虞照表情很平静，近乎冷漠：“这世上每个人都在忙，每个人都有自己要去做的事。我对一个人再重要，他也不会把我身上背负的东西背在自己身上，替我走我的人生。”

见男孩张了张口，似要反驳，她摇摇头，像是猜到他要说什么似的，笑了一下。

“别急着反驳，岩野。”她说，“你是这样，我也是这样。就算我们从小一块儿长大，那也是两个人生，谁都不能帮别人活。所以，我的路，我也只能一个人走。”

这是岩野第一次意识到，眼前的女孩变了。

她长大了，比他更懂得什么叫作独自背负，什么叫作承担。

或许在沈思的事情上，当时还只有十七八岁的女孩，经历了远比他想象中更多的痛苦。

可他竟一无所知，或许以后也不会有机会知道。

他抬手，想将之落在她发上，终究僵持在颊侧，只屈指碰了碰她冰凉的侧脸。

“太冷了，走吧。”他脸绷得死紧，极力缓和眼下的气氛，“过几天要不要送你回家？”

虞照闻言，愣了一下："算了吧。不想见他和他的小女友。"

岩野想了想，没再劝，只点点头，说声知道了。

"他倒是老牛想吃嫩草，也不看看那个李妍妍是个什么货色。"虞照不带语气地说着，返身往回走，嘴角的弧度却渐渐敛去。

她每走一步，心就往下坠一点，直至沉入冰凉的渊底。

一个月来，在灵山云径的种种都仿佛过眼云烟，那失真的古村落里满是她的梦想和爱情，每日只需要马不停蹄地朝前走，前方定是康庄；回过头，宁孝庾就站在身后，随时敞开怀抱。

多么虚无而又温热的美梦。

令她险些忘了，那本就不是她的归宿。

假作真时真亦假，她只不过是倾倒半瓢真心，竟陷溺其中，以为自己真的有了爱情。

该醒了，虞照。她和自己说。

7.

杭城的雪下足两日，网络上铺天盖地的雪景图。

灵山云径更是成了众多人附庸风雅的好去处，几张图在网上不胫而走，成了所谓的网红赏雪地之一。只是房价早就竖起铜墙铁壁，将绝大多数人拦在外头。

BWV 撤展后，宁孝庾就吩咐团队散了，避免继续住在灵山云径占着紧俏资源。

可他自己却窝在"看取莲花净"别墅里不动地方，任魏桑再三催促，甭管什么重大决策，都轻飘飘地扔一句"视频会议"了事。

后来惹得庄闫安都亲自打电话过来问候。

"老三，你那儿挺好的吧？"

宁孝庾雪景画了一半，不耐烦地拧着眉："有事说事。"

"陌上花开啊宁总，可缓缓归矣——"庄闫安拿腔拿调起来，没几个人受得住。

宁孝庾被酸得一个激灵，当机立断挂了电话，继续画画。

王帅那头隔三岔五汇报关于陈尚我的后续进展，大体可以说，这场以抄袭展反抄袭的操作，首战告捷。

同一时间，反抄袭基金会的官博也在凭借陈尚我抄袭视频一鸣惊人后，开始了正式运营，并公布官方举报电话，希望群众对于艺术圈的各类抄袭积极举报，且举报有奖。

而“虞照”两个字，随着这场前无古人的“炒作展”，一齐成为艺术圈里的大热门。

新锐策展人虞照，借着宁孝庾的光环和陈尚我抄袭事件的热度，在圈子里风头无两。

这段时间，圈内人但凡碰头聚会，都少不得要提起“虞照”这个名字。又因为有人目睹周郎朗亲口夸奖虞照，添油加醋口耳相传，传来传去，最后到媒体发文时，文章题目就成了《虞照：得到大师周郎朗肯定的新锐策展人》。

许多经理人寻到她所在的工作室发来策展邀约，庄子怡工作室的电话每天应接不暇。

不到三天时间，杭城的雪终于停了，虞照的电话也几乎被打爆。

虞照看着被打爆死机的电话，终于对宁孝庾说的“这个展，是我送你入行的礼物”这句话有了实感。

原来是这样的礼物。

岂止入行，简直是一战成名。

可就算全天下人都不知道，她自己也不能装聋作哑，把这场展当成自己的功劳。

那是宁孝庾的作品。

她不过是一个可笑的、被蒙在鼓里的挡箭牌罢了。

向岚岚刚交了参赛画作终于得闲，也听了不少关于虞照的传奇事迹，连夜约起四人组，准备向死党求证整件事的来龙去脉。

当夜，仍是 Chill Lounge，仍是靠窗那个卡座，仍是费以丞、向岚岚、虞照、岩野四人。

轮番八卦审了一通虞照之后，才发现原来这位被媒体吹得神乎其神的“幕后黑手”，竟然只是个被从头骗到尾的小可怜。

向岚岚顿觉无趣："所以是宁孝庾把你耍了？"

岩野眉心深皱，被"耍"这个字刺了一下。

他没有打破砂锅问到底的习惯，要不是向岚岚替他张嘴，他恐怕还以为只是姓宁的和阿照闹了点不愉快，侧目凝视，身旁这个"受害人"却还一脸没心没肺。

虞照忙着给自己灌酒，不想对此多聊，喝了半晌，没头没脑一乐。

"我突然想起来一件事儿——"

手指摩挲着冰凉的玻璃杯，浅浅一层威士忌见了底，她脸上没什么表情，眼底却有氤氲雾气。

"宁孝庾让我写陈尚我的比较美术批评，还特意强调，或许他也受到了欧美艺术家的影响。"顿了顿，她指节深折泛白，字句几乎是从牙缝儿里挤出来，"这么一想，他其实早就告诉过我……"

只是我没当回事儿。

或许这才是症结所在。

如果那时候她肯静下心来研究透彻，就会发现陈尚我前后画风割裂、后期出现大量西方印记符号的原因，是抄袭。

如果她发现了，或许在他眼中，她才是个足以并肩的队友。

可她没有。

甚至连那个看似荒唐的作业，那番没头没尾的对话，都被她不知什么时候就抛诸脑后。

因为她跟来杭城做展，本质上攻略感情的企图大过其他。

这或许就是宁孝庾眼中的她：一个根本不成熟，却自以为有心机的小屁孩。

当他的暗示没有得到回应，他就该明白，他只能将她从同等的高度拿下来，越放越低，直至——

"若是我全盘托出，事事同你商量，我无法保证你会不会和我说，你觉得不至于，没必要。"

"我对人性不抱期望，所以同样的，我也不想试炼人性，试炼你。"

"你已经拿到你想要的了。"

是她自始至终，就没有走到他的高度看周围的一切。

她将意味深长的策展当作心血来潮，以为是自己的机会；她将朝夕相处当作进攻的温床，忽视他给出的暗示，或者，那也是一种警告。

在她飘飘然的时候，宁孝庾就已经不着痕迹地告诉过她，虞照，你问我讨要的东西，我不给，不是因为旁的。

不过因为你不配。

· 第八章 ·
频生蹇阻思量遍

1.

今年的除夕比往常早，连小年也紧巴巴地凑在一月下旬的开头。

饶是如此，街边挂上红色装饰的行道树，播放着喜庆音乐的商场，以及满溢着阖家团圆快乐的朋友圈……哪里都在提醒着虞照，过年了。

可离开灵山云径，虞照才发现，自己无家可归。

好在有个死党向岚岚，自小被娇养，成年后家里就在离美院不远的商圈给她安置了一个小窝，虞照得以跑去向岚岚的公寓蹭吃蹭住。

深冬的清晨冷得厉害，让人不愿意从被窝里爬起来，虞照用被子蒙着头，皱着眉，听见电话和敲门声响个不停。

几分钟后，她顶着起床气起来开门。

向岚岚一直是赖床鬼，居然起了个大早，见她穿着睡得皱巴巴的长筒卫衣出来，摇摇头，指了指客厅里的人。

居然是费以丞。

奇怪了，明明昨天几个人还在 Pub 喝夜酒，怎么他都不用睡觉的吗?

向岚岚清了清嗓子，不知是解释什么："岩野飞去上京赶通告了，他还不知道这事儿呢，不然肯定会过来的。"

虞照满脸困惑，揉着头发"哦"一声，没反应过来这是摆的什么阵仗，歪了头正要开口，却被费以丞劈头一句话炸得动弹不得——

"你爸好像出事儿了。"

“啊？”

虞照蒙道：“他马上风啦？”

这回换作费以丞说不出话来，一旁的向岚岚脸一阵红一阵白，即便是当着发小说这种话，也让人忍不住给她一锤子。

嘴真是损。

等费以丞道明来意，虞照彻底醒了觉。

行政处罚公告昨晚刚刚在官网公布，今天网上的新闻已经铺天盖地，只不过流传于金融圈里，在娱乐至死的微博热搜上掀不起任何水花。

更别提虞照这种连微博都懒得上的人了。

若非费以丞的父母都是投行人士，在一家子金融人士的耳濡目染下，对圈子里的风吹草动异常敏感，也不会这么快反应过来，找上门给虞照报信。

只可惜，费以丞口干舌燥地说了半晌，在座两个学艺术的女孩没一个听懂，无奈，干脆往群组里发了几个网页新闻。

虞照看着几个新闻链接，脑子嗡嗡直响。

单是新闻题目就触目惊心，陌生的词组，陌生的句子，她甚至没办法和虞瑾明这个人联系起来，她不知道父亲明明只是个画画儿的，为什么会卷进这些事里。

——证监会因操纵市场和信息披露违法对赵某先后开出六张罚单，最高罚没款达 27.7 亿元。

“赵某？”虞照嘟囔，“和我爸有关系？”

点进网址，密密麻麻的字词入了眼，却不过脑子。

除了主涉案人赵某之外，另有一些账户涉案的自然人均没一罚五。

向岚岚同样刷着网页，比她更先崩溃：“这是在说什么呀？”

虞照皱眉，手指往下滑动，终于在堪堪页尾的地方看到了一排名单。

统计出来的“涉案账户”名单里，赫然躺着“虞某明”三个字。

向岚岚显然也看到了这一行，僵硬着不再言声。

当然有重名的可能。

但如果惹得费以丞找上门，就意味着这一点也早已被验证过了。

他一向消息灵通，不可能没搞清楚事情就咋咋呼呼跑过来。

客厅里一时静得落针可闻。

虞照立刻拨打虞瑾明的电话，对方已然成为空号。

她感觉到心咚咚直跳，耳里一阵接着一阵地轰鸣。

有那么一霎她觉得解气，虞瑾明遭到报应了，却又感到茫然——她的爸爸就这么丢下她走了，下落不明。

不可否认，她恨过虞瑾明。

恨他在沈思走后不久就开始和别人红袖添香，才子佳人，更恨他连给沈思扫墓都坚持不下来，找种种借口推托。

她根本理解不了，真正相爱过的两个人，为什么只是阴阳两隔就轻易变心。

在她心里，沈思一直活着。她固执地觉得只要自己不肯忘，妈妈就还在。

可是虞瑾明，这个曾经和母亲相许百年，说好白头不离的男人，却想要把她忘了——在她肉身陨灭之后，让有关于她的回忆也彻底消失。

虞照闭了一下眼睛，好半天才从初初的心悸里恢复过来。

费以丞等虞照表情好了点，才开口解释："公告才出来，目前我这边得到的消息是，虞叔叔离境出逃，下落不明，照一贯的流程，十五日之内不缴清罚款，会有人上门强制执行。也就是说，他名下的房产啊收藏啊什么的，都会进拍卖流程。"

向岚岚听得心惊肉跳："那不是相当于破产吗？"

费以丞没否认："新闻上说这次的罚没金是有史以来的顶额，我觉得虞叔叔可能是一时间接受不了，不知道怎么办了，才突然离境的。"

虞照从头到尾都显得神游天外，这时候才问："赵某是谁？他会知道我爸到底去了哪儿吗？"

费以丞又搜出百科给她看。

"就是这个赵柯。他这人在我们圈子里风评不好，因为之前也干过不少踩红线的事儿，被开过好几张罚单，但都是小打小闹，几十万几十万的样子。但这回不一样，二十多亿，是真逃不过去了。不交钱就得坐牢，听说他昨晚吞了半瓶安定，还在医院洗胃呢。"

虞照皱了下眉，新闻上口口声声地说"二十几亿"的天价罚没款，但在她的意识里，根本想象不到这究竟是多少钱。

就好比一个不画画的人想象不到红星老纸可以被炒到几万块一刀，一个不看展的人也绝对无法理解简单的图案重复罗列为什么会被上升为波普艺术。

向岚岚已经有点蒙了，一手紧紧地搂着虞照手臂，一手安慰地拍着她脊背。

费以丞又说："你这几天做好心理准备，一个是，可能有各路人问你虞叔叔的下落，问你有没有和他联系之类的。再一个就是……"

"如果你现在用的是虞叔叔的副卡，很可能会被冻结失效，所以钱这方面得早做准备，毕竟你还有两年书要读。"顿了顿，他补充，"当然，我这里你随时开口，咱们几个之间就别见外了。"

虞照心乱如麻，怔了怔，低头打开手机银行，尝试着从银行卡里提账，提款成功后松了口气。

又想起费以丞说的期限，十五天。

如果十五天后，虞瑾明仍然没有露面呢？

紧接着，她又百思不得其解，虞瑾明为什么要逃跑？

她不认为，原因只是为了逃避罚款，虞瑾明不至于软弱至此。

会不会有别的原因？

她尝试着在电话簿里翻找虞瑾明的熟人，却不知道可以问谁。

徒劳地放下手机，她陷入平生鲜有的，真正令她感到无措的时刻。

向岚岚皱着眉问："那现在阿照要怎么办？"

"首先，得尽量拖时间。"费以丞显然对虞瑾明犯的事大概了解，给出的建议相当清楚和果断，"我可以帮你找个律师，先在期限内替伯父去提起行政复议或者诉讼，总之把这个年拖过去，说不定等年后虞叔叔回来，就有办法了。"

虞照听得云里雾里，只是应承下来。

费以丞想得很简单，再怎么样，虞瑾明也不可能在国外躲一辈子吧？

连女儿都不要了？

2.

费以丞办事很讲效率，没几天就带着律师和虞照碰面。

几人约在 CBD 区的一间咖啡馆。

费以丞大学读金融，实习的地方就是附近一家名气不小的投行，西装革履一露面，惊得虞照险些认不出。

和他一起来的律师看起来与他年纪相仿，个子高挑，模样英俊，说话文质彬彬，精英范本似的。

费以丞给两人做介绍："这是我们楼下律所的周曜灵周律师，别看长得年轻，比咱俩大半轮。"

这话说出来也不怕得罪人，可见两人关系不错。

周曜灵飞了他一个眼刀，转向虞照已经面露微笑，清清嗓子："你好，虞照，我是周曜灵。"

他礼貌地伸手，搭了搭指梢，又很快收回。

虞照对衣冠楚楚的男人一概心里存疑，顶了个问号坐下。

费以丞去取咖啡的工夫，周曜灵看出她不自在，便先起了话头："以丞大概和我讲了讲你父亲的事情，可以说，不那么容易推翻前面的判决。不过好在，这件事对你个人的影响，只涉及金钱上的。"

虞照皱了皱眉，未置一词，只点了点头。

面前的女孩比他想象中镇定许多。在来赴约之前，周曜灵还以为会见到一个被父亲抛弃的、家里即将破产的可怜兮兮的小姑娘。

显然虞照不是。

周曜灵眼里露出一丝欣赏，很少有这样年纪的女孩，在经历如此大的变故后能够不带怨怼。

不哭不闹没什么，字里行间只是冷静地审视自己的力所能及，而非怨天尤人，自乱阵脚，已经难得。

只一个照面，她在他心里已然十分特别。

明明生得一张精致秀丽的脸，骨骼纤细，轮廓玲珑，却偏偏着一身性别模糊的休闲装，上身坐得笔直，双膝分开，一手落在桌上，百无聊赖地摩挲指节，是很英气的姿态。

周曜灵不着痕迹地观察几秒，语气和缓地说起之后应当要做的安排。

和之前费以丞给出的建议大差不差。

费以丞拿着咖啡回来，虞照罕见地露出认真倾听的严肃神情，而周曜灵的视线一直落在女孩低垂的眼睫，几乎眨也不眨。

费以丞心说不妙，做作地咳了一声，打断两人，一屁股挤到周曜灵旁边，把托盘放下。

“说到哪儿了？”

不出意外又收获周曜灵一个眼刀。

“周先生说得差不多了。”虞照随手拿了杯咖啡，暖和被空调吹得冰凉的指尖，仍旧低眸，仿佛若有所思。

费以丞“哦”一声：“那……你打算怎么办？”

“我可以……先全权委托给周先生吗？”虞照抬眸，“或者，周先生不方便的话，可以为我引荐当地比较信得过的同行。”

周曜灵在海市的红圈所做到合伙人级别，自然不会为了这样的小case（案子）贸贸然出手，太掉价。

今天肯跟着过来见一面，一方面是看在费以丞面子上，一方面也因为赵柯的事闹得不小，好奇而已。

他忖了忖，应承了后者，却也没把话说死。

“我平时都在海市，这回是来这边出差，下个月手头的案子都告一段落，或许能亲自帮忙一二。”

等虞照道谢离开后，费以丞才给了他一肘。

“你不对劲啊周律师，这事儿要名没有，要利也没有，你上赶着说可以帮忙？”费以丞抱着肩打量他，“啧啧”道，“不会是看上我发小了吧？那真是可惜，人家学艺术的，恐怕对你这种中年男人没兴趣。”

周曜灵兀自饮咖啡，当没听见，只觉这位远房表弟有如苍蝇，嗡嗡乱转，转得他心烦。

3.

这阵子虞照过得十分焦头烂额，为了方便准备申请复议的材料，干脆回家去住。

其间她尝试着联系过虞瑾明几次，不出所料都失败了。

连周曜灵引荐给她的那位律师都引以为奇：“活这么久了，没见过扔下这么一个烂摊子给自己闺女的。”

为了不暴露出其实她也没有多想救虞瑾明，虞照忍住了没附和，只是苦笑。

可不是嘛。

奇葩，着实奇葩。

虞照也想撂挑子不干，可想想十五天后有很大概率会被法院强制执行，家里的财产如何处置先不提，关键是沈思生前的东西都还在房子里，她心理上是不容许有人踏进来染指的。

无论以什么名义。

连着几天她吃也吃不好，觉也睡不好，成宿地做噩梦。

一会儿梦见虞瑾明回来了，她质问他为什么夹着尾巴逃走，和他大吵了一架；一会儿又梦见沈思在家门口哭，毫无来由地，她跟着流泪，醒来后枕头湿了一片，头疼得厉害。

只凭公告上寥寥数语，实在搞不清楚原委。

虞照找上虞瑾明在美院的同僚世伯，想问问看虞瑾明都干了些什么，只是无一例外被敷衍而过。

显然，美院这边也早就知道了虞瑾明出事，因为公告下来没几天，院方官网上就声明已经对虞瑾明进行撤职处分。

同事们避之不及，也是情理之中。虞照并没有心存怨怼，却也没停下脚步。

登门拜访某位世伯的时候，在对方家里倒是遇见一位妈妈的故友，四十多岁的样子，面容儒雅，一见她就喊出了她的名字，还说：“我是李叔叔，你小时候沈思带你去过我家玩，你不记得了？”

经介绍，她才知道这个自称是她“李叔叔”的男人叫李正泽，可至于自己到底见没见过对方，却已经没什么印象。

比起旁人把虞照当成个烫手山芋避之不及，李正泽就显得亲切许多。

虞照告辞离开的时候，他还主动提出来送她。

在车上，李正泽好心奉劝："这里头的水很深，你去问美院的人，是不可能撬动他们的嘴的。"

她警惕道："你怎么知道？"

李正泽见她不信，欲言又止，最终笑一笑，在她指定的地方停车，递给她一张名片。

"总之，如果你遇到麻烦，可以来找我，我没法保证全都能帮到你，但我会尽力。"

车子开走了。

虞照站在路边，垂眸看向手中的名片。

春泽拍卖行 CEO，李正泽。

大脑空白了一瞬，刺耳的蜂鸣从左至右贯穿，她目眩得打了个晃，等反应过来，人已经蹲在地上。

有自行车倏地擦着她驶过，骑车人回头喊道："别在这里挡路呀！"

身后是一家生煎店，好心的店家走出来问她怎么了，是不是不舒服，她只是摇头，脸上说不出是怎样的失魂落魄。

勉力站起身，虞照跌跌撞撞地往前，走到打车区域，挥手打车，脑子里只有一个念头，回家。

马不停蹄地到了家，她回到自己的卧室，打开衣柜里的保险箱。

保险箱里放着一个文件袋。

或许在某一段时间里，它曾被人不停拿出来打开翻看过，缠着的麻绳已经花了，袋口边缘也有些许破损。

人们都以为沈思在日本意外身故，没有留下任何遗言。

可唯独她知道，沈思是为她留下了一些东西的。

瞒过所有人，只留给她的东西。

4.

沈思去世那年，虞照只有十七岁。

起初得知沈思出国，只以为是一次普通的出差，却怎么也没想到，去的人没回来，传回国内的，只有警方遣词生硬的噩耗。

那时她正准备几个月后的艺考，当即放下所有，执意要跟着虞瑾明一起远赴阪城，亲自接沈思回来。

捧回沈思的骨灰后，她和虞瑾明大吵了一架，近乎歇斯底里。

年少幼稚，以为沈思的出走，全因虞瑾明在外的那些大大小小或真或假的风流韵事。

于是，她扔了自小被虞瑾明手把手教着作画的画笔，放出狠话不再画画，怕自己会变成和虞瑾明一样朝秦暮楚的浑蛋。连艺考的志愿也改填去了海市，誓要离虞瑾明，离这个不再有沈思的家越远越好。

那已经是当时的虞照，所能做出的最大抗争。

来到海市后，虞照花了一段时间走出失去沈思的悲痛，却只是披上另一层自欺欺人的面具示人。

一切的分崩离析都始于她大二那年。

那年的某个假期，虞照回到家整理衣柜，破天荒地打开了自己一直闲置的保险箱。仿佛冥冥中被谁指引着，转动了命运的齿轮。

记忆里，这个隐藏在衣柜里的保险箱应当是空空如也。

打开的一刹那，虞照却愕然。

保险箱里平放着一个牛皮纸的文件袋。

这显然不是虞瑾明放进去的。

他几乎没有进过她的卧室，更别提知道她的保险箱密码，哪怕她从来没有往里面放过任何东西。

所以，这是沈思放的吗？

什么时候？

在去阪城之前，沈思就已经把文件袋放进去了吗？

如果这是很重要的文件，沈思却不放在主卧的保险箱，那么只有一个可能。

那就是对沈思而言，这些东西是连虞瑾明也不能托付的。

心念电转间，她的手已不由自主地、小心翼翼地绕开麻绳。

文件袋里装着一沓厚重的 A4 纸页。

内容是收藏品拍卖记录，近百余份，文件袋的一角沉甸甸地坠着一支 U

盘，插入电脑后查看，是与纸质内容一样的电子版。

虞照花了一段时间去搞清楚，拍卖记录上枯燥无味的文字和数字究竟意味着什么。

最开始，她以为这只是普通的、沈思做展经手过的藏品记录。

但随着翻看的次数增加，她才渐渐发现所有的藏品记录几乎都有一个共通之处。

它们无一例外走了同样的拍卖流程：起先几次拍卖都是由国内外不知名的拍卖行经手，然后开始在大型的拍卖行露面，价格也随之翻了几十倍几百倍不等，直至达到一个令人咋舌的天文数字。

未免也太过巧合。

沈思不会平白无故把东西放进女儿闲置的保险箱，这个举动本身就是饱含深意的。

幸好，虞照所学的专业是艺术管理。

无数次，她借着学习环境的便利，隐去具体的拍品、背景、细节，将拍卖记录上令人不解困惑的部分，改头换面向别人提起，得到的反应大抵相似，都在隐隐指向同样一个答案。

那答案令她脊背生寒。

来历不明的藏品，先放到规模较小的拍卖行，由自己人拍回，目的无关价格，而是第一次洗白，建立拍卖记录。

此后，该藏品不再现世，一段时间后，再次放到其他规模较大的拍卖行，以同样手法拍回，一来二去，逐渐抬升至伊莱温这样国际级的拍卖行。

在拍卖行间的多次流转，使其建立清白而有序的档案，当再次放出来拍卖的时候，这件原本来历不明的藏品，就可以堂堂正正地叫出天价。

如果不是在拍卖活动中发现了沈思所记录的藏品，虞照或许还无法确定这些藏品是否真实存在。

5.

那是一次国内大型拍卖行“风云拍卖”的春拍。

虞照虽一直暗中留意拍卖记录中的藏品动向，这却是她第一次亲眼见证，拍卖记录中的那件红山玉器，在该次拍卖中，拍出了一个怎样令人瞠目的天价。

但是，出手该玉器的收藏家却是匿名。

背后的人藏得太深，她本没有抱任何希望可以查到蛛丝马迹。

或许是天意，一次和师姐庄子怡做模拟策展的社团活动，她提起四季拍卖上的红山玉器，嘟囔着说："要能知道是谁把它放到四季上拍的就好了。"

"你关心这个干吗？"庄子怡见她好奇红山玉器的来历，大剌剌道，"不过你还真问对人了，别人不知道，可我是知道的。"

庄子怡清了清嗓子，凑近了和小丫头咬耳朵："本市藏家宁仁政，知道吧？"

震惊之余，她脱口第一句话却是不信："你怎么知道？"

"我当然知道。"庄子怡漫不经心地说，"虽然我和姓宁的扯不上关系，但他老婆家和我家是世交，往上面数好几代都有纠葛的那种。"

宁仁政三个字，自此在虞照心里留下了痕迹。

跟着，她又想到那些关于宁仁政和虞瑾明的传言——虞瑾明成为市场上的知名画家，跻身名流，与宁仁政的追捧脱不开干系。

沈思的拍卖记录，虞瑾明的天价墨竹，这两者之间会有联系吗？

若果真如此，沈思留下这些证据，是在暗示什么？

尽管这些都还只是虞照的推测，但哪怕推测有千分之一的可能成真，她固有的世界就将倾覆。

沈思当初自称去阪城出差，却意外身故……真的只是意外吗？

虞照简直不敢想下去。

她没有足够的证据来证明，更没有可以信任的人去分享——当父亲也成为猜疑的对象，她所有的信念几乎濒临崩塌。

虞照能做的，只是紧闭嘴巴，守住无数个问号。

以为缄默或许可以平复所有的猜疑。

她惶惶不可终日，却又竭尽全力在人前戴上伪装面具，遇事露齿三分笑，扮演一个备受喜爱的乖囡囡。

所有人都喜爱她爱笑开朗，无人知晓，那竟是虞照人生中的至暗时刻。

疑心幼稚的调查早已被谁暗中窥视，她夜不能寐，睁着眼到天亮。

有无数次，她觉得自己像一具溺水的活死尸，越是努力想要一切恢复如常，就越是适得其反地往更深处坠落。

她寻医问药，尝试自救，却在医生或冷漠、或轻视的目光下，无所遁形。

他们只是迅速地判断病名，开出陌生的药，让她明白，你只需要吃药而已。

真正的崩溃来临，只在刹那间。

狭窄的诊室里，医生带着一名实习生，提了几个无关痛痒的问题后，因她长久的、近乎绝望的沉默而感到烦躁，用锋锐的语气质问："你到底为什么来看病？"

思绪有几秒处于凝滞，她花了点工夫来自问，答案却无法出口——因为我想活下去。

她脸颊涨红，为此感到可耻，甚至不敢抬眼，怕看到医生身旁那名实习生脸上嘲讽的表情。

最终，她闭了一下眼睛，腾地站起身，什么也没说，慌不择路地走出诊室。

医生没有挽留，只叫了下一个号。

逼仄的走廊里，挤挤挨挨地站满了人，他们难掩焦躁地等待着进入诊室看诊，视线肆无忌惮地落在这个仓皇出来的女孩身上。

在这些人中间，她显得那么格格不入，衣着干净、精致，漂亮得仿佛一个洋娃娃。

人群里响起嗡嗡的私语声，有谁在交头接耳，似乎议论她。

有谁突然提出质疑，她不是挺正常的吗？

先前试图插队在她前面入诊室却失败的人，擦着她肩膀往诊室门口走，高声嗤笑："吃饱了撑的没事干！"

身体僵硬着无法动弹，有什么堵住她的喉咙，令她丧失开口的力气，只想立刻逃开这场莫须有的讨伐。

哪怕看起来像个狼狈的逃兵。

她不明白，似乎他们都能够理直气壮地前来问诊，唯独她是在无理取闹。

自责像座大山压得她透不过气，虞照以为导致这一切的原罪，是她的懦弱。

太过怖畏结局，所以逃避可能的真相。

她甚至懦弱得不敢开口问一问虞瑾明，这些东西，妈妈为什么只留给我，你在其中又是一个怎样的角色？

能够预料到结局。

一旦她开口，虞瑾明将会没收沈思留给她的文件，而后给出怎样的回答。

——你一个小孩子懂什么？

——你不要和你妈妈一样钻牛角尖。

——你好好念书，别把心思放在这些乱七八糟的事情上面。

这不是她想要的。

所以这条路，她只能一个人孤独地走到底。

6.

时隔经年，虞照再度打开牛皮纸的文件袋，手指却比想象中安定。

她一圈一圈地绕开纤细的麻绳，这个动作，曾经在一段时间里重复了无数次。

其实已经没有再确认的必要，每一张纸，每一行字，都深深刻在她脑子里。

以至于看到名片上“春泽拍卖行”这一行字的刹那，先于思绪，本能已经令她手足麻痹，联系起盘桓心底那么多年的前因。

这个拍卖行的名字，曾在沈思留下的拍卖记录里高频出现。

心念电转间，她又意识到一件事。

十五天的期限，她不抱希望申请行政复议会通过，毕竟从费以丞的口中，大致可以知道，虞瑾明此次是罪证确凿，毫无转圜。

如果他还不回来，法院来人上门强制执行只是时间问题。

所以，文件不可以再放在这里。

虞照抱着文件袋，抬脚踢上柜门，举步往外走。

就在这时候，口袋里的电话嗡嗡作响。

竟然是宁孝庾打来的。

大脑经历过疯狂运转后陷入一片空白，她此刻有些神思恍惚，想也不想便按下接通。

宁孝庾问她是否还在杭城:“我还没走,如果你方便的话,出来见一面。”

他语气如常,仿佛之前不曾与她有过分歧和争吵,她也不曾单方面地决裂。

虞照诧异于自己的平静:“什么事?”

“你有东西落在我这里了。”

她左思右想,不记得落了什么。

可要命的是,她对他永远保有不该有的好奇心。

虞照忖了忖,指缘无意识地在电话上来回摩挲,那一头只听到刮擦的窸窣声,耐心地等待她给出回答。

“好。”她皱了下眉,安排道,“今晚八点在 Chill Lounge 碰面吧。”

宁孝庾微微一愣,没料到对方约在酒吧,想开口说什么,虞照已经挂断。

他没办法地笑了笑,略一摇头,接着做手头未完的工作。

客厅地上随意放着几幅油画,桌面上摊开着一大卷黄灰色的再生纸。

他将地上的画拿起来一一包裹完毕,再放进车子后备厢。

行李全部寄回海市,他就带着几幅画,轻装简行,驱车离开灵山云径。

这段时间宁孝庾一直没离开杭城。

陈尚我抄袭事件在被公诉判罚后告一段落,Sivan 也因此在国内艺术市场上小有名气,经过后续王帅团队的运作,应当不会再有人敢来碰瓷。

诸事似乎尘埃落定,宁孝庾吐出一口浊气,无事一身轻,干脆住到临近年关,才准备启程离开。

鬼使神差地,临行前,他给虞照打了个电话。

这是他第一次打这样的无准备之仗,拨通的前两秒,甚至没想好要说什么。

原以为小丫头仍在气头上,他做好被奚落的准备,不料她语气平静,显得落落大方,比他尤甚。

于是,返程暂时取消,告知魏桑时,那头陷入一段长达三十秒的沉默。末了她深吸一口气,小心翼翼地问:“这么长的年假,您还没休息好?”

宁孝庾静默片刻:“不是。”

电话被另一人夺去，那头换了庄闫安："你什么情况？"

"有点事要处理。"

庄闫安阴阳怪气："都处理到过年了，什么事赶这么急啊？反正过两天我也得回杭城过年，干脆你就别回来了，咱们到时候直接碰面。"

宁孝庾如论如何学不来他这调调，以不变应万变，"嗯"一声挂了，气得庄闫安跳脚。

"宁孝庾什么情况？"

庄闫安把电话交回魏桑手里，摸着下巴："消极怠工这么久，不像他啊。"

魏桑想了想："听说这次策展结束，那位虞照虞小姐也一直没回来。"

两人的暧昧关系从杭城传回海市，不是什么新闻。

"啊？"庄闫安又开始阴阳怪气，"不会吧？为了女人呀。"

宁孝庾，居然会为情所困？

足够震惊安宁集团上下了。

7.

BWV 画廊前人头攒动，成了这条街上一道相当引人注目的风景。

抄袭展在网上一战成名后，BWV 画廊成了艺术圈反抄袭的标杆，甚至有出圈之势，每日有不少八竿子打不着的网友前来朝拜。

徐宝山一面欣慰自家画廊身价暴涨，一方面又被网友们搞得焦头烂额。

宁孝庾一下车，就瞧见画廊前有不少人在合影——和 BWV 的 LOGO。

尽管不明白此举的意义，他仍保持礼貌，没表露出诧异，只打了个电话喊郁泽闵出来。

因为提前打过招呼，为了等宁孝庾驾到，郁泽闵一整天都窝在楼上休息室睡大觉，接到电话时颇有几分起床气。

"干吗啊三哥？"

"出来搬东西。"

"啊？"

郁泽闵迷迷糊糊地从床上爬起来出门，脸上还带着一丝烦躁，朝宁孝庾的车子走过去，等对方打开后备厢，表情才变了。

“这是？”郁泽闵不太敢相信地看着后备厢里的东西。

怎会不知道这些个方方正正的东西是什么，他只是不敢相信罢了。

“暂时放你这儿。”宁孝庾顿了顿，眉眼低垂，似乎在想什么，“放仓库也好，拿出来展览也好，我不过问。只一样，别给我不小心卖了。”

宁孝庾虽这么说，郁泽闵却是立时了悟，三哥是默许他拥有画作的展览权。

画家 Victor 只在宁孝庾年少的“迷城”一展上昙花一现过。

当年，展上的画作成交价最高达到千万美元，Victor 其人更被奉为二十一世纪的雷诺阿。

但那一展后，宁孝庾就很少再作画了。

或许他私下里并未放下画笔，只是不再公开。

如今，流入市场的 Victor 署名作品，一只手就数得过来，对于还未在全国打响名头的 BWV 画廊来说，是个绝好的噱头。

郁泽闵心中有数，应承下来，喊人出来搬画，甩手掌柜似的站在一边。

两人沉默了一会儿，郁泽闵忍不住长舒了一口气。

“陈尚我的事儿总算完了。你当时让我用画廊名义邀那个陈尚我做展，我还奇怪呢，他也不怎么样啊。哈！没想到是这么回事儿。”

在陈尚我抄袭事件全网轰动前，连郁泽闵都不知道这个展的真相，有时候也会忍不住想，难道是三哥没把他当自己人，所以才不交底?

后来才发现，这人对谁都那样，不冷不热，不咸不淡。

而自己，已经算踩进宁孝庾的边界还享有特权的一位了。

从某种程度上来说，郁泽闵觉得宁孝庾骨子里和自己是同一种人，孤独惯了，天塌下来先考虑自己扛着，是不轻易和人掏心掏肺的。

宁孝庾漫不经心地从鼻子里“嗯”一声，记挂着晚上和虞照的约，显得有几分心不在焉。

不料，心里正想着的人，被郁泽闵堂而皇之提起。

“虞照最近怎么样？”

闻言，宁孝庾顿了顿，没言声。

“可不是我想提的。”郁泽闵解释道，“赵柯那事儿庄子怡听说了，最近她总联系不上她那小师妹，怕对方有什么麻烦又不开口，挺担心的。但她怵你，又不敢来问你，让我有机会帮忙打听。”

顿了顿，见三哥面色清冷，毫无波澜，郁泽闵若有所思，又低声笑了下。

“策展这段时间，你和那小丫头的关系可没遮掩，现在圈子里都知道这位新锐策展是你宁孝庾的人——这么高调，不像你啊三哥。”

“没想那么多。”宁孝庾说。

郁泽闵夸张地挑了下眉，摇了摇头：“别跟我说你栽这丫头身上了。”

他说着偏头看过去，冬日的黄昏里，宁孝庾的侧脸如同隔着一层雾，什么都辨不分明。

这位三哥，他一向没捉摸透过。

“算弟弟我不懂事，但还是得多嘴说一句，那丫头不简单。

“赵柯这件事里，为什么会有她爸虞瑾明的份儿，你应该比我清楚。上回在我家，小丫头眼珠子滴溜溜没离开过你，满嘴谎话装自己无家可归，到底是因为她犯花痴想纠缠你，还是一开始就打着别的主意，现在想想，还真不好说。”

郁泽闵开口前，也是斟酌过分寸，一则不觉得宁孝庾会在男女情事上犯糊涂，二则，他说的这些，也不信宁孝庾根本毫无所觉。

果然，宁孝庾默了片刻，才说：“在那之前，她就找人跟过我。”

郁泽闵愣了一下，心里生出不妙的预感：“啊，这……”

宁孝庾扯唇，冰凉的弧度里并无笑意，更似嘲讽。

8.

那还是宁孝庾回国头一年的事情。

起先，他只知道自己被人跟了，很快就雇了人调查，谁料对方撤退得很快，转眼消失在人海。

对方是敌是友，目的是什么，他全都不知道，这么一桩事，搁在心里终究是根刺。

决定来杭城做展前，为保万无一失，他让人调了龙腾射击场的监控，凭一个照面留下的记忆，愣是把那人找着了。

原来是个专门买卖消息的，叫老A。

这人虽然干着见不得人的生意，职业道德感还挺强，任是如何威逼利诱，死不开口。

但周旋了几天，老A还是不小心漏出蛛丝马迹。

“老A说对方是弱势群体，还说宁先生您心里也没鬼，干干净净的也没和别的女人乱来，怕他查什么。话里的意思，好像是觉得您和他背后那位是……恋人之类的关系。”

下属是这么给宁孝庚回话的，他听到这儿，倒没觉得哪里荒谬，只平静地想，哦，对方是个女的。

“老A还有一句话挺邪门儿的，说：‘查您是不对，但也不是罪大恶极，不用这么步步紧逼要毁了人家前途，谁年轻的时候没犯过错呢。’”

宁孝庚不由得冷笑。

女的，年轻。

线索摸到这里，基本上可以破案了。

因为在宁孝庚身边，“年轻女性”这种存在实属稀罕。

总不可能是他那个一年到头见不上几次面的妹妹郁翡。

就算要争家产，那也得往郁令文头上查，查他一个游离郁家之外八竿子打不着的，根本是舍近求远。

况且据他所知，郁翡早被郁令文养成一只小绵羊，压根儿没那种脑子。

情人，就更不可能。

上一任女友在他退圈离开英国时就和平分手，对方是名乐团小提琴首席，论事业心，比他不遑多让，首先犯不着为了情情爱爱的一路雇人跟他回国，再者，明知他是个披着天使皮的撒旦，也不敢轻易在太岁头上动土。

事情很容易捋清楚。

他回国后，从天而降在他身边打转儿的，各种刷存在感的，年少轻狂又肆无忌惮不怕他的，也就那么一个。

打什么主意，不那么重要。重要的是，小丫头对了他的脾气，他暂时还不考虑全身而退。

带她一同策展，是十成的私心，给自己机会想清楚心意，也给对方机会露出破绽——她既然心怀不轨，他就干脆把人放眼皮子底下，看看到底能作出什么妖来。

唯独没料到的是，小丫头单纯得过了头，被利用个彻底也不谈条件，转身就走，比他更磊落坦荡。

她离开灵山云径后，他反而成了真正被缚住心魂的那个。

枕冷衾寒之际，只知回想怀里那抹温存，以及她不甚安分地凑到他耳边，一字一句地唤他的名：宁、孝、庚。

明明是隆冬时节，寒比天风，他却被记忆中耳郭传来的吐息烫得无法入睡。

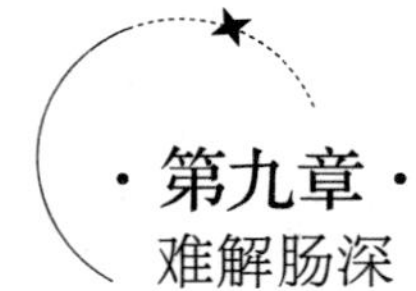

·第九章·
难解肠深

1.

月光涨潮，整个西湖畔，都仿佛淹没在裹挟寒意的波澜里。

晚上八点，宁孝庾缓步走进湖滨的 Chill Lounge。

这是第一次，他没去三层的V plus包厢，而是上了二楼，穿越嘈杂的声海，径自朝开放式吧台走去。

没走几步，他就越过人影幢幢，看到虞照自斟自饮的背影。

虞照坐在吧台边，比起身后衣香鬓影，烟视媚行，她的穿着显得轻松又舒适。

浅格纹毛呢大衣随意地搭在一侧的高脚椅上，白色板鞋几乎被宽松的裤脚覆住，上身却只着一件淡蓝色开司米套头衫，款式偏短，露出三指宽一段腰身。

光线暧昧，在腰背那道艺术品般的沟壑上斜斜照落，未灭的旖旎回忆迫使他生出冲动，想重温上次手掌勾勒过的曼妙。

“薄荷茱莉普。”虞照推了推空杯，朝调酒师继续下单。

对方是个混血模样的帅哥，衬衫与马甲熨帖，腰身挺拔，依言打开威士忌作基酒完成客人的订单。

片刻后，推来这一杯薄荷茱莉普的同时，手肘没离开桌面，撑在上头，低声询问她的名字。

虞照扬了扬眉，疯长的碎发已经到了颈窝，被她漫不经心地拂到耳后，拿起酒杯喝了一口，才朝小帅哥举杯微笑，婉拒的话术十分娴熟：“不是单身。”

调酒师耸耸肩，紧接着，视线一顿。

一位容貌气质都极为出众的男性不知何时走到女孩身后，按住了她手腕，没让她喝第二口酒。

这是……她男朋友？

就算心里一万个不情愿，他也得承认，这一对颜值超凡，扔到人堆里也没法泯然于众。

不过，这种品质的帅哥怎么一股老干部禁欲风？

——气场和周围格格不入，姿态也高不可攀，十分不接地气。

也不知道拽什么。

调酒师吃了酸葡萄似的，“嘁”一声，不着痕迹地退开一段距离，仍用余光留意那头的动静。

虞照凝视腕上的手，作势要挡开，修长白皙的指节瞬间折起，将她用力攥住了。

“喝几杯了？”

虞照没醉，思绪却有些凝滞，半晌没答话。

宁孝庾也不再问。

他先是拿走她手心紧握的玻璃杯，远远放在靠近他那一端，接着，俯身把椅子上团得皱巴巴的大衣拿起来抖了抖，不耐烦似的，拧着眉唤来侍者挂好保管。

男人终于坐到身侧，拿过先前没收的酒，一饮而尽，推了推空杯，唤小帅哥。

“两杯 Virgin Mojito。”

调酒师表情一时复杂，看了看男人，又看了看他身边的小美女。

虞照脸上没什么表情，对宁孝庾的安排毫不关心。

她正看着面前一盏空杯出神，手指落在仍裹着雾气的杯壁，一下一下地划出透明的痕迹，幼稚至极的举动，落在宁孝庾眼里，三岁，不能再多。

“好的。”

小帅哥嘴上礼貌地答应，心里却腹诽，你来之前你女朋友喝的酒可都是威士忌打底，怎么你一来成无酒精了?

家教这么严她还敢跑出来喝酒?

不能够啊。

等两杯无酒精莫吉托调完推过去，见男人仍目不转睛地盯着小美女，对方却没给他一个眼神，又顿时了悟。

——哦，多半是小两口吵架。

八点往后，客流激增，小帅哥忙起来，终于没工夫看八卦。

虞照咬着吸管，一声不吭地喝薄荷气泡水饮料，嘴里淡出个鸟来，半天，忍无可忍地把杯子一推，偏头看他："你想喝气泡水干脆去便利店不是更好？"

他歪过头，倒是笑了，屈指刮过她绷紧的侧脸，声音放低："肯跟我说话了？"

这男人温柔起来，没几个人能招架得住。她怔了两秒，神色复杂地别过脸去，躲开触碰。

"不是说我有东西落你那儿了吗？东西呢？"

"手给我。"

虞照迟疑地转过身，一手撑在吧台上，一手朝他伸过去。

手背被他裹住，手心落下冰凉而边角分明的卡片，在他施加的力道下，折了手指，虚虚地扣住。

什么东西?

待他放开手，她才捏着那卡片举到眼前。

虞照自问，虽不及宁孝庾一般心有惊雷，生似静湖，二十余年却也练就不动声色的本领。可看清手里这张标志性的黑色银行卡，她仍是倒吸了口气，半晌没说出话。

须臾，她脸上泛出困惑，实打实地觉得，宁孝庾是不是脑子"瓦特"了。

——有这么没头没尾给人送钱的吗?

图什么?

钱多烧得慌?

2.

宁孝庾倒是若无其事，好像刚刚只送了件无关紧要的小物件。

他语气温淡，先让虞照收好，又解释，考虑到她不怎么出国消费，所以是国内版本的黑金副卡，比不得原版无限额度，但国内的黑金卡权益都可以享受得到。

“不是……”虞照打断他，不太明白地转了转指间的卡，沉思一会儿，抬眸道，“我是问你要过副卡，但那时候……我们还没分道扬镳？”

闻言，宁孝庾微微扬眉，显得比她更头痛。

面面相觑半晌，他才问：“所以在你这里，你已经和我……”

顿了顿，他有点无奈地笑了下。

“你对人际关系就是这么一刀切的吗？”

她微微垂眸，脸上有点儿困惑。

“不然呢？”虞照转动高脚椅，侧回身，手肘撑上吧台，手里把玩着这张副卡，语声很低，“在你这儿我什么都不是，我走也不见你动一下眉头。你把姿态摆得太高了，宁孝庾，在你我之间，我从来就没有决定权。不是我要对这段关系一刀切，是你的态度就在表示，你根本不在乎我怎么样。”

她说着笑了一下，很无奈似的。

“就像现在，我以为我们已经分道扬镳，但你说回来就可以回来。我知道你是在兑现之前的承诺，但是期限过了，这件事就显得很奇怪，好像你在用钱砸我，可我又不知道你是为了什么。”

“不用想这么复杂。”宁孝庾抬手覆住她僵硬的颈后，很温柔地捏了两下，仿佛她是只不知所措的小猫。

“送礼物的人，想的只是把你想要的、喜欢的东西给你，不是为了别的，也没有条件。”顿了顿，他轻声说，“因为喜欢你，所以愿意看你心想事成，就这么简单一件事，也不用总把我往坏处想。”

他说，因为喜欢你。

这句话，在她最想听到的时候他没给，却在这时候轻描淡写地扔出来，她不是不惊讶。

无奈她现在心似古井，没掀起波澜，至多，不过皱了皱眉。

虞照想问，你到底知不知道我那时候为什么想要你的副卡？

话到嘴边，她又咽回去。

如今她一脑门官司，无暇去想，自己在男人心里究竟占多少分量，可曾被轻视，是的的确确发生过。

她当然可以顺水推舟，达成最初的目的。

如能在他身边借势，无论想查什么，恐怕都会如虎添翼，更何况他是宁仁政的儿子，只要点个头接受他刻下的示好，或许她离真相就只剩一步之遥。

可然后呢？

她不想有朝一日让他以为，她对他只有利用。哪怕在他看来，她没资格和他并肩，没资格说爱，可那也是她最珍贵的心事。

当意识到喜欢与恋慕都是真的，她才想要将不够纯粹的部分从这段关系中剔除。

任何情况下，爱都不容染指。

“现在不是可以收你礼物的关系。”

她摇摇头，从高脚椅上下来，探身将卡塞进他大衣口袋，很平静地看着他。

“以前是我没想太多，张口就要这个要那个，很任性，你就当我不懂事，不用放心上。”

他沉默，一如既往地冷静，仿佛被拒绝也在意料之中。

殊不知，她想以一颗不染尘埃的心待他，在他看来，却几乎是要划清界限。

按捺下不安和烦躁，宁孝庾无声地叹了口气，抬眸，见她要往外走，赶忙伸手拽住。

“外套不要了？”

付了账，等她裹好大衣，宁孝庾跟着起身，是要一道离开的意思。

“去哪儿？”他很自然地一面拿手机叫代驾，一面问她。

虞照怔了怔：“你要送我？”

“嗯。”叫完代驾，宁孝庾回头看她，“我理解你不想和我相处的心情，但今天你喝了酒，时间又很晚了，送你回去起码让我安心一点。”

顿了顿，他温声道：“别连这个都拒绝我。”

他不知何时退回最初那个彬彬有礼的位置，让她心尖一阵阵地疼。

好半天，她只是在夜色里，怔怔地望他。

湖滨的霓虹在宁孝庾身后明灭，犹如绚丽的梦，而他总是身处梦边，游离在现实和虚幻的交界处，让她疑心自己只要肯往前，就能够得到，可真正满腔孤勇地冲上去，却是一脚踏空，万劫不复。

她吃过苦头，才明白为何自古以来提及爱这个字眼，都不免惊心动魄，为之回肠。

3.

代驾很快来了，宁孝庾和虞照并肩坐在后排，一路沉默地到了家。

车驶进别墅区，停在空车位。

代驾收钱离开，宁孝庾拿回钥匙，默不作声地跟着她到了大门口。

虞照输密码时，才迟迟意识到这人一直跟着自己，想回头，已经被他先一步拉开门，揽住肩膀往里走去。

门被他回手合上。

虞照蒙了。

“我没邀请你进来。”她转过身来，和他僵持在玄关。

他不置可否地“嗯”一声，把钥匙放在一旁的鞋柜上，弯下身换鞋，真是“宾至如归”。

“所以你警惕性该高一点，别让我跟到门口。”

在她目瞪口呆间，他换完了鞋，温文尔雅地提醒道：“这是很不安全的。”

被他厚脸皮噎得无语，虞照缓慢地侧过身，放他进去，心里无念无想。

固然可以暴力解决，把他扫地出门，她舍不舍得是一回事，动起手来会不会闹出动静，引来邻居投诉又是另一回事。

明明有一万种方式解决眼前的困扰，她却觉手足冰凉，喉头哽得难受。

真正妥协的理由无他，只是，她累了。

这段时间以来，与宁孝庾的不欢而散，虞瑾明的不告而别，裹着沈思往事的雪球重新向她滚来……一切都让她心力交瘁。

胸口淤着一堵墙般，无论她怎样用力都呼吸不畅。

她踢掉鞋子，往里走了两步，没到客厅，就几乎被突如其来的难过击垮，慢慢贴着墙壁跌坐在地上，抱住膝盖，将脸埋在手肘。

他的脚步又踢踢踏踏走回来，到她近处，窸窣作响，是半蹲在了身侧，抬手将她轻轻环住。

“怎么了？”

低沉的声音嗡嗡响在头顶，无可奈何的语气，夹杂着半分无措。

原来他也有这种时候。

“不欢迎我也不用气到这个地步。”他很温柔地俯首凑近了，想看她埋在两臂间的脸，“那我现在走？我没想怎么样，只是想和你多待一会儿，真的。”

他是真的不知道该怎么办了，哄了两句，仍不见她抬头，只得抚着她头顶，慢慢地顺毛。

“我道歉好不好？”

这句话仿佛点了火的引子，让她彻底炸开了。

“你到底想怎么样？！”虞照蓦地抬起脸来，声音哽咽，眼角有豆大的泪滚落，晶莹得灼眼。

——他从不曾得见。

哪怕在灵山云径，他自以为是朝她说出最伤人的话时，她也没有这样失控地在他面前哭过。

宁孝庾张了张口，莫名失声，喉咙灌满了沙子般，滞涩的感觉半晌无法消退。

知道她会难过，与真正直面她的痛苦和眼泪是两码事。

若照往常，宁孝庾脑子里该有无数合理的应对方式，但偏偏这一刻他慌了，僵硬地抬着手，半晌不知道要落在哪里。

是先拭去她源源不绝的眼泪，还是抱住她佝偻蜷缩的脊背。

恍了神的刹那，他心里才响起一个声音，在告诉他，宁孝庾，你完了。

一直以来引以为傲的自持和冷静在她面前碎得七零八落，他原该高高在上，刻下却不惜跪在她身侧，低下头颅与她分食她的痛苦——如果这样她就能停止流泪的话。

“阿照。”他掌着她湿掉的半张脸，凑近吻去她唇边咸涩的滋味，叹息，“我说我不想怎么样，你应该也不信我。

“陈尚我的事，我隐瞒在先，却反过来怪你甘心入瓮，是我过分。我知道，在你眼里，我大约是个自私透顶的浑蛋，你不愿再和我有纠葛是对的。

“可你愿不愿意……听听我的解释？”

沾泪的长睫微微颤抖，她不曾抬眼，唇却抿起，半晌，哑声道：“什么解释？”

4.

“范柳原说，你如果认识以前的我，或许会原谅现在的我。”

宁孝庚笑了下，语气不乏自嘲。

“这是个很不要脸的借口，我不屑这样替自己开脱。我想讲给你听，是因为不希望从此在你眼里，我一直只是居高临下，从没有把你放在心上。”

虞照想说你难道不是？

未来得及开口，又因他下一句话微微怔住。

“知道草间弥生的故事吗？”

他语气平静，却是近乎无望的那种不起波澜。

她慢慢止住泪，蹙眉说了声“知道”，就被他打横抱起，一路到了客厅，将她放在沙发里。

动作温柔，让她想起最初的最初，他在雨中环抱住她，连手都不敢重放。

心还在负隅顽抗，身体已然松下戒备。

虞照无计可施地抬手挡住了眼。

与他注定是，剪不断，理还乱。

他紧挨着她坐下，摩挲她脊背，一下一下地替她平复哭泣的余韵，声音低哑，继续说下去。

“草间弥生一生都在被抄袭。千船会的展被安迪·沃霍尔看到，转头就复制她的手法策展，成了波普艺术之父；她做无限境屋，七个月后，被萨马拉斯原封不动拿走创意，一举成名。抄袭她的人声名鹊起，她却饿着肚子穷困潦倒。”

草间弥生的纪录片，他们这行应该不会有人没看过。

虞照不由自主地接下去，说出草间弥生在纪录片里亲口说过的那句话。

“之后，我就从窗户跳了下去。”

他垂眸看着怀里的女孩，半晌，才淡淡一笑。

“没错。她这一生，自杀过三次。”停顿良久，他才艰涩道，“Sivan 和她一样。

“区别只是，最后一次，Sivan 成功了。”

虞照身体僵硬了刹那，仰面看着男人绷紧的下颌，张了张口，却不知该说什么。

她终于意识到，那场展对宁孝庾而言，或许远不只是单纯的揭露或复仇。

“认识 Sivan 那年我读大学。他不是学院派，按理说，我们本不该有交集。

“奇怪的是，我每次去纽约，都能在那条街上看到他。那是一个很瘦的年轻人，每次都背着自己的画四处跑，找画廊求展，但最后都没有一家画廊愿意接纳他。

“我看了 Sivan 的画，觉得他是个天才，和他留了联系方式。后来我帮他给英国一间画廊牵线，问他愿不愿意过去。

“他拒绝了。他说死也要死在纽约。我问他为什么，他和我讲了个很老套的故事。

“Sivan 曾有个画家朋友，他们一起在这条街上，每天奔走在各大画廊推销自己的画。两个人都一文不名，很长一段时间里，靠互相打气撑下去，希望有朝一日能够被人看见。但也是这个朋友，瞒着他抄了他的画风，得到某位画廊经理人的赏识，不久后，在纽约扬名立万。

“他最引以为傲的画风，却被拿去当作别人成名的标志。

“那年我二十岁，年轻，自负，根本不懂得怎么与人共情。我听完了只是和他说，放轻松，这种事情圈子里太多太多了，你只是不走运而已。

“我记得很清楚，他听完，举着酒杯朝我笑了一下，那个笑容里或许有很多意思在，但当时我没有看懂。

“就在我离开纽约的当晚，收到了他自杀未遂的消息。

“他从没提过父母，手机里唯一的紧急联系人竟然是我。那时候我才知道他有很严重的抑郁症，而他身边的人，只有我没把他当成疯子。他跟我说Victor，这世上只有你看得见我的画。

“享有一个人的信仰和依仗，是非常沉重的事情。从那时起我迫切地希望自己能够在艺术圈站稳脚跟，那么我的第一场展，一定要给 Sivan。不是出于怜悯和同情，就只是单纯地愿意去相信，他一定能够成为本世纪最伟大的画家之一。”

没人知道，宁孝庾二十岁时，曾背负着一个受尽不公的年轻人的信仰，艰难地前行。

可还没等到他有能力给 Sivan 一场专属的画展，Sivan 就得到了一个千载难逢的机会。

一位经理人终于表示愿意签下 Sivan，在这位经理人的斡旋下，Sivan 的画也得以入驻画廊，渐渐在行内有了名气。

“一年后他终于崭露头角，我飞过纽约几次去看他的展，他看起来意气风发，但在 After party（小聚会）上，却在醉酒后抓着我号啕大哭。”

那时候他只以为 Sivan 苦尽甘来，诸多感慨，没等开口安慰，经理人却走过来礼貌地带走了 Sivan。

后来一年间，他们断断续续以邮件联络，对话多是Sivan发来画展的邀约，而他忙于毕业，无暇应承。

他的毕业展，也是人生第一场独立策展，最终无关 Sivan。

“再见到他是在医院，他当时已经被绷带和石膏裹成个木乃伊。他跟我说，他从自己公寓的阳台上跳下去了，语气轻描淡写。后来我从医生那儿知道，他下半辈子都要坐在轮椅上，手部神经也受到损伤，想恢复到和以前一样几乎是不可能的。

“但他显得很轻松，是我无论如何也理解不了的轻松，好像现在这样反而是种解脱。

“没多久他的经理人放弃了他，他用剩下的积蓄住进疗养院。

“他再也不能画画了。”

5.

后来很长一段时间里，宁孝庾与Sivan几乎不再联络。

不可否认，他曾对Sivan自杀式的陨落非常失望。

他亲眼见证一个天才不断挣扎在生与死的纠结里，白白浪费掉无数人梦寐以求的天赋，扼腕至极。

可Sivan对他的影响，却从这段交集蔓延到了艺术领域。

二十四岁那年，宁孝庾在经历漫长的蛰伏后，终于以“迷城”一展成名。

他将那条Sivan跋涉过的纽约街区抽象化，变形再现为一座巨大的迷宫。

路尽头的镜面象征着迷城的无限往复，带着强烈的雷诺阿印记的印象派画作无限放大、占据墙面，是对那座湮没了无数艺术家的街区的解构。

可也就是在他成名的那一年，他收到了Sivan的最后一封邮件。

或者，那也可以称之为，遗书。

“他被欣赏是假的，画卖出高价也是假的。”

宁孝庾语气沙哑得不成样子，令虞照不由自主地哽住呼吸。

“他的经理人看中的不是他的画，而是他毫无背景，毫无名气，刚好可以作为洗钱的工具。我以为他苦尽甘来的那几年里，他正在深渊里与魔鬼为伍——他这一生，直到选择结束生命的最后，都没有等来想要的成名。”

宁孝庾不再是Sivan的信仰。

可Sivan将永远是他身上背负的十字架。

“Sivan离开后的两年里，我站在所谓‘成名者’的视角，见识过了所有想到的、没想到的肮脏交易。我曾以为只有在这片土壤里，我才得以呼吸，最终却意识到，土壤里满是骸骨。

“这就是，被无数人奉为信仰的，所谓‘艺术’两个字的真相。”

周围是令人窒息的安静。

他搂紧掌下的肩，试图在彻骨寒意里，汲取一丝近旁的温暖。

这让虞照生出错觉，仿佛他是一盏只有分毫厚薄的琉璃，脆弱、易碎。

又或许，这才是宁孝庾从不示人、深藏其中的另一面。

男人垂眸，牵动嘴角，神色黯然而空茫。

“所以虞照，你眼中我的高高在上，说穿了不过是层纸糊的壳子，一戳就破了。事实上，我的信仰早在几年前就已经崩塌，那之后活着的，不过是……一具行尸走肉而已。”

6.

室内的空调还未来得及开，深冬的凉意沁到骨子里，泪痕所及，皮肤冻得隐隐作痛。

四下陷入长久的死寂。

半晌，虞照动了。

她太阳穴嗡嗡作响，拿开他绕过后背搂在腰间的手，从暖烘烘的怀抱里逃脱，一言不发地去了浴室。

打开水龙头，温水扑在面上，绷得生疼的面皮才觉缓和。

宁孝庾从沙发上起身，慢条斯理地剥去身上的大衣，犹豫两秒，搭在沙发背上，随着动作，唇边倾泻出一声叹息。

沉郁心底多年的话，未料会在今日尽吐。

他甚至隐隐意识到，或许一直以来——决定离开英国时，放弃策展时，甚至于揭穿陈尚我为 Sivan 正名时——无论逃避还是面对，他都未曾有过真正的释怀。

奇怪的是，此时此夜，胸口有什么不知不觉间消散，令他感到如释重负。

他缓步走到浴室，拉门未关，他抱肩斜斜地倚在门边。

虞照抬起头，视线与镜中男人的目光相接，彼此皆是无言。

一切都脱了轨。

虞照从来没想过，自己求而不得的、一个真实而几近完整的宁孝庾，会在这个奇怪的时间点，因为奇怪的理由，来到她面前。

或许他的初衷，只是为了以此佐证，他对她的欺瞒事出有因，绝非恶意。

因为这场揭露陈尚我的展，是他对年少挚友 Sivan 的交代，他宁愿不择手段也只求万无一失。

事到如今，虞照却已经不太在意这件事的始末。

她那一向非同寻常的脑回路，再次不受控制地走偏了。

——刚刚，他是在将自己的过往向她和盘托出。

——他和别人说过同样的话吗?

转念却已经有了答案。

在郁泽闵家里，她无意间曾听到郁泽闵追问他回国和转行的因由，而他自始至终只是敷衍而过。

虞照智商上线，不认为其他人也享有过与她同样的待遇。

这场漫长的剖白，让心灰复燃，隐隐生出妄念。

或许……

“你是不是爱上我了？”

她顶着湿漉漉的脸，举着毛巾却忘记擦，动作透着傻气，很固执地等待他给一个答案。

闻言，宁孝庾的表情似有怔忡，张了张口，却是无声。

一颗心倏然跌落，虞照佯作无事般哂然，手指带着毛巾向上，低头遮住脸，瞬间鼻头酸涩。

陷入黑暗的一霎，耳际却传来本不奢望的回答。

“或许是这样。”

动作凝结，半晌，她才微微扬起下颌，从白色的毛巾里露出一双眼睛。

她瓮声瓮气道：“爱不爱我，你自己都不能确认吗？”

他沉默了一下：“所以，我来找你确认。”

目光坦然地相视，自他幽深的眼眸里，她看到平生不会相思的生涩，也看到情不知所起的困惑。

怎会忘了，初初为人，初初言爱，任谁也做不到百分之百确定。

可有些东西仍是能感知分明。

那些从前未曾对她展露过的，真切的、隐秘的情绪，至少在这一刻，他不吝所有，坦诚相待。

此间的宁孝庾，不再是梦边一缕抓不住的魂魄，是面前实实在在、有血有肉的人。

他曾离相无念，如今，却也肯为她堕入凡尘。

够了吗？她问自己，试图令摇摆的心归位。

宁仁政的谜团未解，沈思留下的真相不明，而眼前的男人和一切有着千丝万缕的联系，若选择结下更深的纠葛，前路越发未知。

这个关头，她有资格任性吗?

可是眼眶的红，疾步向前撞入他怀里的本能，早已给出答案。

或许不够，或许错了。

肠深解不得，无夕不思量。

——她仅只是爱他。

· 第十章 ·
只怕欢愉短

1.

清早，二楼的画室和收藏室就不断有人进进出出。

不知价值几何的艺术品和画作，打包起来本就琐碎，一不小心又容易弄坏，虞照不愿假手于人，就只得亲自上阵收拾打包。

前几日提出的行政复议不出所料失败，她想赶在法院的人上门前搬走它们。

目的却并不是为了转移财产，是怕有些东西来历暧昧。

收拾的过程里，她始终苦着脸，以至于宁孝庾寻上楼看到她这副模样，忍不住问："累成这样？"

虞照蓦地回过神，抬眼看看他，欲言又止半晌，最终没吭声。

她打算带走的东西，有一部分出现在拍卖记录中，也有些虞瑾明还未来得及送展的墨竹。

可是还有一些……

"奇怪。"她说，"我印象里小时候见过的一些东西，现在都找不到了。"

"你父亲做收藏，转手买卖是常有的。"宁孝庾道，"别想太多。"

话是有理。

虞照"嗯"一声，歪着头想了一会儿，继续打包手里的一件东西。

宁孝庾大约是忙完了工作，走过去帮忙。

两人在地板上或蹲或坐，时间一久，虞照已经觉得自己脖颈生疼，宁孝庚却还在那里岿然不动。

感觉到她的视线，宁孝庚抬眸问：“这些东西，你打算放到哪儿去？”

“银行开个保险柜，要么就放我发小家里。”

她说了两个自认为不错的答案，抬眼，却见宁孝庚面色沉冷，眼神莫测。

虞照眨了眨眼，没懂他在不高兴什么。

彼时他们不过确定关系几日，要说如胶似漆，却也没有。

唯一带来的变化，只是偶尔天雷勾动地火，他和她都显得轻车熟路，渐入佳境。

相处下来，倒是老夫老妻的感觉更多。

也因此，宁孝庚和她讲话，字里行间总是站在“自己人”的角度来考虑，有几分家长的味道。

就比如，现在。

“你有没有想过，在你父亲露面之前，这些东西都没有办法保证完全清白。如果你放在朋友那里，万一出了什么岔子，恐怕会连累他们。”

关于虞瑾明的变故，他和她都没有摆在明面上谈过，宁孝庚语气自然地给出提醒，却也侧面印证，其实他早有留意。

虞照算不准他知道多少，又合理推测，应该也只是到看了新闻的程度而已。

毕竟除了她，没人知道沈思留下的拍卖记录。

她琢磨宁孝庚这番话的工夫，宁孝庚叹了口气，起身走了。

虞照想了想，也放下手头的事，跟在后头。她一路跟到客厅，宁孝庚还是没理她，坐到沙发上看画册。

她爬上沙发，把他手里正翻着的画册扒拉下来，恃宠而骄的猫一样，不让他一心二用地和她讲话。

“那……怎么办？”她虚心地求教。

他无奈地丢下画册，抬手把小丫头圈在怀里，打了个岔问：“你过年就打算留在这里？”

她沉默一会儿：“我没地方去。”

“要不要和我回去？”

“回哪儿？”她不过脑子地问。

像是觉得她不开窍，他堵了口气，半晌，才似笑非笑地反问：“你说回哪儿？”

“海市？”

宁孝庾颔首。

而她瞪大眼睛，不是很明白他的意思，问：“你不在杭城过年？”

电话响了，他没吭声，松手让她坐到一旁，拿起画册从沙发上起来，才接通。

他走到露台，小丫头趿着拖鞋吧嗒吧嗒地跟在后头，光明正大地偷听。

大约是通工作电话，她断续地听了几句“阿勒山”“NFT 画廊”之类的话，不再感兴趣，回过头去继续收拾一些准备带走的零碎。

之后宁孝庾就开了电脑没闲下来过。

两人各自忙到晚上，等宁孝庾结束最后一个视频会议，虞照已经收拾出一个大行李箱搁在客厅，人在浴室里洗澡。

虞照换了宽大的 T 恤，赤脚出来，被等在门口的男人吓了一跳，手里的毛巾险些甩到对方脸上。

“你变态。”她皱眉埋怨，“杵在这里干什么？”

毛巾被男人攥住，慢慢扯过去，覆在她湿漉漉的头顶。

他表情看起来有点认真，说话时手上的动作没停，毛巾擦着她的头发，很轻很轻的。

“要不要和我走？”

她表情看起来有点呆，愣了一会儿。

“干吗？”她撇嘴，“听着好像私奔一样。”语气里并没有抗拒。

宁孝庾于是笑了一下：“东西我让人运去海市，我们明天就走。”

他不想让她亲眼看见这座房子被贴上封条。

她没言声，按住他落在发上的手，攥紧了。他静了两秒，将她反握住。

2.

虞照有过离家出走、过家门而不入，甚至把回家当成顶痛苦的事情，因为不想面对虞瑾明。

可这次的离开不同。

车子渐行渐远，她忍不住回过头，透过后窗看那栋房子最后一眼，因为知道，她或许没有机会再回来了。

她所有亲密的人际关系都植根在这座城市，失去了停靠点，再来这里，她与漂泊的过客将没有什么两样。

只要想到这一点，周身的力气就像被凭空抽走，她整个人恹恹的。

早起跋涉，抵达海市时才中午。

武定路这座博物馆似的宅子，她再度登门已经轻车熟路。

七分疲惫加上三分安心，她洗完澡去楼下等人，却不知不觉失了意识。

宁孝庾收拾妥当下楼来，原本要带她出去吃饭，瞧见小丫头四仰八叉地躺在沙发上，应该是等他的时候不小心睡着了。

将人抱回楼上主卧，刚放到自己床上，电话就嗡嗡振动。

宁孝庾心里一紧，先是按掉，之后将视线落在小丫头脸上，她动了动唇，翻了个身，没醒。

走出卧室合上门，他才靠在墙上，慢悠悠地回拨。

“三哥？我是阿翡。大姐和二姐都回来了，问你什么时候出来吃个饭？”

竟是郁翡打来的。

郁翡口中的两个姐姐，二姐宁孝欢单身贵族，长居港城，大姐宁孝宛离异，定居 LA，她们肯赏脸回海市，通常意味着一件事。

除夕将至。

家里亲缘生疏，和父母只顾着忙于事业撇不开关系。宁仁政和郁令文分居已久，只维持个婚姻的壳子。因此，过个年也七零八落。

父亲这边，年夜饭通常要放上日程表，像会议一般等待安排。等确定好时间，宁仁政的助理再挑不错的餐厅订位。各人照着时间赴会，如此草草了事。

子女们不爱应卯，倒是不排斥私下里聚一聚，毕竟一脉所出，亲缘还是要维系。

宁孝庾说：“今天不方便。明天下午吧，我安排地方。”停顿一下，又问，“你不是在上京，什么时候回来的？”

郁翡道：“和二姐前后脚回来，没几天。”

“一个人回来的？”

天地良心，宁孝庾这句话纯粹是顺口一问，绝无坏心调侃，那头却着实哽住，半晌才语气别扭地否认。

“不是。”顿了顿，她又道，“不说这个了。”

他怔了怔，回过味儿来，小妹这是不好意思了。

郁翡的男友来头不小，是庄闫安的熟人，也是这次阿勒山项目天英方面的资方。

就算他不八卦，庄闫安也时常来他办公室喋喋不休，话题不限于公事。

对话走偏，是宁孝庾无心之失。他笑了笑，说句回头见，收了线。

他侧过身，稍微推开一丝门缝，床上的人仍睡得天昏地暗。

宁孝庾抬腕看了眼时间，摇摇头，干脆放任她继续睡，自己去书房等魏桑过来。

魏桑掐着点儿上门，怀抱一摞文件，直奔书房找宁孝庾签字。

“郁先生发过来一份关于 BWV 品牌的 NFT 画廊建设计划书，您这边看过吗？”

“嗯。”

宁孝庾笔下没停，还得分出一只耳朵来听魏桑报告工作。

魏桑了然，接着道：“风险评估做过了，可行性报告大家也都比较认可，但到底要不要纳入为‘阿勒山’计划的一部分，目前还在等您拍板。”

宁孝庾顿了顿笔，沉思片刻：“最近与旅游局和天英娱乐那边都碰过了？怎么说？”

“旅游局这边没有硬性时间要求，主要是天英那边，您也知道，等阿勒山做完这次建设，那头要赶着用这个景拍综艺。”

“什么时间？”

魏桑叹了口气，回答道：“他们负责人说第三季度就得播，往前推的话过阵子就得启动。所以留给咱们的时间也不太多了。”

“这样……年后可以开动了。”

宁孝庾说完，走神似的，提着笔，一笔捺半晌没落下，看得魏桑直着急。

“还有个事情，可能需要你出国去办。”

不明白他为什么说得如此谨慎，魏桑直觉不太对，仍是应了：“您说。”

“在国外找人查一下虞瑾明在哪儿。”

宁孝庚垂下视线，随着最后一笔“捺”落下，放低了声音。

“别惊动国内这边。”

3.

虞照一觉睡到第二天中午才醒。

起床来，整个人还是无精打采的样子。

宁孝庚一早去了公司，不知道忙些什么，倒是有专门的营养师上门弄了个早午餐。

吃饭的时候，她接到之前合作的那位律师的电话，说法院已经过去强制执行，贴了封条。

她“哦”一声，心情平静，近乎麻木。

费以丞大概是听到了风声，在四人群组里接二连三艾特她，问她为什么打电话不接，人去哪儿了。没把她炸出来，倒是岩野先急了。

【阿照出什么事了？】

过了一会儿，单独的对话框就蹦出消息来：【我刚下飞机，发生什么事了吗？】

疲惫感涌上来，连回复只字片语都成为负担。

想了想，她还是在群里发了条语音：“回海市了，人没事，不用担心。”

而后退出了微信。

明明营养师做了很好的饭菜，她却胃口全无，搁下筷子，走出餐厅，躺倒在沙发上。

困意再度将她席卷，此刻只想要一直睡下去。

让我逃避一会儿。

就一小会儿。

她闭上眼睛，和自己说。

下午的聚会安排在四点钟。

宁孝庾三点钟从公司回到家，一进门就觉得四下静得发慌。

简直不像是还有个人在家的样子。

有那么一瞬，他疑心虞照会不会偷偷走了，匆匆换了鞋进来，看到沙发上的人，松了口气。

人没跑，还在。

跟着，他脸色又转为肃然。

从昨天到今天，她的睡眠已经远远超出一个正常人的时长了。

这么久以来，虞照都是很精力充沛的，他从没见过她现在这个样子。

他缓步靠近沙发，半跪下来，拂开她横落额前的发，探了探，没发烧。

他垂眼，又看到她紧蹙的眉心，忍不住用指腹去抚平。

“阿照。醒醒，我们该出门了。”

虞照眉心锁得越来越紧，须臾，紧闭的眼角滚下一颗豆大的泪珠。

“阿照！”

宁孝庾感觉到五脏六腑都揪在一处，伸手轻握住她肩膀，只想立刻将她从噩梦里拖出来。

虞照缓慢地掀开眼帘，几乎泪眼蒙眬，怔愣两秒，抬手勾住他脖子。

他起身坐到沙发上，将她抱到怀里，肩头的衬衫湿了一片。

她的泪那么无声，连抽气都显得罕有，只是很快地从滚烫至冰凉，透过一层衣衫，慢慢浸到皮肤。

“我没有家了。”

从没想过，这么矫情的话会从虞照口中说出来。

宁孝庾显然也怔了怔，脊背微微挺直。

她赧然了一瞬，又被胸腔的空茫包裹住，手指紧攥着他脊背被揪起来的衬衫布料，像要将他禁锢在两臂间，掌心里。

就算天地间再无凭据，至少此刻，他是她的坐标，证明她来过，爱过。

他动了动唇，相干的不相干的话徘徊来去，最终无一字出口，只是将她抱得更紧。

午后，冬日的阳光也如此清冷。

落地窗外，玉兰树的影子斑驳，花期早过了，枯枝伸展，一片苍凉。

她无声地蜷缩在他怀里，哭完了，下巴杵在他肩膀，目视窗外发呆，一下一下地抽着气。

他的大手在她背心轻拍，帮助她缓和呼吸。

“这两天撞邪？哭好几回了。”

“你管我。”她吸着鼻子，嗓子都哑了，“我乐意哭。”

他叹了口气：“和我说说？”

肩头上的小脑袋晃来晃去，是拒绝的意思。

他没辙：“洗把脸，带你出去吃饭。午饭有好好吃吗？”

一碗饭都没吃完。

她怕被兴师问罪，干脆装没听到，推了推他肩头：“我去洗脸。”

再出来，已经装点一新，为了掩饰通红的眼皮，还破天荒地擦了点粉底，只是操作粗糙，有一块没抹匀。

他盯着瞧了半天，最终用手背擦了擦，她狐疑地去照镜子，确认他没搞破坏，才放下心来。

她仍是没心没肺，都不问去哪儿吃饭，到了餐厅，听引路的侍者说是个大包厢，才觉得哪里不太对劲。

隔着门板，里头隐隐传来女人说话的声音，她一下子蒙了，侍者刚推开一条门缝儿，就被她猛地拉上。

“等等！”她挺无措地瞪大眼睛看宁孝庾，“你还约了人？”

4.

宁孝庾更无辜：“嗯。”

虞照问：“谁？”

“两个姐姐，还有一个妹妹都在。”

虞照别别扭扭地和他僵持半晌，想发脾气，无奈他态度良好，只能问一句：“那……那你怎么没提前和我说？”

的确是宁孝庾的疏忽，因为被她哭慌了，忘记告诉她这顿饭不是二人世界。

宁孝庾却不打算轻易认下这个错。

见她紧张，他觉得稀奇，笑了一下，选择倒打一耙：“又不是见家长，你慌什么？”

调侃完，见小丫头明显耳尖发红，是很无措的样子，他又心软了，摸着她耳朵好声好气地解释：“我出来聚餐，总不能把你一个人扔在家。只是吃个饭，没别的。”

他语气低柔，虞照瞪了他两秒，妥协地放开攥着的门把。

薛定谔的门到底还是开了，宁孝庾亲手推的。

一进门，虞照就对上几双好奇的眼睛。

偌大的包间，只在靠里坐了两位气质鲜明的美女。

大姐宁孝宛是个长发大波浪摩登女郎，烈焰红唇那一款，显得知性沉稳。

二姐宁孝欢则干练许多，短发齐耳，和虞照刚回来那阵子头发差不多长度，说话腔调已经被粤语同化，一开口就是：“哇，这是你女朋友？几靓喔（很漂亮啊）。”

宁孝庾没否认“女朋友”的说辞，介绍道：“虞照。”

大姐宁孝宛起身握手的时候，忍不住说：“看起来好小，还在读书？”

虞照连连微笑，除了“是”“谢谢”之外，全程闭嘴。

大姐得知虞照的年纪后，眼刀蓦地飞向宁孝庾，有种自家弟弟干了坏事的痛心疾首。

作孽哟，小女孩还在读书呢。

两个姐姐话都不少，聊了几句近况，又问宁孝庾回国后习不习惯。

“都还好。”

这厢虞照还在装哑巴，宁孝庾比她更惜字如金，等上菜的工夫，只问了一句话。

“阿翡呢？”

虞照竖起耳朵。

阿翡？是不是那个没血缘关系的妹妹？

二姐神秘兮兮地八卦道：“阿翡家教好严的，接了个电话，跟着呢，就出去接人了。”

大姐宁孝宛没太反应过来，皱着眉“啊”一声。

“阿翡出去接人了？接谁？”

“你都不看八卦？”宁孝欢诧异道，“阿翡和天英那个骆总啦。”

闻言，宁孝庚略微抬头，朝她们看了一眼，不妨桌下，被小丫头踢中脚踝。

疼是疼的，只是他忍着不出声，转头盯着虞照，伸过去攥住她摆弄餐巾的手，指节在掌心挠了挠。

暗号似的，像在说，捣什么鬼？

她任他握着，回了他一个讨巧的笑，老老实实不动了。

门再度被推开，除了侍者上菜，身后还跟着一男一女，裹挟着室外的寒冷气息，闯到眼前来。

5.

那位被虞照暗地里惦记了很久的“没有血缘关系的妹妹”，终于现身。

第一眼，先落在郁翡脸上，饶是虞照见惯倾城国色，也颇是惊艳。

郁翡通身有一种独特的氛围，介乎于纯粹与迷离之间，是让人很难忘掉的。

第二眼，瞄到她身后跟着进来的帅哥，又注意到两人交握的手，松了口气。

还好，没什么自家消化童养媳的可能性了。

要是宁孝庚知道她脑袋瓜里都在瞎琢磨些什么，估计要好好地教训她一番。

这位传闻中的天英骆总，名唤骆微城，和庄闫安是好友，参与“阿勒山”计划也是庄闫安牵线。

在视频会议里，宁孝庚同他打过几次照面，算不得熟稔，但好歹有公事上的来往。

两个男人头一次线下碰面，握了手挨着坐下，倒有种网友见面的熟悉感。

郁翡话似乎更少，菜上齐之后便一言不发地动筷子，间或被问几句生活上的冷暖，也只是淡淡地答了。

相比之下，骆微城和虞照受到围攻的次数更多。

一顿饭里，虞照先后遭遇了诸如此类问题：

“学什么专业？”

“什么时候毕业？毕业之后什么打算呀？”

“家里是做什么的？”

“那你和孝庾是怎么认识的？”

……

好在宁孝庾还算是个人，有时候恰到好处地替她代言，有时候不咸不淡地把问题挡回去，更坏的是，偶尔还祸水东引。

好好吃着饭的郁翡就无辜地吃了他一问——

“小妹回国也两年了，就打算在上京定下来，不考虑考虑海市？”

虞照跟着看过去，她坐在宁孝庾手边，宁孝庾挨着骆微城，骆微城挨着郁翡。

从她这个角度，刚好能瞧见郁翡的表情。

郁翡有点蒙似的，下意识地去看身侧的男人，对视两秒，彼此心照不宣地笑。

是只在爱里才有的眼神交流。

骆微城替郁翡开口回答：“还在考虑。她现在手头有点作曲的工作在上京，短时间走不开。”说话间，他的视线始终落在郁翡身上，见她筷子拿得乱七八糟，夹一颗腰果半天夹不上来，便极自然地拿了筷子帮她夹。

有那么一瞬间，虞照心窝微烫，仿佛看到刚刚为自己挡话的宁孝庾。

好好一对恋人，宁孝庾在这儿搅什么浑水。

她摸到宁孝庾搭在桌上的小臂，不着痕迹地用力地捏了一下，带点莫名酸涩，想让他闭嘴。

不妨宁孝庾吃痛，条件反射地抬了下手，撞倒了边上一杯橙汁。

倒下的杯口，好死不死正对着虞照。

电光石火之间，身体比脑子先做出反应。

虞照带着椅子往后一撤，“嘎吱”声起，紧接着又嗖地往上一跳，直接蹲在了椅子上。

这一番动作行云流水堪比电影，众人都被她吓了一跳，等反应过来，她已经猴儿似的蹲在椅子上了。

一时间，席上几人盯着她，齐齐静止。

二姐宁孝欢筷子上还夹着一块鱼，因为目瞪口呆，手半天没动，鱼肉碎到了碗里。

唯独宁孝庾，当寻常事一样，侧身把杯子摆正，云淡风轻地说：“下来。”后半句原本是教训，“毛毛糙糙的”，却碍着在人前给她面子，没出口。

虞照觉得自己这两天可能有点睡傻了，偏头看着宁孝庾，求助似的，声音委屈，又隐隐有几分理直气壮：“我就是……今天穿的白鞋。”

宁孝庾面无表情地指指她的左手，纯白的长袖T恤袖口还是湿了一块。

是跳起来时，她的手臂挥动借力不小心蹭到的。

很好。

令人窒息般的尴尬。

三十六计，走为上计。

“我去盥洗室整理一下。”虞照尽量斯文地从椅子上下来，头也不回地逃离现场。

人一走，宁孝欢憋了半天终于笑出声来，末了往椅背上一靠，给自己顺气。

“小女孩蛮可爱的。”

宁孝宛面上带笑，却显得克制许多，问宁孝庾道：“人家还小呢，你怎么想的？”

潜台词是，要是玩玩，就别祸害小姑娘了。

也不怪大姐对这个三弟戴有色眼镜，宁孝庾历任女友都有名有姓，却没一个走到最后，从前又是个艺术圈的，难免让人觉得他对待感情不够郑重。

郁翡原是专心吃饭，闻言好奇地抬起头，去看三哥的脸色。

宁孝庾正拿手机给虞照发微信，问她还好吗，冷不丁听到大姐提问，便搁下手机，沉默了几秒。

“我们之间也有要解决的问题。”

言外之意，问题解决之后，或许才能谈及未来。

答的人诚恳，听的人除了点头，也再说不出什么来。这毕竟是旁人的感情，私密的事，即算是亲人也不好置喙。

过了会儿，虞照推门进来，见一桌人面色如常，自己便也装作无事发生，乖乖地挨到散席。

回去的路上，虞照在副驾驶上闭眼装死。

宁孝庾开着车，瞥她一眼："二姐说……"

"不许提！"

虞照诈尸一样坐起来瞪他。

宁孝庾被她逗得失笑："我是想说，二姐觉得你可爱而已。"

虞照表情稍微缓和，又靠回椅背上，半天，才问："是不是很蠢？"

"嗯。"

虞照又直起身来瞪他。

宁孝庾目视前方，不带语气道："怎么办，我就喜欢蠢的。"

虞照像只充了一半气被突然扎破的气球，一下子没了话，因为还没适应宁孝庾的温柔，听了前所未有的情话，只觉耳尖烫得厉害。

半晌，她小声嘟囔了一句"你才蠢"。

他伸手越过中央的扶手盒，握住她放在膝头的手，再也没松开。

6.

虞照觉得自从自己名正言顺地入住武定路之后，宁孝庾变了许多。

若说从前，他的温柔只是出于绅士，无论如何都隔着一层，现在却是实打实地可以感觉到"为你好"的意味。

可细想想，他也不是没有态度恶劣过。在灵山云径共事的那段时间，因着还在彼此试探，一个横冲直撞，一个高高在上，谁也没让对方好受。

幸好都过去了。

"所以你们俩现在就算是……定下来了？"

江畔 18 号的和平饭店，仍是那家本帮菜，庄子怡的筷子在响油鳝丝和糖醋小排之间举棋不定，连问话也有点漫不经心。

其实是因为，早在虞照过来坦白前，她和宁孝庾的事情就已经像长翅膀一样在海市飞了好几圈，对庄子怡来说，最初的那点关于"她居然真把三哥追到手了"的冲击感，早就过去了。

虞照面上也不见喜色，颇是委屈地“嗯”一声：“暂时算是吧。”

听出话里的不确定，庄子怡叹了口气。

“你出差这俩月，工作室的电话都快被打爆了。你往后怎么打算呢？要继续在我这里，还是打算夫唱妇随？”

虞照咽下一口饭，连忙表忠心：“师姐你说什么呢，我肯定是跟着师姐混呀。”

庄子怡多少料到了答案，但亲耳听虞照这么说，心里到底还是舒坦，露出个笑脸来，给她夹了一筷子鳝丝。

“知道你乖。”顿了顿，她转头又抹黑宁孝庾，“三哥那人，别说是你，我都玩不过，所以呢，感情归感情，事业归事业，可别把鸡蛋都放到一个菜篮子里，是吧？”

虞照心里失笑，面上故作严肃点头。

庄子怡食量不如虞照，吃得差不多了，剩下的时间只看小丫头在风卷残云。

“周末是除夕，我明天就回杭城过年了，看你的样子，是打算跟三哥在这儿待着喽？”

虞照扒饭的间隙眨了下眼睛，表示没错。

庄子怡杵着下巴盯着虞照半晌，只觉小丫头巴掌大的脸似乎又小了一圈，也不知虞瑾明的事情到底对她影响多大，迟疑再三，终于还是开了口。

“有什么要我帮忙的，一定要和我讲，知道吗？”

虞照搁下筷子，莫名有些鼻尖发酸，笑着说好。

吃过饭，虞照又跟着师姐去了趟工作室。

因为大家都放了假，整个办公区里都没什么人气。

明明只离开了不到俩月，却莫名有种物是人非的感觉。

虞照安静地随师姐到了外间走廊，两人倚在栏杆旁，看着偌大一片创业园区，半晌无话。

还是庄子怡率先打破了沉默：“我说我不知道宁孝庾办那个展的真实目的，你信吗？”

虞照怔了怔：“我当然信。”

见庄子怡露出一丝愧疚似的神情，她哪里还猜不出，自己被拿去当作挡箭牌的事，估计在师姐面前早就不是什么秘密。

她也没想过要瞒，哪怕真相大白会令自己失去“新锐策展人”的噱头。

这个圈子里有各种谎言，她尚是自命清高的年纪，不愿被名利掣肘，更不愿意……成为宁孝庾口中最不屑一顾的那种人。

“不知道真相的人，把我当成英雄；知道的人，觉得我像个笑话。”虞照语气平静，“我以为和他共事是我的机会，但还真像电影里说的那样，我猜到故事的开头，却没猜到结尾。”

庄子怡沉默地凝视虞照，一段时间不见，小丫头脸上却多了说不清的深沉。

“宁孝庾给我上了很好的一课，我怪过他，但他给的解释，我也接受了。所以对我来说，这件事已经过去了，师姐。”

庄子怡叹了口气：“你能看得开，那是最好。我只是没想到，以你的性格，会选择谅解。”

“如果能选择，我甚至不想选择爱他。”

不妨虞照轻飘飘地扔出了“爱”这个字眼，庄子怡着实愣住了。

虞照低垂眼眸，笑了笑：“可能这也是他给我上的一课吧。”

眼前的人忽而陌生起来。

在庄子怡的印象里，虞照是一道鲜明的、亮丽的色彩，任何沉重的色调都该与她无关。

两地相隔的这段时间里，庄子怡先是得知虞照被心仪之人利用，之后又听说她几乎家破人散，心急如焚，联络不到人，还破天荒地放下面子，找到郁泽闵帮忙打听。

这回小丫头好不容易回来了，庄子怡终于能把人叫出来，像从前一样吃饭逛街，明明看起来一切如常，但她还是隐隐感觉到，她的阿照身上有什么东西变了。

或许是残酷的现实令虞照裹上了沉郁的外衣，又或许是，拨开那层缤纷的迷雾，如今的阿照，才是真实的。

只是一直以来，她都未曾得见。

7.

宁孝庾从公司回来，家里一如既往的安静。

起先他还以为虞照又想不开睡了整天，换鞋进了客厅，才看到沙发上堆着件大衣，围巾也甩在沙发背上，茶几上还放着一个手包。

是出过门的痕迹。

上楼去，浴室传来哗啦啦的水声，他在门口顿了几秒，终于还是好心没进去吓她。等他换完衣服，又下楼收拾她留下的“罪证”，一样样给归拢到更衣室去。

黑色的手包很小，装不了什么东西，因为要将物品分类放好，他习惯性地拿出里头的钱夹和手机，把空包放上柜子。

他转身出去的时候，手机振了振，下意识地低头，却见屏幕亮着，是一条新来的微信消息。

锁定的屏幕上只显示了来信人和开头几句话。

老 A：【照哥，我管你叫哥！我躲你这么久你心里没数吗？我说你招惹谁不好，招惹那种人？】

他扯了扯唇，想按灭屏幕，谁知下一条信息紧跟着就过来了。

老 A：【要不是看在战友一场的份儿上，就他朝我招呼的那些手段，我早把你漏出来了。】

走廊传来啪嗒啪嗒的脚步声，宁孝庾神色沉静地垂眼，按灭手机屏幕，合着钱夹一齐握在手里。

片刻后，宁孝庾缓步穿过走廊。

卧室的门开着，里头没人，走到楼梯口，却见虞照在一楼客厅里来回打转。

她吹干了头发，穿着宽大的长筒卫衣，站在沙发边上，困惑地揪着卫衣的系带，似乎在找什么东西。

接着，她若有所觉地仰起头，与楼上的男人四目相对。

几乎是立刻就注意到他手里拿着什么，虞照心猛地跳了一下，随即抿唇。

“你又乱收我的东西。”

宁孝庾走下来，看起来神色如常。

她心跳有所平复，眼也不眨地盯着他来到自己面前。

宁孝庾伸手，将钱夹和手机递来，似笑非笑道：“那也得你先乱放，我才有机会乱收。”

她脑袋里乱糟糟的，伸手去接，却被他连同手背一齐包在掌中，钱夹和手机纷纷坠地，不被理会。

发蒙的瞬间，男人已经欺身而上，西裤包裹的腿朝前逼近一大步，迫得她往后跌坐进沙发，随即被他撑在两侧的双臂彻底拦住去路。

“你干吗？”

虞照的注意力还放在滚落在地的那部手机上，视线追着过去，却被他倾斜肩膀挡住，接着垂首在她唇边吻了吻，略带责备：“不专心。”

语气仿佛在和手机争宠，听得虞照瞠目，一时间把那些忧心忘到了脑后，只顾震惊宁孝庾变脸之快。

她抬手捧住宁孝庾的脸，拧着眉，实打实地困惑：“你是不是被谁调包了？”

谁能想到宁孝庾有朝一日会用这样耍赖的语气讲话？

他只一本正经地深深望着她，再度吻下来，令她浑身绵软。

宁孝庾抱着人回到卧室的时候，天色已经彻底黑了。

错过晚饭时间，难免饥肠辘辘，宁孝庾的提议刚起了个话头，虞照就表示用生命抗拒那位御用营养师上门。

她并不想吃那些寡淡的健康餐食。

两人齐齐下楼，一个进了厨房看冰箱里有没有什么能做的东西，一个跑去客厅寻回那部被遗忘的手机，打算求助于外卖。

然而，几秒后，正从冰箱里拿出冷冻鳕鱼的宁孝庾，就听到虞照“嗒嗒嗒”带着怒意的脚步声。

很明显，是冲着他过来的。

“宁孝庾！我手机怎么坏了！”

小丫头站在厨房门口，举着手机，给他看碎掉的屏幕，以及屏幕上闪着的电花。

他关上冰箱门，直起身开火热锅，只看了一眼就说：“可能是你压到了。”

虞照一噎，难以置信道：“凭什么是我？”

宁孝庾撕开真空包装，开始煎鳕鱼，平静地思索了几秒，试图给她复盘。

“手机一开始掉在地毯上，地毯的厚度和软度都可以，缓冲足够，所以不可能是摔坏的。”

好像有点道理，虞照狐疑地放下“气势汹汹”的手。

伴随着刺啦刺啦的煎鱼声，他继续道：“鉴于当时的环境里，有可能对手机屏幕施加外部伤害的对象，就只有我们……”

停了停，他若有所思地给鳕鱼翻了个面：“你好像确实说过，被什么硌了一下。”

虞照耳郭几乎烧红，不知道该不该生气地盯着他，又因为鳕鱼实在很香，半天，只憋出一句话：

“你到底是在分析还是在耍流氓？”

宁孝庾抬眸，忽略她的质疑，不耐烦似的朝她扬了扬下巴。

“不就是坏了个手机吗？我的私人手机给你用，在床头抽屉里，换完卡下来吃饭。”

虞照眨了眨眼，想起刚认识的时候，借用他一部手机有多难，心里莫名有些五味杂陈，抿了抿唇，转头去换卡了。

登录了微信，老 A 的对话框一片空白，她忖了忖，考虑到这是宁孝庾的手机，未免留下痕迹，干脆退出了微信。

算了，回头尽快找个地方修手机屏吧。

厨房里，宁孝庾关掉火，神色逐渐沉冷，两手撑在流理台，许久未动。

半晌，他无声地叹了口气。

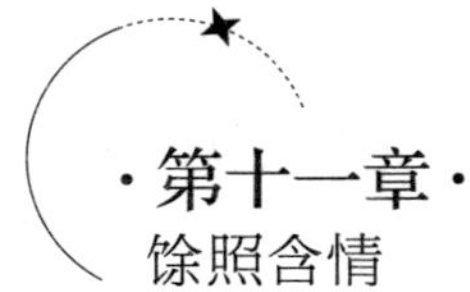

·第十一章·
馀照含情

1.

连虞照自己都没想过，除夕这一晚，会很烟火气地和宁孝庾两个人相守度过。

市区里彻底禁了烟火，以前在江滨还有零点倒计时和盛大烟火，可因为连续几年出现踩踏事故，也只剩下LED屏上的倒计时，连仅剩的仪式感都没有了。

电视机里放着春节联欢晚会，权当背景音，她躺在沙发上刷微博，看到网友们都在抱怨今年的江滨跨年真是扫兴，除了LED屏什么都没有。

海市公安官博出了声明，表示一切为了安全。

底下的评论都在喊自己冻个半死，除夕过了个寂寞。

总归自己没有冒着寒风出去赶时髦，虞照幸灾乐祸，给评论区的“冻成狗”之类的发言挨个点赞。

又翻了翻各大官网的拍卖公告，四季、伊莱温等大型拍卖行都即将在三月份开始春拍，她忖了忖，也不知能不能再碰上另一件“红山玉器”。

她撂下手机，又跑去厨房外，透过玻璃隔断，看到男人站在煮锅前朦胧的身影，颇是感慨，于是进去抱怨：“怎么还没煮好？”

饺子不多，是她手把手教他亲手包的，她急不可耐，凑到锅边要掀盖儿。

宁孝庾连忙展臂拦住：“小心蒸汽。”

她抱着他一条手臂，眼巴巴地缩在后头看，他只得慢慢掀起锅盖，刚好饺子浮起来。

“可以了！”她抬起头，双眼亮晶晶地看着他。

宁孝庾失笑，摇摇头，无奈道：“托你的福，第一次过年吃饺子。”

南方人在除夕压根儿没有吃饺子的习俗，只不过虞照之前和北方人混在一起三年，逢年过节都是饺子，也跟着动手包过，到了宁孝庾这里，就成了彻头彻尾的理论派，只知道指指点点。

两人合力，打仗似的包了点饺子，煮熟了盛出来一看，还挺像模像样。

餐桌上的年夜饭是从本帮菜饭店叫的，早在零点前就经历过一轮风卷残云。

如今端上来饺子，又很快被虞照洗劫一空。

荠菜鲜肉馅儿的饺子，在宁孝庾看来，和他打小吃惯了的菜肉大馄饨没什么区别，顶多是没汤而已。

不过，她开心就好。

虞照吃饱喝足，跟着宁孝庾收拾碗筷，小尾巴一样从餐厅到厨房跑来跑去。

“不是有钟点工吗？”她撑得难受，又有些困了，趴在他背上看他洗洗涮涮。

“现在家里有你。”

虞照皱了眉，把下巴搭在他肩上：“想什么呢？我才不要给你当钟点工。”

男人喉咙里震响轻笑，因着亲昵交叠的姿势，很清晰地传入耳中。

他关了水龙头，没回头，平静地解释道：“家里有你，所以就不想别人过来了。”

虞照默了一瞬，掩饰哽住的呼吸，接着若无其事地搂住他的腰：“你这么喜欢我呀？”

“你才知道？”

“那你如果早就喜欢我了，之前为什么要吊着我？”

宁孝庾擦了擦手，转过身来抱住她，垂眸注视那双清透而明亮的眼。

“不是吊着，”他说，“我只是在花时间去判断。”

虞照没来由地心虚，问："判断什么？"

宁孝庾沉默片刻。

"斯嘉丽对阿希礼一见钟情，是因为爱吗？"

虞照怔了怔，试图回忆起《飘》讲述的故事，却无论如何记不起斯嘉丽如何对阿希礼一见钟情。

宁孝庾哂然一笑，给出答案："恐怕不是。"

她皱了下眉，想反驳，无奈幼时读书不求甚解，只看个热闹，虽记得《飘》大体讲了个什么故事，细节却早就忘得差不多了。

"像书里说的那样，斯嘉丽见阿希礼第一面，就给对方套上了自己梦想中的衣服，也不管对方合不合适，然后她一厢情愿爱上了那件衣服。可悲的是，并不是衣服下面那个人。"

见小丫头露出想要争辩的神情，他安抚地吻了吻她眉心，才继续说下去。

"你今年才二十一岁，阿照。我没办法轻易就相信，你短时间内爱上的是我这个人，而不是你给我套上的那件衣服。

"在我眼里，艺术是虚无的，其实爱也是一样。

"所以我才会事先就和你说明，等那个展结束，或许你会意识到真实的我和你想象中完全不同。所以当时你离开，我没有挽留。因为我很清楚，那一刻，我其实没有能力左右你的选择。

"在爱面前，我一样有怯懦和自卑。我终究也只是个人而已。所以，阿照，你永远不必像任何人一样将我神化。

"我给你打电话，请求见面，就意味着我认了输。是我放不下你。而你手里将攥着我赋予的所有伤害的权力。"

他极温柔地以拇指摩挲着她的侧脸，低声说："是你不明白，对我而言，其实一直以来，你才是那个高高在上的人。"

虞照怔怔地仰面看他。

最初的最初，她不过奢望他回应一二，到后来，又得寸进尺地妄想可以两情相悦。可唯独没有料到的是，他给她的，会远超过想象。

甚至贵重得受之有愧。

还讲什么高高在上，单是此时此夜，就足够她溃不成军。

2.

除夕一过，宁孝庾又开始开没完没了的视频会议，先是在家撑了两天，挨不住魏桑苦口婆心，终于劝得老板肯从温柔乡里出来，到公司正经上班。

为了赶日程，早就有先头部队飞去了阿勒山去做落地工作。

宁孝庾这边虽是远程遥控，仍逃不过出差的命运。魏桑三天两头提醒他出发在即，是希望他能尽快做好“分离”的准备，不至于让上次一去杭城不回的悲剧重演。

虞照也没闲着，出去找店面修了手机屏幕，拿回自己的手机，才敢放心地继续骚扰老 A，让他别装死，赶快出来。

这次老 A 倒是没像之前一样装死，很快回复了。

老 A：【我没和你说清楚吗？他的事儿我真管不了……】

阿照：【你说什么了？】

老 A：【？】

阿照：【前几天我手机坏了，今天才修好，你给我发消息了？】

老 A：【爷累了。】

虞照拧着眉，干脆一个语音电话拨了过去。

“你说清楚，到底怎么回事？”

老 A 听出她是真急了，也不像之前一样带着情绪回话，尽量轻描淡写地揭过自己被“反杀”威胁的丢脸事迹，末了苦口婆心地劝她：“收手吧。”

挂断语音电话后，虞照盯着新换的手机屏幕，半天没动。

胸口有一股火无处发泄，逼得她眼眶通红，手指在联系人列表划了几圈，最终停在“射击场程昱”这个名字上。

两秒后，她拨了过去。

“哥，我是阿照，过年好。”顿了顿，她问，“你那儿现在能打飞碟靶吗？”

在海市，大多数娱乐场所是不存在“过年休假”这个说法的。

果不其然，程昱接到虞照的电话，立刻表示这里一直营业，问她什么时候过来玩。

当天下午，虞照就出现在龙腾射击场。

过年期间，射击场人也少，程昱特意出来接她，见她打算办卡常驻，简直是喜上眉梢。

“你拿着卡就得了，不用充钱，请你打几回飞碟靶那不简单嘛。”

虞照没干，笑眯眯地道：“占着你的场地就算了，子弹不要钱啊？”

程昱佯作不悦，按着虞照的手腕不让她拿钱夹，用眼神示意柜台的人办卡充值。小丫头使了个巧劲儿脱出手来，喊道：“身份证！”

程昱忘了这茬儿，连忙收回手，虞照打开钱包拿出身份证，又去抽银行卡，跟着却微微一愣。

卡槽里赫然只装着一张运通黑金的副卡。

是之前宁孝庾要送她却没送出去的那张无疑。

碍于程昱想要强行请客带来的压力，她只迟疑两秒，递出身份证的工夫，银行卡也跟着递出去了。

一时间，程昱和柜台的人都静了音。

柜台的人举着卡，看看老板，又看看小丫头，不知该不该刷。

毕竟对于运通黑金卡持有者来说，打个枪办个卡的钱真的就是九牛一毛。

因此程昱没再说什么，默认了请客失败。

等进了射击场，程昱才抬手撞了下小丫头肩膀，疼得她“哎哟”一声，偏头瞪他。

“干吗？”

程昱问：“你刚刚那张卡是怎么回事？”就差没把“哪儿坑蒙拐骗来的”写脸上了。

“啊，那个啊……”虞照神情恹恹的，像是不太想聊这个，兀自拿了枪，走去一号站位。

抛靶机还在准备中，她垂着脸上子弹，知道程昱在后头看着自己，终于还是叹了口气，回过头。

“之前我不是说我在追宁孝庾嘛。”

程昱挑了下眉：“追到了？”

“嗯。”

“他给的卡？”

虞照面无表情地点头。

程昱摸着下巴道：“稀罕事儿。一般宁孝庾那种人，不至于砸钱才能谈成恋爱吧？”

虞照揣测了一下宁孝庾暗地里往她钱包里塞卡的本意，解释道：“我家出了点事儿，账户被封了，我现在没钱。”

可能是因为这个？

但也不至于把她钱夹里别的银行卡都收走吧？

那里头还有费以丞名下的卡，是暂时给她渡过难关用的。

“他招呼也不打一声就把别的卡拿走了，留下这张副卡，哥，你觉得奇怪吗？”

程昱哑然。

一个是他的尊贵顶级 VIP 客户，一个是他挺聊得来的妹子，这两人的感情纠纷，他也不好多嘴。

可是，对虞照来说，亲密关系里的分寸拿捏，她全无经验，本能地觉得有点不是滋味，再加上她刚从老 A 那里得知自己已经暴露，有点缓不过劲来，感觉像被彻底拿捏住了似的。

又是这样。

他什么都知道，什么都安排好了，剩她一个蒙在鼓里。

程昱见她脸色不好，一个五大三粗的汉子也不知该说些什么，幸好抛靶机准备就绪，程昱干脆地往后退了两步。

“打枪吧。”他说，“打几轮，心里舒服点儿。”

虞照勉强扯唇笑了笑，朝教练示意开始。

耳边传来“开始”，她即刻进入状态，看靶，起枪，扣扳机。

“砰”一声，远处飘起了红色的烟雾。接着是第二枪，橙色的烟雾。

一轮过后，枪枪到靶，无一错漏。

虞照卸下肩上的枪，因太久不碰而感到手指发麻，像是陷入沉思一般，立在原地，良久都没有动。

程昱在不远处等了片刻，到底担心，走上前去，才要开口，却见虞照抬起脸，眼睛已经恢复了清透的光彩。

“哥，我知道怎么做了。”

程昱松了口气，道：“那就好。”

虞照搁下枪，摘了耳机，快步往外走，走到靶场出口，回身朝程昱摆了摆手，而后继续转头向前。

如果她生出怀疑、不安，最直接的处理方法，就是当面问他。

因为他给了她足够的底气，让她这样去相信。

3.

金融中心双子大楼在整个 CBD 都是醒目的地标式建筑，门庭装潢现代而高贵，带着不近人情的生冷。

虞照来得匆忙，忘记和宁孝庾打招呼，到了前台登记时，才傻了眼。

首先，她不记得宁孝庾具体的公司名字，在前台小姐的注视下，拿手机查了查宁孝庾的百科，才勉强写上。之后就是来访目的，她不知道怎么填，干脆空着没写。

饶是如此，大堂的保安还是比较友善地帮忙刷卡通行，目送她进了电梯。

电梯停在三十层，虞照站在安宁资本招牌前头，忖了忖，没去找前台，先给宁孝庾打了个电话，偏偏没打通。

无奈，她只好硬着头皮上去，前台听说是要见宁孝庾，带着狐疑的目光盯着人询问了一通后，虞照就被打发去会客室坐着了。

前台大约也是怕有什么桃色绯闻找上门来，害自己失职，虞照前脚刚走，她后脚就拨了内线电话到宁孝庾的办公室，说有位姓虞的小姐过来，您方便见吗？

那头静了两秒，前台险些以为自己犯了错，谁知宁孝庾接下来就说道：“你带人进我办公室……算了，我过去吧，她现在在哪儿？”

宁先生亲自出来接人，待遇前所未有。

而且那位姓虞的小姐，不会就是传说中和宁先生一展定情的虞照吧？

虽然衣品不怎么样，穿得很学生气，但架不住那张脸蛋惑人。

果然，不管什么样谪仙似的男人，看女人不还是看年轻漂亮。

前台挂断电话后，八卦之心乱跳得飞起，立刻就在几个女同事的群里宣传自己刚刚经历的魔幻事件。

绯闻女主角虞照，此刻正在会客室里为一会儿的对峙打腹稿。

她要是问了关于老 A 的事，就等于承认调查过宁孝庾。

在宁孝庾早就知情的已知条件下，她要不要坦白自己调查他的目的？

或者……仍然要含糊其词，蒙混过关？

还有，在这件事上，宁孝庾为什么从来没问过她呢？

明明是她理亏，他居然不来抓住把柄。

为什么？

电话嗡嗡振动，未知来电的字样，让她按下接通的动作变得迟疑。

莫名地，她脑子里冒出一个近乎荒诞的猜想。

在接通的刹那间，猜想被证实。

“阿照。是爸爸，你别说话，先听我说。”

久违的声音，令她合紧后槽牙，太阳穴突突直跳，好一会儿没能开口。

“我找了人帮你办出境手续，很快的，你一定要听安排，不要任性……”

她比想象中平静，问：“去哪儿？”

“瑞士，你不要担心钱的事情，我这边也有户头，拿了居住身份，你可以过来留学，这边学艺术管理环境也更好……”

虞照打断他：“我不会走的。”

“阿照！”

那头的人显然急了，情绪失控了一刹，又很快放缓口气试图劝说。

“我现在的情况是不可能回去的，至于你，你留在那边一分钱都没有！你想没想过以后要怎么生活？”

“我可以自己……”

“别说孩子话！你学艺术管理一年学费多少？你自己赚得到吗？我留在那边的钱根本不够冲抵罚没金，只要你一天是我女儿，你户头上未来赚的所有钱都要给银行还债，你甘心吗阿照？我知道我不好，我对不起你，但这次只要你能顺利出国，我们父女俩以后就好好的，行吗？”

虞照脑子乱成一锅粥，动了动唇，想问沈思两个字，却因接下来的话而滞住呼吸。

“还有一点，你千万记住了……有一个叫宁仁政的人，就是他害得我这次倾家荡产！万一有什么和他有关的人过来接触你，别信他们。他们正派人在国外四处找我，如果找到你头上，你千万不要信他们说的话，一个字都别信。阿照，保护好自己，帮忙办出国的人马上会联系你，我这里情况不方便，过几天再打给你……我说的话，你都听清楚了吗？”

原以为虞瑾明是个大难临头只知道抛妻弃女的人，直到这通电话，才让虞照意识到，她的父亲，尽管自私、虚伪，却不是全无良知，至少，他心心念念记挂着她的以后。

这和虞照所认为的虞瑾明不一样，以至于极度混乱中，除了机械地说出“知道了”三个字，再没有力气开口。

电话挂断了。

虞照僵硬地坐在沙发上，维持着手机放在耳边的姿势，好半天，才缓慢地将电话拿下来。

会客室的门就在这时候被推开。

男人白衫黑裤，身材修长，一手插在裤袋，另一只手撑着门，歪着头朝她淡笑。

“没接着你电话，后来给你回了好几通，怎么都是通话中？”

虞照面色如纸，张了张口，连自己都没发现，声音哑得说不出话。

她这样反常，宁孝庾怎会毫无察觉，缓步行到沙发旁，手落在她肩头，隔着厚重的大衣，却能感觉到她在微微颤抖。

“阿照？”他有点着急地问，“你怎么了？”

虞照下意识地仰起头，用近乎研判的视线观察他的表情。

他的眉心凑在一处，很浅的川字纹，是很紧张她的样子。

多像是真的。

虞照茫然地眨了一下眼睛，想起自己匆忙找过来的目的，终于还是深吸一口气，问道：“老 A 这个人，你知道吗？”

4.

宁孝庾仍是那副冷静的表情，无懈可击，这让虞照没来由地觉得心惊——好像无论什么时候，他都可以如此不动声色。

片刻后，他放低了声音，是很温柔的样子。

“这里沙发不舒服，也没有吃的，我怕你饿，去我办公室说，好不好？”

虞照起身，被他牵住手，经过走廊，不免遭受到大众视线的洗礼。

那些好坏参半的目光，若有似无地落在她身上，或许几分钟后，就会在各大聊天群里掀起议论的浪潮。

关起门来，虞照才觉得松了口气。

她顺从地被按着肩膀，坐到那张无比舒适的真皮沙发上，男人半蹲在她膝前，握着她的手问：“饿吗？要不要吃点什么？”

虞照摇了摇头。

她罕见地保持沉默，宁孝庾终于意识到，或许情况比他想象的要严重。

“为了问老 A 的事情还特意过来一趟？”他起身，在她对面坐下，“在家里也可以随时问我，我其实没想过刻意瞒着你。”

虞照扭过头，定定地看了他好半天，才涩然道：“到现在你还在撒谎。”

或是一天工作下来，身心疲惫，他的耐心也终于到了某个临界点，面对她扣下来的这顶帽子，没忍住，扯出一丝冷笑来。

“撒谎——你对我就没有吗？”

她显然被他反将一军打蒙了，徒劳地动了动唇，瞪大眼睛，眼眶即刻泛了红。

宁孝庾话一出口就后悔了，何必跟这么个呆头呆脑的计较对错？

他长腿迈过中央的矮几，在她身侧坐下，展臂将她搂在怀里，手抚着她后颈，一下下地顺毛，怕她再掉泪。

好在，她忙着发蒙，没挣扎。

他放软了口气在她耳边解释：“阿照，你不能只对我双重标准。明明是你先找人来跟我，我只是想当成什么都没发生，值得你这样过来兴师问罪吗？”

虞照惊异于自己说话的冷静：“所以，你不问我为什么找人查你，是因为你本来就知道，还是因为你根本不关心？”

这是道送命题。

若说知道，那他就连对她的感情都显得居心叵测；若说不关心，就等于变相承认了不爱她。

宁孝庾失语的工夫，小丫头双手抵着他胸膛，从他怀抱里出来，用极其冷静的目光盯着他看，是非讨要真相不可的架势。

这还是头一次，宁孝庾有被人逼上梁山的感觉。

“好，我招了。”他无可奈何地笑了一下，“我不想把这件事摆到台面上来，也是怕你会多想，还不如装傻，当什么都不知道。”

听到这里，虞照怔怔地摇了摇头。

“不是这样的。”她放轻了语气，很艰难地开口问道，“你真的，不知道我一开始为了什么才往你跟前凑吗？”

什么斯嘉丽与阿希礼，都是骗人的。

他最初的犹豫，根本不是害怕她年纪小心血来潮，而是因为一早就知道她居心不轨。

想通这一点，她面上的血色几乎褪尽。

“我刚刚接到爸爸打给我的电话。”

虞照艰难地闭了一下眼睛，片刻后，她才继续说下去：“他说，他这次出事，是被一个叫宁仁政的人整了。”

这一句话，终于成功地令眼前的男人变了脸色。

有好半天，宁孝庾都维持着环抱住她的姿势，没能动作，甚至不能够开口说任何一个字。

他甚至不愿意骗一骗她，说他不知道。

虞照连最后一丝侥幸都失去。

这一次，她终于从爱情梦境的顶端摔了下来，语气渐渐变得冷静。

她歪着头，沉默了几秒，整理思绪后才说下去。

“我不知道你有没有听过那个传言，关于我父亲的。他们说，他的墨竹之所以能卖出天价，是因为背后有人在推波助澜。那个人……是赫赫有名的企业家、收藏家，你应该……也是知道他的。

“平白无故，这么个大人物，为什么捧红一个八竿子打不着的人?

“像你说的，这个圈子里到处都是肮脏的交易，所以，就当我小人之心吧，我觉得这件事，从根本上看，也是一桩肮脏的交易。”

虞照说到这里，看到他慢慢蹙起眉心，心里咯噔一声，下意识地停了下来。

宁孝庾开口时嗓音沙哑，带着某种厌倦：“就到这里吧，阿照。”

停了停，他略略垂下头，凝视她的眼睛，低声道：“别说了。”

这是他给出的最后的警告。

其实她都能感觉到的。

一直以来，他与她的爱就像一片被收藏在安全屋里的琉璃瓦，任外头枪林弹雨，只要他们不曾开口，就可以当作看不见，不知道。

而一旦安全屋被攻陷，这片琉璃瓦四分五裂，也只在朝夕。

可也是他的最后通牒，让虞照忽然明白过来，或许从头到尾，他知道的都比她想象中要更多。

只是他选择闭目塞听，当成一个局外人。

甚至，希望她也能够成为一个局外人。

可是……

“就算对我来说，这些事非常非常重要，你也不想听我说吗?”

“阿照。”宁孝庾蓦地抬眸，视线微凉，语气也是极力克制之后才有的平和。

“你的人生里，不只是这些东西。我背负过 Sivan 的痛苦，那是相当漫长甚至走不到头的一段时光，我知道我没立场和你说停下来，但我还是想要……勉强试试。”

“可能你一开始对我的喜欢是装出来的，但现在……”他眼也不眨地抬眸望着她，在她眼底看到了波澜，没等她回答，接着道，“一颗心到底是真还是假，我能感觉得到。

“我想给你我所能给的爱情，也愿意看你享受其中，我甚至希望，你二十岁往后的光景里，留下的只有美好的东西。这是出于我，一个平凡人的很自私的爱。

“我自问不是什么善人，从来不容人骗我，可你骗我，我愿意当成什么都没发生过，因为我不希望你继续走在这条满是荆棘的路上。我以为，只要你在我的堡垒里，就可以慢慢试着享受最好的年纪，放下那些沉重的枷锁。

“现在看来，是我想错了。

“可是，为什么非要逼自己，阿照？”他是认真地在劝她放下，“你明明可以活得很简单。”

“我明明可以……”

这世上最可笑的字眼，莫过于此。

她嗤笑一声，挣脱他的双臂站起身来，无法理解地低眸望着眼前的男人。

“我难道不知道，我明明可以吗？

“真是让你失望了——我明明可以，却还是没活成你以为的天真小女孩；我明明可以，还是每天机关算尽如履薄冰，害怕身边的人说不准哪天就变成我的敌人……

“如果我母亲没死，我也明明可以不用费尽心思出现在你眼前，听你高高在上的教训！”

虞照沉下嘴角，那些带着刺的、伤人的话堵在牙关，上了膛的炮弹一样，蓄势待发。

明知面前的男人何其无辜，她心里还是止不住地想要去质问、发泄，和迁怒。

宁孝庚脸色苍白地望了她良久，嗓子沙哑到近乎无声。

“我能够怎么做？”

是在问她，也是在问自己。

虞照仿佛被当头打了一棒，整个人嗡嗡作响，可也因此，脑子清醒了过来。

是啊。

他能怎么做？

听信她一面之词，相信他父亲和虞瑾明有不可告人的交易，这个交易可能害死了她母亲。

然后呢？

她要他大义灭亲，还是帮她去调查自己的父亲？

无论哪一样，都无异于将他架在火上烤。

若说这世上有谁绝不愿被圈子里任何肮脏的交易染指，她一定相信那个人是宁孝庾。

她要因这个他根本无法选择和改变的“原罪”，就对他横加指责，把他拖下这潭浑水里来吗？

他身处的位置，她又如何能够想象？

——进退不得，左右都是万丈深渊。

他肯选择爱她，又何尝不是在刀尖上起舞。

他已经做出了所能够做的最大退让了。

他们之间的问题是无解的，一开始就已经错了。是她头脑发热，以为爱大过天，愚蠢地奔赴了错综的迷局，却始终找不到一个答案。

要想一切迎刃而解，就只剩下那唯一一个选择。

虞照动了动唇，想扔出那两个字，却瞬间失了声。

她下意识地抬手攥住心口，往后退了两步，铺天盖地的绝望像是要把她溺毙，让她几乎透不过气来。

原来这世上，竟真有“不能在一起”这样的困局存在。

“宁孝庾，你希望我简单、快乐地活着。”她神色复杂地凝视他，要花很大力气才能控制住自己不发出哽咽的声音，“可你忘了，在遇到你之前，我也一样是背着十字架生活的。”

所以，你怎么会觉得，这样装作一无所知，就可以把我重新养回温室里呢？

5.

若说今日安宁内部的头条新闻，那肯定是宁孝庾宁总的小女友现身公司。

但谁也没料到，一个小时后，安宁内部就又多了个爆炸消息。

——宁孝庾携女友早退了。

简直前所未有。

公司各部门的内部聊天群里，所有人都在津津乐道地谈论一个话题，那就是，宁总这么着急带女朋友回去干什么？

“谈恋爱呗，还能干啥。”

“老板的事情你少管。”

而绝大部分女性员工在柠檬树下吃了一堆柠檬。

“年龄差距大，眼界三观都不一样，长不了。”

“长得漂亮真好！”

“陈尚我那个展，她策划的吧？”

“什么策划不策划，不就是挂名吗？一个花瓶能策划什么。”

而公司前台，作为仅有的真正和虞照打过交道的人，目睹如此毫无理由的攻击，到底不忍，在吹水群里小心翼翼地发言。

“我接待的她，脸是没得说，人也很机灵，不是‘花瓶’。”

但很快就遭到反驳：“你要懂艺术就不在现在的岗位咯。”

前台默默放下手机，不再争论，回想起宁总牵着小丫头离开时，两人一前一后板着脸，气氛诡异的场景，又忍不住走了神。

看起来像是吵架了。

宁总这样的人……也有人敢惹他生气吗?

无人知晓，活跃在众人口舌中的一对情侣，抛开一切回到家里，竟只是为了认认真真谈分手。

虞照脱了大衣，随意搭在沙发背上，宁孝庾像往常一样走过去收起，去楼上的更衣室挂好。

看到他抱着自己衣服上楼的背影，她没来由地感到鼻酸。

虞照坐在沙发上，忘记刚刚在他办公室里那场漫长的谈话里，她到底是在哪个时间点，脱口说出了“分手”两个字。

而宁孝庾的脸色立刻就变得很难看，定定地看了她两秒之后，开始打电话找魏桑安排接下来的工作，不顾她反对，带着她直接回了家。

回过神，宁孝庾已经从楼上下来，坐到她对面。

他连衣服都没来得及换，仍是那身熨帖的衬衫西裤，身体前倾，手肘撑在膝头，很累似的，拿手搓了搓脸。

接着，他才开口问她：“是认真说的分手吗？”停了停，瞧见她面带怔忡，才笑了一下，“这不是吃饭喝水，虞照，不能随随便便就开口的。”

尤其，是在之前那样的谈话氛围里。

因为他面上难以掩盖的疲惫，她屏住呼吸，好半天都难以发声。

他最近一定很忙，很累，她却还在雪上加霜。

他只是谈一场恋爱罢了，难道还要负责起她整个人生，包括她过去背负的十字架吗?

疏不间亲，她疏，宁仁政亲，这么简单的选择题，连她都知道该怎么选，又何必去为难一个无辜的人?

如果她想要一条路走到黑，那她将永远站在他的对立面。

虞照相信，宁孝庾想要保护她的心是真的。

哪怕其中掺杂了其他，但那也是她能真切体会到的货真价实的爱。

是对她来说，很珍贵很珍贵的爱。

沈思之后，没有人再给过她这样的爱了。

可即使这样，她也不愿以装聋作哑的代价，换来活在他的羽翼之下，过完他口中所谓的“美好人生”。

6.

虞照凝视着宁孝庾的眼睛，或许他等待她答案的时间，不过分秒，在彼此意识里，却仿佛长过了一世。

“是认真说的分手。”

她不知道自己开口的瞬间就红了眼眶，以至于这句话显得没有那么有分量。

可毕竟，还是说出口了。

宁孝庾面上的血色倏然褪尽，好半天，才缓慢地吸了一口气，道：“我知道我不应该隐瞒你……”

“不是因为这个——”她打断他，很快出口否认，语气急促，却从始至终都低垂着眼睛，好像不敢看他一样，“我们从一开始就是海上两条不相干的船，根本不适合再硬往一起开了。

“我承认，是我先招惹的你，你就当是我做错事，可是就到此为止吧，再往下只会更糟糕。如果一开始就是错的，我也不想再继续错下去了。”

宁孝庚又是好半天的沉默。

他盯着小丫头的头顶，也不知她垂着脑袋，脸上到底是什么表情，有没有在哭。

他压下火气，尽量安慰自己她脑子有洞，说的是气话，当不得真。

“阿照。我的确有不对的地方。”这或许是宁孝庚平生第一次这么低声下气地自省，“我只想着你能放下，但我没考虑过你希望的到底是什么。关于我父亲的所作所为，我的确有所耳闻，但是说实话，我们关系很生疏，对那些传言也习惯性地置身事外……可如果，你真的没有办法放下，我可以……”

这才是虞照最恐惧的情况。

她凭什么逼得一个清清白白的人从云端跳下来，跌到泥潭里和她一起打滚呢?

虞照腾地站起身来打断他：“我不需要你的可以，宁孝庚，我已经说过，我不想再错下去了。”

宁孝庚先是被斩钉截铁的“不需要”刺了一刀，接着看到她的脸，又愣住了。

那张脸上干干净净，原来她没有哭。

令他真正周身寒彻的，是望过来的眼神。

冷静，清澈，锐利，说是看一个陌生人，也不为过。

她说出来的每个字都像是刀子，残忍地凌迟着听的人。

“宁孝庚，你为什么就不愿意承认，其实我们都没办法改变。

“你想知道我希望的是什么，那我告诉你，我希望的你这辈子也做不到。我希望你不姓宁，你能重新投胎一遍吗?你不能。而我只要一想到宁仁政很可能是我的仇人，我就再也没办法用正常的眼光看你了。

“你可能觉得，现在我还爱你，可以后呢?可能我看着你的脸，剩下的就只有恨，一天比一天更恨，你做好和我相互折磨下去的准备了吗?

“还有，不管你承不承认，我这种一开始自己送上门来的，你心里总是会觉得低廉。这么想想看，你也未必有多爱我，就像我也未必有多爱你。就算我们今天不分手，以后也会分手的。还不如趁早断了，得考虑到沉没成本，对不对？”

说到这儿，她竟然扯唇笑了一下，刺眼至极。

宁孝庾定定地看着她，花了好大了力气，才没伸手给她一巴掌，半晌，才从牙缝儿里挤出一句话来：“这就是你从前口口声声说的喜欢，虞照。”

才在一起多久？她到底有没有数过？

因为他低了头，让她知道她重要了，她才敢脱口说这些诛心之言？

宁孝庾觉得可笑似的，往后靠在沙发背上，深吸了口气。

她执拗地抿着嘴唇不吭气。

他是真的困惑：“你凭什么会觉得我这里可以一直开着门，由着你来来回回？”

她终于忍不住反驳道：“我没有这么想。”

宁孝庾没再言声，两人一坐一站，只听到彼此的呼吸。

过了会儿，他慢条斯理地站起身来，开口不再有任何情绪，是真的被她说出来的长篇大论寒了心。

“从来你问我要的，我没有不答应。所以你要分手，我也不会硬要绑着你。

“只一样，虞照。

“我从不回头。这次分了，就是老死不相往来，往后我不会多看你一眼，若有不得不见的时候，我也最多当你是个陌生人，你不会比大街上任何一个更特别。”

宁孝庾插在兜里的手攥成拳，隔着步武之距，眼也不眨地望着她。

“我们之间的所有，我都会慢慢忘掉，你在我这里，会成为一场微不足道的过去。

“这些，你都听明白也想清楚的话，分手，好，我答应了。”

他每说一句，就在虞照心尖上戳一个血口子。

她白着一张脸，耳边只剩下极度痛楚后留下的蜂鸣，一阵又一阵，穿刺过耳蜗。

这是宁孝庾的威胁。

可她也知道，他说得出就做得到。

可这才是她唯一能给的答案。

她不要他站在悬崖边上进退维谷，更不要自己捂住眼睛耳朵，当作什么都没发生过，当他城堡里的小公主。

沈思在天有灵，一路注视着她如何跌跌撞撞走来，她有资格在这一刻忘记寒凉的现实吗?

虞照心里早就有了决定，恍恍惚惚的，只是笑了一下。

她没有资格做别的选择。

宁孝庾说信仰崩塌后，他活着如行尸走肉。

她又何尝不是呢。

沈思去世后，她亦如天地间缥缈无根一微尘而已。

许是被她没来由的笑刺痛，在长久的死寂后，宁孝庾终于不抱期待，深深看了她最后一眼，转身上楼。

举步踏上楼梯前，他转过头，做最后的交代一般，平铺直叙地开口。

“你母亲的事，我全不知情。”那些年他根本不在国内。

“你想问的，我已经说了全部。”尽管你可能不相信，我也已经尽力了。

“我让魏桑帮忙去找过你父亲，没找到。我猜到赵柯的事儿多半和我父亲脱不开干系，但既然法律没有明令惩罚，我也无法去做民间警察，贸然伸张正义。”

不过对你来说，我做的这些，除了平白惹你怀疑，应该也没有什么意义。

“你开学前这段时间，我不会再回来住，留给你搬家。”

就这样吧，虞照。

虞照扭过头，看着他说完这些，上楼去，没过多久，就简单地拎了只行李包下来。

他抬步穿过客厅的工夫，她终于跳起来跑过去，拦在他跟前。

虞照轻声道：“你别走了。”

明明要分手的是她，现在眼鼻嘴通红，委屈得不行的，也是她。

宁孝庾强自视而不见，要绕开，又被她紧紧拽住拎着行李的手臂。

“我会走，你不用到现在还这样让着我。”

她低垂着脸，克制住哽咽，一点点把行李包的拎带从他手里拽出来，放在地上，接着，试探地去寻他微凉的指梢，握了握。

“你上班很累了，何必四处折腾呢。”

她说着，勉强扯唇，似要笑，但想到他目不斜视不给眼神的样子，又疲惫地收敛嘴角。

“我马上就开学了，不急着找地方住，你又不像我，哪里都能睡好。”

虽然不明白，为什么到了现在这个状况，她还是会担心他出去住睡不惯，可一想到他连住酒店都得找灵山云径那种深山老林，就不舍得他因此而困扰。

宁孝庾深吸了一口气，硬下来的心肠还在反复横跳，终是偏头正眼望住她。

“虞照……”

他想问，你真的要和我走到这个地步?

虞照眼也不眨地仰面回望，视线近乎贪婪，像是挽留，可口中说出来的话，却并无回旋的余地。

“还有四天开学，我马上就走了，所以你就再忍四天时间好不好？我保证降低存在感，不会打扰到你。”

宁孝庾颇感荒唐地动了动唇，想说你这是什么脑回路，怎么会有人要求分手倒计时四天的，你到底在想些什么。

可更荒唐的是，他发现，她的要求，他竟无法拒绝。

7.

四天后，F 大开学。

久违的宿舍里充斥着一股微朽的气味。

虞照是最先回来的人，收好行李，就慢悠悠地走去食堂。

返校的人潮里，她不再如去年般，有种与周遭格格不入的扎眼。

女孩穿着卫衣休闲裤，棉夹克敞着怀，手插在卫衣口袋里，漆黑的发落在颈窝，衬得面皮明如玉。

原来洗去那些粗粝的痕迹，只需一个秋冬。

她仰起头，看着独属于初春的淡蓝色天空。

洗去一段感情呢?

四下无声，唯有不知名的鸟群掠过天际。

另一头，宁孝庾的阿勒山之行出发在即。

魏桑随他到武定路收拾行李，不料推开门，却见宁先生像在玄关被按了暂停，半天都没动。

“宁先生？”

穿鞋凳前没有乱放的帆布鞋，沙发背上没有搭着的外套和围巾，电视安静地关闭着，不是待机，也没有闹哄哄的背景音。

他习惯性地走到沙发前，躺在上头四仰八叉的人影消散不见，甚至未曾留下压痕。

矮几上，放着一本 16K 的素描本。

翻开第一页，水墨淡彩的人像，是他立在院中，伴着棠树的一个背影。

他恍然想起，分手前的最后四天，她常常回来得比他还晚，身上沾满了水墨的味道。

原来是这样。

这算什么？分手的仪式感？

无法理解她的脑回路，他又往下翻了几页。

第二页，是他。

第三页，第四页……还是他。

连宁孝庾自己都不知道，中国画的种种笔法，可以勾勒出他如此之多的模样。

远的，近的，朦胧的，具象的。

每一笔都是在她眼里的，他不曾知晓的自己。

最末一页，抄下了整篇《灯赋》，行书极有功底，能见钟繇风骨。

况复上兰深夜，中山醑清。楚妃留客，韩娥合声。低歌著节，《游弦》绝鸣。辉辉朱烬，焰焰红荣……

寄言苏季子，应知馀照情。

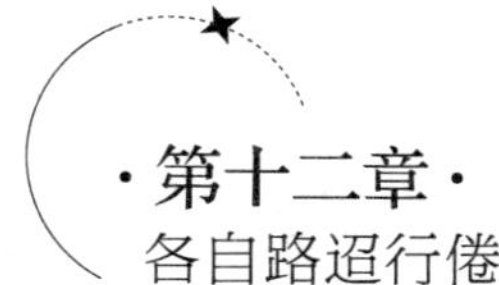

·第十二章·
各自路迢行倦

1.

上午十点，拍卖会场里已经坐满了人。

众多衣着华贵、西装革履的身影里，女孩扯了扯披在肩上的名品围巾，不自在地皱了下眉。

她仪态端雅，着一袭黑色鱼尾裙，露出交叠的小腿，细跟的鞋子露出脚背，黑色绒面衬得肤色若雪，一段脚踝纤纤欲折。

随着主持人宣告拍卖开始，台前的大屏幕上赫然出现了今日的拍卖主题。

“中国高古艺术”拍卖专场。

来自世界一流的伊莱温拍卖行。

很快，第一件展品出现，汉六朝的玉瑞兽。

屏幕上显示着该展品的立体动画，尺寸 5.8cm，起拍价五十万美元。

行内的高古艺术拍卖专题，一向是顶级盛宴，来的人非富即贵，五十万的底价并未引起骚动，十分钟时间，已经有五名竞投者，连续叫价超过了七十次。

拍卖师还在用甜美的声音，不遗余力地拱火。

“七十四万美元，还有要加的吗？”

二层的贵宾席上，李正泽摸了摸下巴，示意助手举牌，在价格达到另一维度后，就只剩下一位竞争者。

与对手拉扯两三轮后，李正泽不再加码。

玉瑞兽花落别家。

接下来，又是几件古玩。

李正泽不再竞价，只留意这几件拍品的归宿，而后露出放松的笑容。

上半场拍卖结束了。

李正泽站起身，从他的角度俯瞰全场，扫过下面列席诸人，本是无意间的动作，却微微一愣。

有一个女孩正起身离席，虽然换了装束，姿态娉婷，但那与沈思肖似的侧脸，他却绝不会认错。

她怎么会来这里？

李正泽眼底泛上焦躁，深吸一口气。

之前给出的名片，已经石沉大海，她似乎不为所动。

李正泽吩咐助手道：“你下去跟着那位黑色裙子米色披肩的小姐，回来告诉我她去了哪儿、做了什么。”

下一样拍品已经出现在大屏幕上，李正泽却有些走神似的，视线逡巡过下方密密麻麻的人头，陷入沉思。

片刻后，助手回来，耳语了几句。

李正泽举步离开拍卖会场，拨了一个电话。

接通的瞬间，他堆起笑脸。

“宁先生，是我……对，您放心，今天的拍卖也很顺利。好，回头我一定把东西送回到您手上。”

“是是是，绝对万无一失。”

2.

高跟鞋烦死了。

虞照小心翼翼地从座位里走出来，脑子里只有这么一个念头。

她立在会场外围的走廊上，心里莫名有些烦躁。

没有任何进展。

编号 Lot 106 的玉鹗形珮，以三万两千五百美元的高价被编号 8133 的先生匿名拍走。

这已经是她在公开大型拍卖会上，见到的第二件与拍卖记录里一致的红山玉器了。

在预展上看到这件拍品时，她还在狂喜，以为这次或许能顺藤摸瓜，寻到些证据。

但是现实并不顺利。

她拿出手机，先是发了个玉鸮形珮的图片到群组，然后报价。

【成交价 32500 美元，编号 8133 拍走的。】

蓝蓝的天（向岚岚）：【你去了伊莱温高古艺术品专场？】

应知馀照情：【嗯。】

应知馀照情：【需要帮助，有没有门路帮我问到出手的人是谁？】

蓝蓝的天（向岚岚）：【好，我试试。】

过了会儿，岩野的私信又蹦出来。

岩野：【又在干什么？注意安全。】

岩野：【方不方便打语音电话？】

虞照反应慢了几拍，对方的语音通话已经拨过来。

“阿照。”

那头的声音显得有些焦急，她怔了怔，若无其事地“啊”一声，可是岩野却忽而沉默下来。

听筒那边只有脚步声，以及人潮汹涌般的背景音。

“你……”

“我在机场。”停了停，他低声说，“我向公司请求休了年假。”

“为什么突然休假？”因为觉得气氛不对，虞照试图揶揄，“不是说要早点当红吗，现在可不是休假的时候。”

“也没什么原因。”岩野说着，笑了一下，“就是觉得好像每次你发生什么事，我永远都是最后一个知道。”

虞照莫名其妙：“又不是你的……”

“可我不想再有第二个三年了。”男孩声音平静地打断她，接着，放轻了声音，“我觉得，我应该去找你。”

滨江江岸，一幢恍若中世纪古堡的建筑矗立在丽谯金阙之中。

无论在哪儿，华尔道夫都绝对是叫得上名字的顶级酒店。

虞照从车子上下来，瞥了身侧的男孩一眼。

“十八线也这么赚钱吗？”

岩野早习惯了她阴阳怪气，拎着行李径自往里走。

虞照早换下了那套累人的裙子，穿着平时的休闲装去机场接的岩野。

幸好他人不算太红，即便在机场有少量粉丝聚堆，人群密度也还勉强可以冲破。

岩野率先进了酒店大堂，虞照进旋转门前顿了顿步子，朝远处看了一眼。

“怎么了？”他回头问。

虞照歪了下头，快步跟上，到了身侧才说：“好像有人拍，帮你处理一下？”

“你很想当我保镖？”

岩野一面递身份证进行登记，见她仍跃跃欲试，一面安慰道：“别说我不红，就算红了被拍也没事，反正咱俩的合影从三岁到十八岁都有，还能怎么被恶意解读不成。”

虞照一时无言，竟然觉得他的话有几分道理。

二十层的套房，虞照自顾自占了主卧，岩野晚了一步，叉着腰无可奈何地盯了她几秒，转身走了。

他才走了两步又被她追上来扯回去，她笑得没皮没脸：“错了错了，闹着玩的。我又不住这儿，还得回学校呢。”

她面上是笑着，却更像一层壳子，笑意根本没到眼底。

岩野凝视她，沉默，直至她收敛笑意，再也装不下去，有些疲倦地靠在门框上。

她不耐烦地撇开脸：“你到底为什么过来？”

“聊聊？”他说。

3.

在虞照有限的人生里，很少和谁彻夜交心。

甚至连对着向岚岚都少有。

当然，宁孝庾是个例外。

有时候她会觉得岩野这个发小的存在，和费以丞也没什么不同。但有时候，又分明知道，是不同的。

一个人对你有没有偏爱，就算是小孩子也能感觉得到。

你出了糗，他怼你的时候总是更卖力，你成长的点滴，他也总是更如数家珍的那个。

偌大一个杭城，住得相邻的那么多，怎就偏他们几个从小学起就开始厮混，直到高考才各自扬帆远走。

这是很奇妙的缘分，她没想过打破其中的平衡。

而在沈思去世后，她对“人”的信任崩盘，甚至连原有的平衡都不想要。

幸好她想通了，也幸好她还没有对这个世界失望透顶，至少她懂得不舍。

但，或许她能给的，就是到坦诚到此为止。

面对此时此刻，不远千里奔赴而来的岩野，虞照愿意选择坦诚。

这几年的身家行藏，原来要与人和盘托出，竟也只需要不到一个钟头的时间就足够。

经历过的忧惧、崩溃、痛苦，以及慢慢在一片新的土壤自我重建，再到如今的困局，其实说出来，不过轻描淡写，寥寥数语。

这感觉很新鲜。

说出口，虞照才发现，原来她没有想象中那么脆弱和彷徨。

每回忆一个片段，她心里总是认为，会有结局，也会有希望。

看似无解的谜题，也总会有答案。

虞照用那双漆黑而冷静的眸子，浏览完向岚岚发来的关于红山玉器藏家的信息，露出了如释重负的笑意。

“我真是太幸运认识你们了。”

岩野还在震惊中，尚未消化完今夜所得的全部信息，闻言怔了怔：“什么？”

她将手机举到他面前。

“玉鸮形珮幕后出手藏家，李正泽。8133 号竞买人，是一个名叫杜锋的人。”

“他是……”

“他是宁仁政的助理。”

一直以来的猜想，终于得到确凿的线索来佐证。

红山玉器，春泽拍卖行李正泽，藏家宁仁政。

拍卖记录里散落的珠子，直到今天，才迟迟得以串起。

在虞照的解释后，岩野花了点工夫去理解这中间的弯弯绕绕，末了，神色复杂地盯着她，似乎想说什么，临到嘴边却又变了卦。

“需要我帮忙做什么？”

虞照摇了下头，颇是苦恼：“不用了！我现在需要的是一个移送警方的合适的调查契机”

她没有能力查到深处的，最好还是交给专业的人去做。

抛砖引玉，已经足够。

4.

虞照没想到，这个契机会来得如此巧合。

初春时，各大拍卖行都忙着张罗春拍。

一些不入流的小拍卖行，虽然拍品档次不比伊莱温、保利之流，却也门庭若市，每日要招待不少藏家和竞买人。

当然，这些送拍品上门的藏家里，也有很多是过来坑蒙拐骗的。

阿光每天要做的，就是和这些根本分不清谁是骗子的藏家斗智斗勇。

但今天上门的这位女士，却显得十分与众不同。

她一进门，就已经吸引了阿光的视线。

海市尚有寒意，她却穿了一身颇有贵妇气质的丝绒改良旗袍，露出光裸的膝盖和小腿，羊毛大衣敞开着，发型也十分精致。

接下来，她展示的藏品也十分惊人。

阿光怕自己打眼，还特意请了公司的老鉴定家过来掌眼，得到的答案十分一致。

“没错，这的确是六朝时的黄玉瑞蟾。”

阿光难以掩饰自己震惊的表情。

六朝黄玉瑞蟾，这可是放在伊莱温顶级专场上也完全不输阵的藏品！

这天，拍卖行里出动了全部专家，最终，该藏品估价二十万到三十万美元之间。

女人也是出奇地爽快，拿着这种级别的藏品，签拍卖合同时居然没提任何附加要求。

虽然觉得哪里不太对劲，但这是提高自家身价的好机会，阿光沉浸在做成一单大生意的喜悦里，仅有的疑惑也被抛诸脑后。

果然，这件六朝黄玉瑞蟾单是在预展时，就引起了不小的轰动。

但最让人气愤的是，许多人冲上来说这一定是件赝品，否则怎么会在一家如此名不见经传的拍卖行拍卖。

舆论压力一时达到顶峰，拍卖行迅速做出回应，扔出了一系列专家鉴定文书以及藏家的承诺书。

但是小型拍卖行的宣发还比较稚嫩，明显没经历过这样的舆论口水战，在你来我往回应的时候，不小心犯了个错误。

尽管在外行看来，显得微不足道，但在行内人看，就有些缺心眼儿了。

藏家的名字及身份，在传到公共网络的文书中，意外泄露。

李妍妍三个字，一时传得沸沸扬扬。

以至于庄子怡打电话给虞照讲这个笑话的时候，虞照是有点发蒙的，不确定地问道："你说谁？李妍妍？"

"是。"

"六朝黄玉瑞蟾？"

庄子怡觉出点不对来："怎么了？这人你认识？"

虞照先是忍笑，随即语声清脆地扔出一句话来，宛如扔出一颗炸弹："师姐，帮忙报个警吧。"

"你发什么疯？说什么呢？"

"那是我家的东西——那只黄玉瑞蟾我小时候还拿在手里玩过。"

而虞瑾明，绝无可能把一件出现在拍卖记录里的、来历具有争议且价值几十万美元的文玩，赠给他的"红颜"。

虞瑾明红颜千千万，她可不觉得，有哪个值得这种价格。

唯一的可能性，就是李妍妍在虞瑾明跑路后，曾来过家里，并偷了几样东西离开。

其中，就包括这件黄玉瑞蟾。

这样一来，她当初收拾东西离开家时，记忆里明明有，却又找不到的那部分收藏品，就都有了解释。

卿本佳人，奈何做贼。

挂断电话后，虞照一面整理手头的证据，一面弯了嘴角。

拍品成为被盗“赃物”，警方介入后，势必会展开调查，且势必会发现拍品来历并不清白。

届时，她再拜托老 A 那边，将拍卖记录陆续、分批地匿名转交警方……

立案、公诉，指日可待。

她就等着看，真相如何大白于天下。

5.

阿勒山的春似乎来得比别处更晚。

在这里，抬头仰望天空，会疑心自己是否伸出手就会碰到头顶这片清透的蓝。

河岸一半冻着，一半流淌，介乎于冬与春之间，冷与暖之间。

魏桑刚到这里时，还会觉得过于干燥，不适应这里的气候，可久了，就慢慢陷溺在其中。

有谁能拒绝得了广阔的天与地，以及，一望无垠的林与雪呢。

雪未融化的时候，山林是冷色调的，而在三月中旬，整片山林慢慢退去了银白，露出原有的、靓丽的金黄与大地色。

而“阿勒山”项目所涉及的展区与房屋建设，就在这片金黄的山林之中。

魏桑跟着宁孝庾做过许多次策展，完成过许多在世界上都很了不起的项目。

可这是第一次，她实实在在地感受到，什么叫作“有意义”。

抛开名利，她看到当地人因他们带来的数个信号增强器，而拥有了比从前畅通许多的网络。近处的居民，会在忙碌过后跑过来围观他们的展区搭建，有时候会和她搭话，询问那些艺术品的意义。

还有一名当地的养鹿人，热心地请他们过去看自己养的鹿，还告诉他们，其实这里的鹿，比国外那些网红景点的可爱多了。

“只是没人知道，也没人来。”养鹿人说着呵呵笑起来，毫无怨怼地陈述。

回去之后，宁孝庾居然发出了这样的感叹：“我很羡慕他的平和。”

因为那不仅仅是表面的平和。

在这样的工作环境里，即便每天为了赶日程，每个人都忙得要死，却并不像在城市里那样暴躁和焦虑。

魏桑甚至觉得，宁孝庾身上也有了变化。

老板从前平静、温淡，但他的淡，是为了裹住内里的浓烈与锐利。

时至今日，她是觉得，他真的变得温和了一些。

因为在得知他分手后，魏桑嘴快地提过不止一次“虞小姐”，老板居然没有瞥她，也没有撂脸色，居然还心平气和地让她说下去。

尽管，之后他的回答，通常在试图略去与虞照有关的一切。

魏桑并不知道这两个人为了什么分手，但总归有些替他们可惜，甚至觉得，未来某一天，应该还是会有回旋的余地。

直到，她看到了微博上的热搜词条。

简单粗暴的两个名字并排。

#岩野 虞照#

点进去，是两人共同出入酒店的动图。

营销号的微博用词也很耐人寻味，介绍岩野是天英旗下的潜力新人，上过某某综艺，正在上升期，对虞照的介绍就只有两个字“高挑美女”。

接下来还有另一个词条。

#虞照是谁？#

这里面的讨论，逐渐从她的学生身份发酵到杭城的展，还有人冒出来说她和安宁老总之间的感情史，言之凿凿，好像亲眼看见了似的。

魏桑一面看，一面惊讶于吃瓜群众知识面之广——居然连这个都知道？

“魏桑，骆微城说他什么时候过来？”

远远地，宁孝庾朝这边走过来，魏桑一时没做好表情管理，让他揪住了小辫子。

“出什么事了？”

宁孝庾极其自然地朝她伸出手，要求共享信息。

等他拿到手机，翻了翻被共享的“信息”，皱着眉，愣了足有三秒。

“工作时间不要摸鱼。”宁孝庾面无表情，替她退出微博，还回手机，“没有下次。”

魏桑低眉顺目地接过手机，等下午休息时再登微博一看，却见男方的澄清消息已经发布。

翻了翻，是男孩女孩从小到大的合影，四人合影居多，单独两人的也不少。

评论风向仍在各执一词，有的说青梅竹马日久生情，有的说清清白白朋友关系，说这话的多半是男方粉丝。

魏桑的任务不只是吃瓜，而是看看风到底有没有刮到自家老板身上，造成误伤，好在这种事情并没有发生。

魏桑放心地退出微博，远远瞧见老板站在展场区域，身上裹着件军大衣，寒风中，莫名萧索。

或许除了她，没人注意到一些细枝末节。

宁孝庾坐下来时，手边总放着一本画册，没事的时候就会翻，有次她瞥到，里面画的都是他。

他会在听到“照”字的时候，做出下意识地很细微的反应。灯照、照明这些词，都会引得他朝说话的人看过去，再若无其事地收回视线。

甚至是会议的时候，听着旁人的汇报，他偶尔会有几秒失神，直到她小声提醒，再蓦地回转过来，仿佛什么都没发生过。

在大家眼里，宁孝庾很正常，和失恋症候扯不上关系。

可魏桑却觉得，她的老板，的的确确正在经历一场失恋带来的内伤。

6.

宁孝庾的“摸鱼”警告并没能奏效。

没过多久，在某个清晨，魏桑趁着汇报搭建进程的间隙，给老板报告了另一则与工作无关的消息。

“宁先生，您有没有看新闻？”

“没有。”

因为现场到酒店来回不便，宁孝庾这些天一直都是和工作人员一起睡在集装箱临时搭建的“宿舍”里。

铁皮集装箱并不隔音，他睡得并不好，因此早上起来，还有点焦躁，语气也带着一丝不耐烦。

之前魏桑摸鱼时共享的“新闻”现在还历历在目，扰得他一闭上眼就都是虞照和男孩并肩的照片。

他现在只想把照片里的女孩忘掉，最好是忘得干干净净，甚至想告诉魏桑，再说题外话就不用再过来了。

魏桑感受到杀气，闭了嘴。

但是，另有一尊瘟神闲不住，远程语音催促宁孝庾关注今日特大案件。

“你们今天是不是约好了？”

宁孝庾不堪骚扰，保持着语音，让魏桑把新闻搜出来给他看。

魏桑递过 iPad。

看到内容的瞬间，宁孝庾不由得怔住。

海市警方通报，本月十三日，市民庄小姐报案，×× 拍卖行的拍品疑似被盗赃物，经调查，出手拍品的李小姐涉嫌盗窃，目前已被警方批捕。

随着调查深入，警方意外发现该拍品涉及本市一桩特大非法买卖文物案。

警方立即联合国家文物局督查司及市文物鉴定小组展开调查，初步确定，该拍品为非法盗墓流出，后经伪造记录洗白来历，再进行公开交易。

《我国文物保护法》《文物保护法实施条例》及《刑法》等法律法规对文物流通做了明确规定，倒卖文物最高可判十年有期徒刑。违法犯罪，绝不姑息。

该案件涉案人员众多，涉及非法买卖金额巨大，影响极其恶劣，目前正立案侦查中……”

耳机里是庄闫安在碎碎念。

“你说庄子怡瞎掺和什么，这不是惹祸上身嘛。

“我说她，她还怨我，说我瞎操心。孝庾，你可得替我说说她……”

“闫安。”一出声，宁孝庾才发现嗓子已经哑掉了。

“啊？”庄闫安正义愤填膺，冷不丁被打断，一愣。

“你和骆微城说一声，让他尽快过来。我得回去一趟。”

“为、为什么？”可话音刚落，庄闫安也大致心里有了数，只是不敢出口罢了。

宁孝庾又何尝不懂，于是只笑了笑：“家事，得回去处理。”

庄闫安彻底哑然，半晌，才叹了口气：“我真是……没想到，叔叔竟然也……”

你没想到的太多了。

庄子怡报案，多半是小丫头授意，案子爆出来，多半也是她一手促成的。

这些事，估计你也决计想不到。

宁孝庾笑笑，说了句无妨，便挂了电话。

明明事情的发展或多或少在意料之中，他却不知怎的，总觉内心深处有一丝不安。

似在静湖上的斜风细雪，惹得波纹频起，不得落定。

宁孝庾这一走一回，惊动了不少人。

比宁仁政更先打来电话的是母亲郁令文，特意打来叮嘱他：“暂时不要插手你父亲的事。”

“没想过插手。”他平静道，“如果他犯了罪，我不会救，也救不了。”

郁令文诧异道：“那你扔下手头的工作急匆匆往回跑什么？”

宁孝庾更诧异：“您怎么知道？”

“阿翡和我说的呀。说你催着骆微城出差，自己急着回来。”

倒是忘了，妈妈有个贴心小棉袄。

“有些私事。”他敷衍道，“回头再和您说，我登机了。”

7.

海市仍未过春寒，一到黄昏，气温骤降。

龙腾射击场外头停了一溜车，接待大堂外更是挤挤挨挨的到处都是人。

因为一溜保安在门口堵着，倒是没人敢往里闯。

早就有人报告了情况，没一会儿，程昱出来，皱着眉扫了眼那些扛着长枪短炮的男男女女，一时头大如斗。

“老板，咋整？都影响到咱们正常营业了。”

程昱想到阿照那丫头带过来的小帅哥，恨得牙痒痒，早知道是这么个祸害，绝对不能放人进来。

就知道给他找事儿。

“能咋整？”程昱不耐烦道，“等着！”转身进了靶场。

射击场内，虞照肩上扛着枪，耳机隔绝了杂声，只专心致志地等待抛靶。

不远处，身形高挑的男孩正坐在草地上接电话。

电话那头的女声调门很高，极具穿透力，一句话里夹杂着各种情绪激动的词汇，包括但不限于“猪脑子”“疯了”“滚回来”之类的字眼。

电话没开公放，岩野用手拿着，放在盘起的膝头，依然能听得清每句话。

总结了一下对面经纪人赵雅的意思，大致是，之前拍的一个密室逃脱的网综播了之后，反响很好，你现在今时不同往日，之前的热搜已经是我的底线，趁早回来，不要等我去抓你。

岩野“哦”一声，又合理争取权益：“但我假期还没完。”

那头的人静了两秒，三个字震耳欲聋，掷地作金石声：“滚、回、来！”

那厢，虞照刚打完一轮飞碟靶，刚摘下耳机走过来，被吓了一跳，低头看着草地上坐着的男孩，半晌才问：“出什么事儿了？”

“没什么。”岩野从地上起来，无所谓地关了手机，“打完了？轮到我了吧。”

虞照迟疑地把手里的贝雷塔递过去：“你……行不行啊？先和你说好，后坐力很大的。”

岩野眼皮直跳，接过贝雷塔，叹了口气。

“庆幸你自己是个女的吧，虞照。”岩野很克制地说，“不然就你刚才那句话我非得和你打一场。”

虞照乐了：“哈，说得像你打得过我一样。”

岩野走了一半回过头来看她：“来，平时让着你，你还真当我不行是吧？”

虞照还笑嘻嘻地火上浇油：“那我倒是没看出来你哪儿让我了……”

眼看着岩野把枪往地上一放，开始撸袖子，虞照跃跃欲试地等着呢，远处程昱一嗓子把两人叫住了。

“干吗呢？”

程昱走过来，站到两人中间，把虞照往身后挡了挡。

“别在我这儿打架啊，我告诉你俩。”说完，他又拿手指着岩野问虞照，“你带来的这是个什么东西？”

冷不丁被“东西”俩字形容，岩野一下子蒙了，这一蒙，错过开口反击的时机，程昱已经机关枪似的说下去。

“外头堵了一堆人！我生意还做不做了？不管，你领着你的人赶紧走，对了，记得走正门儿，把那堆乱七八糟的人给我引走了，不然往后甭来了！”

虞照简直冤枉，一面被程昱推着往外走，一面回头拿眼睛瞪岩野。岩野同样冤枉，摊了摊手，拿起外套，也不惦记着打枪了，连忙快步跟上去。

两人被驱逐出门，灰头土脸地打了个车，在路上狂绕好几圈，才安全回到华尔道夫。

客厅里，两人坐在地板上，茶几上摆着刚叫的饭菜。

虞照正要动筷，见岩野心事重重似的，咽了咽口水，又把筷子放下了。

“你在这儿待不久了，什么时候回上京？”

本来是想带岩野出去玩一玩，庆祝一下立案成功，谁知道会出这样的事儿。

岩野低头划拉一下微信消息：“我看看，可能明天吧。”

这是赵雅的最后通牒了。

“哦。”虞照又拿起筷子，垂着眼说，“叫你回去就回去呗，反正我的事也已经……差不多结束了。”

岩野沉默了一会儿，说：“总觉得不安稳。”

这话戳到了虞照心尖儿上，她笑了笑，低声说：“我也是。”

事情不到最后一步，她如何能心安。

“岩野。”

想到一切还未尘埃落定，虞照顿时胃口全失，攥着筷子，抬眸，视线带着某种冷冽。

“嗯？”

“我好像把一切想得太简单了。”她说着，像是问眼前的人，也像是在问自己，“要是宁仁政做得万无一失，他们根本查不到他头上呢？”

这个可能，岩野早就想过，可是他没办法说出客观的话。

“阿照，世上没有不透风的墙。”

“如果有呢？”

如果不是沈思留下证据，他们做的事，说不定就会被掩埋一辈子，也无人知晓。

虞照定定地看着面前的人，希图某些更加确定的东西，可又明知没有任何人可以给她，除非她自己去拿。

“我从没像现在这么恨过自己的无能。”虞照低垂着脸，很轻地笑了笑，声音嘶哑。

岩野只是安静地听着，看到女孩绝望似的向后靠在沙发上，眼底是无尽迷茫。

天花板的吊灯落下璀璨的、错落的光芒，像想象里虚幻而又美好的彼岸。

她不知道要花多长时间，才能走过去。

唯一庆幸的是，现在，她已经在路上了。

子弹已经出了枪膛，她要等它先飞一会儿。

8.

隔天，岩野一大早就飞离海市，那个时间虞照有课，没能去送机。

微信上得知他安全离开，没再被围追堵截，虞照松了口气。

“所以说，你折腾一趟干吗？”飞机落地后，岩野打电话给她报平安，她懒洋洋地揶揄道，“惹出一身绯闻来就开心了？”

“好歹给你做了一回精神支柱。”

也算是弥补了几年前，他一无所知任她独自远走三年的遗憾。

这话倒没错，虞照还是有良心，没反驳，默认了他的一点点作用。

“接下来什么打算？”

虞照不想让他一直记挂她的事，敷衍道：“没什么，就等等看。”

“虞照。”

“啊？突然这么严肃干什么？”

“如果，万一，我是说万一，万一你等不到一个想要的结果呢？”

虞照沉默了很久，走在校园里，料峭的春风迎面袭来，吹彻周身。

“没有万一。”她斩钉截铁地说，“等不到，我会自己去拿。”

即使早就知道阿照是这样的人，可是每个字听在耳里，他仍是感到心惊。

他没有办法开口说，阿照，你还年轻，我们等一等，不要冒险，一定还有别的路可以走。

可他岩野毕竟不是虞照，无法真正地感同身受。

他只能够凭想象，勾勒出小丫头从十几岁到而今蹒跚而来的身影，他永远无法百分之百地了解，她经历了怎样的心路历程，又独自承受了多少本不该这个年纪承担的东西。

“阿照。”他放轻了声音，给出自己最虔诚的祝愿，“诸事顺遂。”

她扬起笑来，回道：“诸事顺遂。”

初春的寒风里，虞照慢慢扬起嘴角，抬手遮住以暖色调横亘苍凉视野的阳光，心情不错地弯了眉眼，仿佛仍是十七岁未谙世事的女孩。

这晚，虞照整夜辗转无眠，好不容易酝酿出一点睡意，刚闭上眼睛，手机却嗡嗡振动起来。

她连忙从枕下翻出来按掉电话，发现竟然是魏桑打来的。

有点突然。

她忖了忖，打开微信，找到久不联络的魏桑，发了一个问号过去。

魏桑很快就回复了。

魏助：【虞小姐，您现在住在学校吗？】

应知馀照情：【是的，怎么了？】

魏助：【好的。没什么，问候一下而已，晚安啦。】

虞照抿了抿唇。

凭什么你没头没尾来问候一下就要说晚安？我还没问我想问的呢。

应知馀照情：【宁孝庾让你问的？】

发出去许久，对方都没有再回复。

虞照放下手机，平躺在狭窄的宿舍床上，睁着眼，一动不动地看着天花板出神。

是宁孝庾让问的。

不是宁孝庾让问的。

宁孝庾还记挂着她，关心她。

宁孝庾已经翻了篇，忘记她了。

……

来来回回地，在同一个问题上，AB 选项一个接一个冒出来，无一例外，她想要的答案，都倾向于前者。

她抬起手背盖住眼睛，胸口闷痛，嗓子里也仿佛灌了沙。

冲动之下的割舍，不过是动动嘴皮子的事情。

可其后的暗生悔恨，却要折磨她不知多少个长夜。

武定路。

爬满绿意的石头墙外，司机将车子停在别墅外的大铁门前。

半晌，却无人下车。

唯有玉兰树的枝丫探出墙外，竟已含苞待放。昏黄路灯下，雪白的花骨朵托在近乎光裸的树枝上，随风微微晃动。

“宁先生，这……”

宁孝庾的视线从窗外玉兰上收回：“嗯？”

宽敞的车子后座，魏桑举着手机，给他看屏幕上发来的消息。

应知馀照情：【宁孝庾让你问的？】

魏桑问：“要回复吗？”

宁孝庾沉默几秒，道：“不用。”

这次回来得匆忙，没带什么行李，宁孝庾从车上下来，只拎了一只惯用的、大象灰的皮包。

“你也累了，回去休息吧。”他说着，顿了顿，“要是虞照问你虞瑾明的事情，不用瞒她。”

已经分手，也不必再担忧他们会陷入罗密欧和朱丽叶的恶俗套路。

他曾害怕过她因此摇摆，如今却连担心都毫无意义。

答案已经很清楚了——她选择割舍他，斩钉截铁，毫不犹豫。

甚至不问一问他到底怎么想。

他总是忍不住陷入最坏的猜想，觉得可能从一开始她的想法就没有变过。靠近他是为了宁仁政，现在发现不需要他了，当然不必再留在他身边。

她没爱过他。

这个念头原本是困在笼中的恶兽，一旦挣脱桎梏，夹杂着愤怒的种种情绪，便都嗅着血腥的气息寻来，让他满脑子都充斥着阴暗而邪恶的念头。

在这种最坏的预设下，他甚至想过，毁掉她的名声，断送她的前途，是否她就能乖乖地留在他搭建的避风港里，不再一意孤行去追寻那些陈年的真相。

幸而阿勒山的出差，给了他一个缓冲。

没等他想好要如何处理她，就被铺天盖地的工作夺去注意力。

而远山好景里，最初的愠怒也渐渐被消融。

无数个因她失神的瞬间，拼拼凑凑，最终记住的，还是她跌跌撞撞朝他走过来，一腔孤勇，毫不退缩的笑容。

古人说的明眸皓齿，巧笑倩兮……是直至遇见她，才有了具象的画面。

此后的每个笑容，他或许不再拥有，那至少不要让它在这世界上消失。

宁孝庾略带苦涩地勾了勾唇，举步走进大门。

铁门至别墅前的这段路并不长，他却不由自主地站住脚。

院子里停着一辆车，没入车库，车牌别致，是一串曾在海市拍出天价的号码。

他心下了然，沉默地望去。

车门打开，宁仁政从车上下来，身后正是几棵玉兰，借着月与灯，清雅而静默地做着背景，烘托着他一步步朝儿子走过去。

因着常年精心护理，年逾六十的男人，头发竟无一丝花白，一身笔挺的手工西装，从头精致到脚。

至步武，宁仁政停下来，朝宁孝庾笑了笑。

眉宇间，依稀能见父子间不可抹杀的血脉因承。

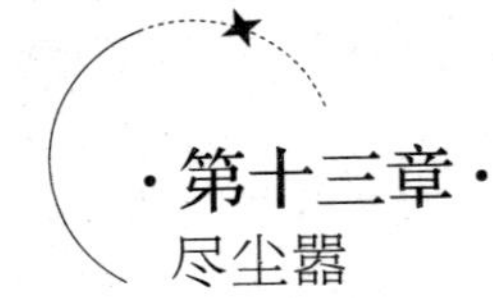

·第十三章·
尽尘器

1.

“你这种表情，看起来不是很欢迎我。”相望沉默片刻后，宁仁政挑了挑眉。

宁孝庾不置可否，只是转身走上台阶，打开门：“原本想去找您，没想到您先找来了。进去说吧。”

有高大的保镖不知何时从副驾驶下来，跟在宁仁政身后来到门前。

宁孝庾淡淡一瞥，颇是意味深长。宁仁政抬起手道：“阿光，你在这里等我就好。”

进门去，宁孝庾脱下外套，因风尘仆仆，满身疲惫，就那么顺手搭在沙发上，转过身请宁仁政坐下。

“保镖寸步不离，看起来您过得不太安稳。”

宁仁政叹了口气，倒也不恼怒：“别学你大姐一样，一开口就挖苦我。”

见宁孝庾不作声，宁仁政又温馨地话起家常：“过年没回去看你妈妈？”

“阿翡回去了。”有小棉袄在郁令文跟前，他回去了也碍眼。

宁仁政点点头，又站起身，在客厅里走了一圈，最后立在博古架的隔断前，装模作样地观摩了半晌。

“东西不错。”宁仁政半真半假地点评道。

宁孝庾耐心耗尽：“时间也不早了，我刚下飞机，您这么巧就在家里等着我，应该也不是为了看我家里这几样东西。”他仍坐在沙发上，头也不回道，“何况比起您，我这是小巫见大巫了。”

宁仁政回过身，看着儿子冷冰冰的一个后脑勺，心中五味杂陈。

明明他今天过来，揣好了目的，打好了底稿，可真的见到了儿子，心里却剩下说不出的空茫。

年轻的时候，他一心只想着要在郁令文面前挺直腰板，没日没夜地往前冲，家庭、子女，都被他放在最后。

到了四五十岁，自己终于能挺直腰板了，才发现自己一路走一路丢，不知道什么时候，早就妻离子散，手里只剩下自己梦寐以求的金钱、地位、权势……

除此之外，别无所有。

他平静地接受了一切。

包括和郁令文的分居。

签协议的时候，他甚至感觉到前所未有的轻松。

这么多年，他所有的努力都是为了能在这个女人面前抬得起头来，直到那一刻，才发现他的努力显得那么可笑。

因为郁令文根本不在乎。

签下字后，他再也不必追着虚无缥缈的影子，把自己累得筋疲力尽。

他和她，或许一开始就错了。

宁、郁两家是典型的商业联姻。

宁氏最初是做老牌家电，后来因为收购失误，再加上受到了整个互联网时代的冲击，成立几十年来第一次出现亏损，股价也雪崩式下跌。

雪上加霜的是，就在这个关头，宁氏受到恶意并购，成为待宰羔羊。

当时宁氏急需引入一位白衣骑士来阻止并购，于是，和郁家的联姻就势在必行。

宁仁政是独子，明明年少时还无心家族事业，却被赶鸭子上架，成了挽救家族企业的牺牲品。

也因此，他发誓，这辈子都不会再为人掣肘。

这几十年来，他手段用尽，他承认，他有过不少行差踏错。

甚至可以说，错得离谱。

但既然走到今天，他就已经不可能再回头了。

2.

宁仁政悠悠地从回忆抽身，坐回宁孝庾对面，没绕圈子，直接问起了庄子怡。

“你和庄家的老大关系还不错？”

宁孝庾平静地回答：“是。”

“回头碰上了，记得替我劝她一句，既然是局外人，最好就不要插手不相干的事情。”

顿了顿，他见儿子面色沉郁，又温声道：“这是看在你和她尚有关系牵扯的份儿上，我才特意过来提醒，要不是你和庄家那些人交好，我犯得着大晚上跑过来说这个吗？”

宁孝庾语气不带任何情绪地问：“如果不是庄子怡牵扯到这里头来，您打算怎么做？”

宁仁政先是微微一怔，接着笑了。

“我当然有我的方法。”他想了想，又说，“你的朋友，我自然还是希望他们能懂事一些，别跳到我跟前来。毕竟，我年纪大了，耐心也不多。”

“所以……”宁孝庾深深地皱了一下眉，又舒展开来，无力地笑了一下，“您真的做了那些事。”

“孝庾……”

“君子有所为，有所不为。”宁孝庾只觉身心都感到疲惫，声音转冷，几乎称得上严厉，“小时候爷爷一直这样教的，我记得，您却忘了吗？”

“笑话！”宁仁政被他盯得心烦，声调也蓦地提高了，“我做的哪样不是君子所为？

“孝庾，你说这话简直是孩子气。有多少人，两只脚都踩在泥淖里头讨生活，他们根本看不到明天！是我！我给了他们一条出路，我不光让他们吃饱喝足了，还得小心翼翼，不敢让泥巴沾上一星半点。

“没有我，你且瞧着，收藏界什么时候才能出一件好东西！”

他竟然，自诩是收藏界的恩人。

听到这里，宁孝庾抬手按住眉骨，半晌无言，摇摇头，怒极反笑。

简直是，这世上一等一的歪理邪说。

就没听过比这还离谱的说辞。

宁孝庾缓缓地站起身来，原本回来前还打算和宁仁政认真聊聊，如今看来，完全是多此一举。

“很晚了。”宁孝庾做出送客的姿态，“就不留您了。”

“宁孝庾！”

宁仁政面上仍有怒意，还要开口再说什么，宁孝庾已经走到玄关打开了门。

他平静地注视着宁仁政，不知为何，觉得父亲的脸如此陌生。

那张称得上英俊的脸，皱纹不多，只因父亲从来好强，以前就不肯低头示弱，如今是不肯承认自己老了。

可毕竟，声音、唇边眼角的纹络、眉心深深刻下的川字，和皮肤上浅浅的斑点，都无法掩饰他已过花甲。

宁孝庾忽然不明白，都到了这个年纪，父亲究竟争的是什么？

明明他已经什么都有了。

或许是人的贪欲，永远不会填满。

宁仁政满身低气压地走到玄关，宁孝庾忽然低声开口唤了声“父亲”。

宁仁政在门口站住脚，略显惊讶，转头看着宁孝庾。

宁孝庾说：“在这件事上头，我们的认知从根儿上起，就是南辕北辙。现在案子已经尽人皆知，就算再怎么盘根错节，但只要有人想查清楚，牵扯到您头上，也只是时间问题。”

宁仁政冷声打断他：“轮得到你来提醒你老子？”

宁孝庾淡淡扬起唇，视线冷静，以至于在父子关系里，显得如此不近人情，乃至冷酷。

“这不是提醒，您不妨当成警告。”他慢慢地道，“该收手的，就收手。不该碰的人，也别心存侥幸，以为可以铤而走险，逃过一劫。

“庄子怡冒了头，但未必引火烧身，但要是您坚持要走在钢索上，才需要担心自己有朝一日会不会摔个粉身碎骨。”

听到最后一个字，宁仁政克制着盛怒，压低声音斥道：“诅咒我？你这是儿子和老子说话的态度？宁孝庾，我好心过来让你劝朋友谨慎行事，你就是这么胳膊肘朝外拐的？”

宁孝庾颇为困惑地看着宁仁政，感觉到荒唐似的，笑了一声。

“那您想要我怎么样？大义灭亲，昭告全天下您都干了些什么，还是当个孝子收拾您现在的残局，让所有知情人闭嘴？

“您能堵得住一个人的嘴，但堵不住所有人的嘴——何况，现在我也可以开口，您也要对付我吗？”

见宁仁政被气到极点，指着他半天连话都说不出来，宁孝庾长出了一口气，难掩倦意。

“我请您，遇事三思，别心存侥幸。”宁孝庾低声道，“如果不巧调查到我头上，我不会缄口。”

“这就是我唯一能给出的回答。我先是一个人。”他凝视父亲满是怒意的眼，一字一句地道，“然后，才是您的儿子。”

3.

虞照没想过，会那么快再次见到李正泽。

他就那么大剌剌地出现在学校里，向人问虞照的名字，她眼睁睁地在不远处看着，浑身冰凉。

过了好一会儿，她才回过神来，叫住李正泽，请他去学校的咖啡厅里坐。

李正泽犹豫了一会儿，倒是没拒绝。

“我受你爸爸的嘱托，要我帮忙给你办出国的事情……”

李正泽开头第一句，竟然是这个。

眼前的男人衣冠楚楚，保养得当，打眼看过去，会以为他养尊处优，生活得很自在。

只有鬓发的花白，暴露出他或许一直以来都承受着某种压力。

“谢谢。但我已经和爸爸说过了，我不会走。”她笑一笑，解释道，“我在这里学业顺利，生活上也没什么困难，完全想不到有什么必要换个地方从头开始。”

顿了顿，她一字一顿道：“除非，有人希望我走。”

李正泽说：“但是阿照，我觉得你爸爸的考虑也有道理……”

“先不提这个，我回头和爸爸再商量好啦。我倒是好奇另一件事。”虞照咬着吸管，歪了头，含混不清地问，“你和我爸爸是什么关系啊，为什么要答应帮他？”

李正泽面上和煦的微笑，终于慢慢褪尽。他推了推眼镜，正色道：“是这样，我和你爸妈都很熟的，我不是还说我见过你小时候嘛，不然，我也不可能在杭城就认出你来。”

“哦。”她恍然似的，“那你和我妈妈是怎么认识的呀？”

“就是工作上有过来往。”

“什么工作？”

李正泽没有正面回答，喝了口咖啡，朝她笑了笑：“沈思的意外，我们都很难过，她是个艺术嗅觉灵敏的人，我虽然没和你妈妈打过几次交道，但我相信，她也一定希望你能活得轻松点。”

虞照低眸，听出他话里有话，只微微一笑，摇头：“你不明白，李先生。妈妈走之后，我就再也没有轻松过了。”

抬眸，她逼视李正泽的眼，说出了两串编号，问：“李先生，这两样东西，你还有印象吗？”

李正泽虽极力镇定，眼底仍闪过一丝惊愕，但他很快就掩饰过去，喝了口咖啡，笑了笑。

“听起来像是拍卖行拍品的编号，但你知道，我们这行，每次开拍，编号都一大堆，哪能每个都对得上呢。”李正泽说完，低垂视线，握住咖啡杯的指节已微微泛白。

周遭乱哄哄的，有学生在来来去去，他只觉脑子在嗡嗡作响。

就算过去很多年，他依然清楚地记得，那是由春泽拍卖行最先经手的两样藏品的拍卖编号。

虞照是怎么知道的？

难道是沈思留下了什么东西，不小心被这丫头发现了？

若说一开始，看到虞照出现在拍卖会场，还能当作是个巧合，可之后的案件通报，她如今说出编号的试探，却已经让他没办法不疑心了。

总不可能，一切都是眼前这个小丫头搞出来的麻烦吧？

先不说没人会没事去翻看拍卖记录，就算看了，也没几个人能从拍卖记录里看出猫腻来。

她才多大？她能懂这么多吗？

想到这儿，李正泽的担心又转到了另一个方向。

她看不懂，可万一就那么不巧有懂的人呢？她有没有给出去过？除了她，还有别人看过吗？

一连串问题争先恐后地涌上来，紧接着，李正泽又忽地想到什么，蓦地松了口气。

目前为止警方都还没有找到他，说明关键性的证据还在她手里。

也可能，她根本就不知道那些是什么。

李正泽蓦地扬起脸，迎上女孩清冽而锐利的视线，堆起一个笑容来。

“阿照，我知道，沈思去后，你一定过得不容易。”他说着，难过地叹了口气，“我也没想过，沈思平白无故会出那样的意外，她真是个天才的策展人，也是个非常好的收藏家……”

虞照打断他的缅怀：“那你知不知道我妈妈当时为什么要出国？”

李正泽怔了怔：“这……我听说是，当时沈思和……你爸爸吵架了，要出去散散心。那谁能想到，这一散心就出事了呢？真是人有旦夕祸福啊。”

可接下来虞照的一句话，却让他好半天缓不过神来。

“她出国，和宁仁政有关系吗？”

“宁仁政”三个字轻描淡写地从她嘴里冒出来，却仿佛平地一声惊雷。李正泽面上维持着微笑，殊不知五脏六腑早就拧巴到一起去了。

他这时候才后知后觉地意识到，全错了。

他以为的全错了。

这丫头哪里是不知道？她分明就是知道得太多了！

她从哪儿知道宁仁政和这事儿有关系的？

后面的话，对眼下早就石化的李正泽来说，就更是句句都是炸弹了。

“你让宁仁政来找我，就和他说，我手里有东西，他一定感兴趣。

“不只是拍卖记录那么简单。”

虞照站起身，指了指李正泽僵硬握在手里的咖啡，偏头一笑。

那真叫一个粲然如画。

“你的咖啡我一起刷饭卡了，不谢。”说完，她转身走出咖啡厅。

看着她身影彻底消失后，李正泽才放松了紧绷的身体，长出一口气，拿出手机，几乎是带着仓皇地拨通了某个人的电话。

李正泽的出现，多多少少警醒了虞照。

在她原本的估算里，李正泽即便不是最重要的一环，也是绝对不能缺少的关键人物。

可就在警方发出通报，说已经立案侦查后没几天，这个人却依然能大摇大摆地找到自己学校来。

这个画面，对她来说，不可谓不冲击。

她忽然意识到，并非所有人都是她这样的“知情人”，警方必须从客观的角度分析所有可能，那就势必会被蒙蔽，会走弯路，最后恐怕要浪费大量的时间，才能得到结果。

那甚至未必是她想要的结果。

可她已经等了太久了，再等下去，恐会生变。

她必须先发制人。

4.

周末，气温还未回暖，偌大的山光道马场，专业的千米跑道上仍能看到马匹晨操的身影。

这里是海市顶级的赛马俱乐部，拥有能承办最高级赛事的竞马跑道，因此，对入会者的要求也十分苛刻。

虞照苦思冥想了好几天怎么混进去，甚至连突破保安防线翻墙的心思都冒了头，结果，还要多亏了那张因为私心没归还的黑金副卡，才解决了问题。

只试探地给黑金卡客服通了一个电话，山光道的入会邀请函隔日就快递到了学校，对方甚至没质疑她留了F大这么一个不是别墅也不是豪宅的地址。

原来这就是专业的服务态度。

一张卡，一个电话，难题竟然迎刃而解。

虞照此前只听费以丞吹嘘过黑金卡的呼风唤雨，头一回切身体会，颇感难以置信。

还觉得很酸。

办完入会后，连着一周，她每天上完课，一面网上冲浪看警方的调查进展，一面雷打不动地去山光道踩点，蹲守宁仁政。

再就是，拜托老A那头盯着李正泽的动向。

比起宁孝庾，李正泽算是对老A来说比较友好的选择，至少他没有受到人身威胁。

老A的原话是，只要钱到位，也不是不可以继续合作，毕竟……

她没好气地接下去："看在也算是隔了十万八千里的战友的份儿上对吧？"

那头的人嘿嘿笑两声，说了个价，语音电话就挂了。

如今已经一穷二白、连从小住到大的杭城老家都在被拍卖的虞照，唯一的办法就是打算先厚着脸皮去问师姐借钱。

虞照如今虽手拿宁孝庾的黑金卡，除了这次利用一下客服经理，狐假虎威地享受了一番免费入场山光道的待遇，倒是没有动里头的钱。

毕竟，一开始她心怀不轨地问宁孝庾要副卡，也只是贪图传说的某些"黑金专有"的高端场合，因为她觉得那些地方，多多少少有可能遇到宁仁政。

所以一时头脑发热，她开了口。

现在想想，当时她提出的要求相当鲁莽，宁孝庾多半认为她是在恃宠而娇。

但他没拒绝，是在她意料之外。

私心里，这也算是他爱过她的某种证明。他可是以送卡的借口，大老远找过来，和她说了"喜欢"的。

虽然分了手，物是人非，但她养成了个不太好的习惯，没事总把金属的卡片拿出来反反复复地看。

撇去那些可以供她利用的部分，这张卡早裹上了一层哀切而缠绵的意味。

看在她眼里，不意味着任何钱权和目的，就只是与宁孝庾有关。

如同他和她的定情信物，在分手后，徒留她一个人反复赏玩，时而沉眸，时而傻笑，不舍释手。

虞照坐在马场更衣室的椅子上，摩挲过卡片冰凉的边角，将其塞回钱夹的卡槽，放进衣柜锁好。

有教授策骑的骑师牵着马带她绕着草地走了一圈。

虞照不善骑马，一圈下来已经觉得累了，翻身下来，婉拒了策骑老师下面的教授，表示要自己在马场里四处走走。

来马场不骑马，却散步，这要求着实诡异。

但大概见多了奇葩要求，策骑老师半点惊讶都没有，很绅士地牵着马回去了。

虞照背着手四下溜达，望着跑道上一个个策马疾驰的身影，忽而将视线定格在远处——一个刚刚牵着马入闸，好像要在跑道上策骑的人身上。

离得很远，她几乎看不清那人是男是女，高矮胖瘦，会留意到，纯粹是因为那人周围簇拥了好几个人，很像费以丞说的那种“生活不能自理到哪儿都跟着一堆人”的有钱人。

过了会儿，“一堆人”散开了，露出空旷的闸口。

随着枪响，一匹马冲出闸口，马背上的人很快绕过半圈，来到虞照近处。

速度太快，几乎是“咻”一下就从她眼前过去了。

她皱了下眉，背着手继续绕着跑道外慢慢走，却见远处，那人已经策马跑完了一圈，却没从马背上下来，扯着缰绳，慢悠悠地继续绕场散步。

没来由地，她心咚咚跳起来，觉得那人眼熟，可心里又在和自己说，不可能的，虞照，他什么时候说过喜欢骑马呀？

而且他人不是在阿勒山，怎么会突然出现在这儿呢？

虞照一面在心里碎碎念，一面在跑道外围顺时针地走。

对方策马，正逆时针而来。

交汇的刹那，虞照忍不住抬起脸，终于看清了马背上的人。

短短几秒的对视，她的心脏几乎要跳出喉咙。

即使宁孝庾戴着头盔，穿着骑装，可她还是轻易地就能辨认出他的轮廓、眉眼。

只因离开后，关于他的每个画面，每段回忆都不停在脑中重演，循环往复，永无止歇。

5.

在虞照的视线里，马上的宁孝庾犹如一名凯旋的骑士，视线短暂地掠过她，视若无物地继续向前。

两条线，自相交的那一点各自向反方向前行，直到虞照停下来，忍不住回眸望过去。

他正伏低了脊背，伸手抚摸马儿的鬃毛。

动作温柔而缓慢，让她几乎要羡慕了。

失魂落魄地走了半晌，回到更衣室前，她才回过神来。

他为什么会在这儿?

难道副卡的动向，客服经理还要事无巨细地通知主卡持有人吗?

她换了衣服出来，正百思不得其解，穿过走廊的工夫，一抬头，远处竟站了一个人。

是换了常服的宁孝庾。

她一下子有些不知所措，往后退了半步，又站住——我㞞什么?

隔着几米距离，他双手插兜，面无表情，比初见时更冷冽，更生人勿近。

每个表情，每个眼神，都在提醒还在心猿意马的她，你们分手了，你提的，你忘了吗?

我没忘。

她在心里反复和自己说，我没忘。

双脚却不由自主地动了，朝他靠近，又迫于他眼神的威慑，最终，只停在两步之外。

“好巧。”她说，“我以前都没查到你喜欢骑马。”

说完，她的脸就僵住了。

这可能是分手后最糟糕的开场白，没有之一。

宁孝庾皱了下眉，直接忽略了她的话：“卡呢？”

“啊？”

“副卡。”他话语不带情绪，没有表情，看陌生人一样看着她，“给我。”

她脸色变了变，是熟悉的那副想耍赖的表情。

宁孝庾看透了一样，提醒道：“已经分手了，虞照。”顿了顿，他又道，“我也可以直接停掉的。”

虞照破罐子破摔地低下头：“那你干吗非要我这张，你停掉好了。”

他不再言声，沉默地以眼神继续施压。

她抬眸瞥了一眼，没办法地拿出钱夹，一寸寸地从卡槽里抽出来，犹犹豫豫很不情愿地递了过去。

捏着的指节用力到弯折，可他稍稍用力，她便松了力道，没和他做幼稚的拔河。

他看也不看她地收回“定情信物”，看起来已经铁了心一刀两断，比她当时放狠话的姿态还凉薄。

“这个季节他不会过来。这时候他要骑马，会飞澳洲去弗莱明顿。”

言下之意，别在这里白费劲儿了。

他出言提醒，这不是重点。

重点是，他居然知道她是来干什么的！

虞照很是吃惊，到这会儿彼此摊了牌，却有些分不清他是敌是友了。

宁孝庾深深地看了她一眼，转身前，好心留下了最后两句话。

第一句是提醒。

“大鱼不会咬送到嘴边的饵，因为知道有诈。”

第二句是奉劝。

“你好自为之。”

尽管冷冰冰的，听起来像是警告，但宁孝庾的话多少让虞照有些茅塞顿开。

潜意识里，她始终认为即便处境微妙，宁孝庾仍然是会站在“正义”的这一方。

当晚，她向老 A 询问李正泽动向的时候，老 A 给出的回答千篇一律。

“他没什么特别的，一切都挺正常。”

正常得，像是没把她的威胁当回事。

这也很容易理解。她只是个二十出头的黄毛丫头，凭什么要让两个老油条相信，她手上真有什么足够翻云覆雨的证据？

就算李正泽当时真的慌了一下，宁仁政多半也会很快将他安抚好。

他们只会怀疑她别有用心，想从中牟利，因此各自按兵不动，等着看她自乱阵脚罢了。

李正泽不足为惧，想送他上路，是分分钟的事。

虞照唯一担忧的，是宁仁政。

在整局棋里，宁仁政藏得太深，也太完美了，几乎找不到破绽。甚至单凭沈思留下的拍卖记录，也无法证明他真的牵涉其中。

虞照沉吟良久，下了决心一般，打了一个语音电话给老A。

“我会出授权，请你帮我取出在杭城某行保险柜里的U盘。里面的东西，你多做一些备份，我会写一封匿名信，连同U盘里的东西一起，你帮我往刑侦队和文物局督查司的邮箱各投一份。”

停了停，她又道：“还有数得上名字的媒体。”

她要看看，丢了李正泽这个“卒”，宁仁政会不会有所动作。

6.

三月底，网络上又出了一件翻天覆地的大新闻。

各大媒体和营销号接连爆出与“313特大非法买卖文物案”有关的“内幕”，其中春泽拍卖行的CEO李正泽被反复提及，整个拍卖行的发家史也被网友迅速起底。

春泽拍卖行，起初名不见经传，后凭借某高古文玩一鸣惊人。

巧的是，那件高古文玩，正在313案调查的涉案文物之列。

官方很快通报，李正泽被批捕，其作为法人代表经营的拍卖行也被关停，接受调查。

而有媒体爆料，在收到的匿名举报信中，有人以“等灯等灯”作为代号，公开了下一个举报对象的姓名首字母，并扬言，此人同样与313案有关。

鉴于对李正泽的举报证据充分，虽然是匿名，但经调查后，证据链可以完全闭合，且并无造假，举报人“等灯等灯”也引起了警方的重视。

313 案的总负责人是省刑侦总队的童昉，在反复研究举报信以及证据投递的来源后，组里的人依然没能摸到关于“等灯等灯”的蛛丝马迹。于是，只好将目光转到“等灯等灯”宣称的下一个举报对象，首字母为“NRZ”的人身上。

因为媒体同样掌握该信息，在网上公开后，经网友各显神通，很快就提出了一个八九不离十的答案。

本市藏家宁仁政。

以童昉为首的调查专案组也同样将目光锁定在宁仁政身上。

但棘手的是，没有任何直接证据。

“目前据我们调查，也只能得知，一些涉案文物曾经经他手转拍，但的确没有任何证据表明，他指使或是策划了这一切。”

童昉闻言，沉默良久，又问：“李正泽的口供呢？”

“他供出了一个叫沈思的女性策展人，但在很多年前就在国外出车祸去世了。据他说，沈思和他是搭档。他们一个负责和黑市的人接头，一个负责策划文物的洗白流程，包括首拍在哪里面世，后面要转手到哪里，拍卖几次，都有过精心的设计。”

“有意思。”童昉若有所思道，“沈思去世这么多年，他却偏偏供出一个死人来。”

就在专案组的调查卡在这儿一筹莫展的时候，虞照那头却迎来了峰回路转。

宁仁政终于主动联系她了。

“虞照小姐，是我小看你了。”

或许实在没想到，她请李正泽传的“狠话”竟然是真的，她手里还真的有证据，能轻而易举把李正泽送进去，不得翻身。

宁仁政这个电话打得心服口服，直到这时候，他仍认为小丫头有一半是在装腔作势，于是，他开门见山地问：“你要什么？”

虞照沉默。

“钱？”他很不屑地笑了一声，“你可以开个价。”

等了良久，小丫头才终于出声：“你确定要我开个价？”

“怎么，不敢？”

“三个亿。”虞照轻描淡写地扔出价码来，“在开曼或维京以我的名义开户办一个信托，保证我在未来几十年里可以无后顾之忧地花这三个亿。”

宁仁政似乎也没想到她开口会要这么大的价码，且安排得头头是道，一时没有回答。

虞照又说：“别想着算计我，宁先生，你做过的事情，我知道得比你想象中还要多，我手里的东西，也绝对能让你从天上掉到地下。你最好照我说的做，不然我不好过，你也别想好过；我没钱花，你有钱也别想有机会出来花。”

电话那头的人又沉默了许久，末了，发出一声略带沧桑的笑：“小丫头，记住，人心不足蛇吞象。”顿了顿，又若有所指道，“真想让孝庾看看你现在这副嘴脸。”

“原来我和贵公子的那段笑话，宁先生也听说了呀？”虞照半点磕巴都没打，轻描淡写地接下去，“我为什么玩弄你儿子的感情，现在你不是知道了吗？

“找到了正主头上，就是咱俩的事儿了，你也用不着提他，还是你觉得，我会在乎？

“把我当成恋爱白痴，那你就真的很白痴了，宁先生。”

见提及宁孝庾并无助益，宁仁政也终于不再兜圈子，语气阴沉地说了个地址。

“信托很快会办好，到时候你带着东西，来这里签字。”

7.

李正泽落网的这段时间，宁孝庾仍迟迟没踏上返回阿勒山的归程。

前置工作都结束，各展馆、建筑群落的搭建已经临近尾声，工程上的事急也急不来，因此只远程监管整个工程的进度，倒也还合理。

魏桑先一步返回阿勒山，因为骆微城也随后抵达后，整个工程有了主心骨，宁孝庾不回来，魏桑也就没再催促。

至于这次为什么没回来，又是哪一桩“私事”，魏桑和庄闫安破天荒地缄口不语，没再私下里八卦。

宁孝庾每日照常去安宁资本打卡上班，庄闫安偶尔过来插科打诨，一切都似从前。

只是会议闲暇时，他会掏出手机刷一刷网页，看看是否有关于 313 案的最新进展。

接到庄子怡电话那天，他和往常一样，刚结束和阿勒山那边的视频会议，正穿过悠长的走廊，准备回到办公室去。

手机在掌心里嗡嗡振动，没来由地，他心慌了两秒，才接起电话。

庄闫安仍在和后头的祁山聊天，走出几步，发现宁孝庾没跟上，回过头，却见他被点了穴一般，怔然地站在原地。

身后是会议室里不停拥出来的人，对前头堵路的那位颇有微词，经人提醒那位是顶头老板后，又一个个小心翼翼地绕开这尊拦路石，擦着衣角经过。

宁孝庾维持着把电话举到耳边的动作，甚至忘记自己戴着蓝牙耳机，以为这样可以听得更清楚一些。

可字句入了耳，大脑又像是坏掉的处理器一样，怎么也无法准确地理解传达的信息。

挂断后，他才后知后觉地反应过来，庄子怡刚刚在电话里说了什么。

第一，宁仁政被捕了。

第二，他被捕当时，虞照和他在一起，被砸断了两根手指。

第三，虞照现在在医院，涉嫌敲诈勒索。

警方的通告至傍晚才迟迟发出，宁某政涉嫌故意伤害罪，被拘留调查。

而这条公告只停留了不到二十四小时，新的通告内容就立即掀起轩然大波。

密密麻麻的通告里，赫然写着“宁某政涉嫌参与 313 特大非法买卖文物案”一行字。

网友震惊地发现，这个涉案人宁某政，就是之前被“等灯等灯”宣告过的下一个举报对象宁仁政。

至此，313 案隐藏在水下的重大嫌犯顺利落网。

童昉总队在整理口供时，对关于虞照的部分，仍心存疑虑："你们不觉得奇怪吗？"

其中一个同事问："童队，怎么了？"

"这个虞照，她勒索宁仁政，一开口就是三亿，是不是也太夸张了点？而且她完全是信口胡诌说自己手里有证据，其实根本是凭空勒索，手里什么砝码都没有。诡异的是，对方居然还信了，真的带了人打算让她交出根本没有的证据。

"还有，在她按照约定到达宁仁政说的地点之后，没过多久就有人报了警，这个报警的人还是和她认识的，就像安排好了一样。"

一切都显得很诡异。勒索的人是自杀式勒索，被勒索的人也相当冒进，不报警打算私了。

当然，后来证明，被勒索的人的确心里有鬼。

同事说："童队，你这么一说，还有一件事很奇怪。"

"什么？"

"我们接警的人赶到现场的时候，她手指头已经断了，都疼得快晕过去了，但瞧见我们说的第一句话，不是让我们救她，是告诉我们她口袋里有录音笔。"小警察一面回忆，一面思考着说，"人在濒临昏迷时的反应多半出于潜意识，也就是说，急着告知录音笔，一定是她当下最直观也最真实的反应。

"童队，我其实怀疑过，她勒索，会不会就是为了拿到和宁仁政关于313 案的录音呢？"

毕竟，这也是他们最终证明宁仁政涉及该案的一个决定性的证据。

童昉收拾好手中的文件，起身，一面往外走，一面觉得困惑。

一个二十出头、年华正当时的女孩，一流学府在读，前途无量，她何必为了一个 313 案的幕后黑手，宁愿背上"敲诈勒索"的污点把自己拖下水，也要让对方落马呢？

他们之间，到底有什么还未解明的内情？

8.

宁孝庾到的时候，庄子怡正在病房外的走廊坐着发呆，旁边站了一个高高大大的汉子，他也认得，是程昱。

这两人的组合相当诡异。

他走过去，透过病房门的玻璃窗往里瞧了一眼，只能看到小丫头一个沉睡的轮廓。

奇怪的是，他心里比想象中平静得多。

像是一直以来的担忧、焦虑，终于得到解脱。

坐下来，就听到庄子怡喃喃说："其实我犹豫过要不要告诉你。但想了想，这两个人，说到底都和你有关，第一时间告诉你，好过你回头从新闻上知道。"

宁孝庾动了动唇，浑身冰凉，脑子里像被什么塞住了，想问的太多，不知从何说起。

好在，庄子怡看出他怔忡，自顾自地说下去，寥寥几句，还原了虞照所经历的那惊心动魄的半个小时。

接着，她近乎恳切地哀求他："你别怪她，这中间肯定是有什么误会。要说她敲诈宁叔叔，我是绝对不信的。哪有人敲诈的时候身上带一支录音笔，还提前往自己身上装了定位，安排了人报警呢？

"她一开始就知道，去见宁叔叔大概率是没什么好结果的，但她还是去了。我说这些，你也别怪罪我，三哥。"

鼓足了勇气一般，庄子怡哑声道："宁叔叔可能真的有问题。

"之前阿照让我帮忙报警，之后闹出313案那么大一件事，我就觉得不对劲。她前阵子又问我借了几笔钱，问她做什么也不说清楚。后来警察取证翻了她手机才知道，她最近一直付钱给一个叫老A的人，调查李正泽。李正泽，那不就是前阵子313案涉案的人吗？

"前前后后，她折腾出来的人和事，都和那个文物案有关，而且她就真的一折腾一个准。

"现在宁叔叔也是。"

庄子怡长出了一口气，不知如何是好地捂住脸："我现在脑子里都快乱成一团了。你说她一个小丫头，这些天都一个人干了些什么呀。"

宁孝庾仍是沉默，长廊空寂，远处传来推车的声响，嘎吱刺耳。

好一会儿，一直毫无存在感装背景的程昱才开口说话。

“宁先生。”程昱满脸疲惫，不知在医院待了多久，声音也哑得不成样子，“我知道您和阿照分手了。但能不能看在……的份儿上，别让您父亲的律师起诉她。

“我知道这个要求，对您来说一定很过分。阿照是连累您父亲被捕了，但这也不全是她的错，是不是？”

从始至终，宁孝庾只低垂眉眼，未发一言。

程昱无望地收了声，已经在考虑最糟糕的结果。

作为宁仁政的儿子，宁先生这样的人，会怎样对待一个欺骗、设计、敲诈勒索自己父亲的前女友?

从一开始小丫头出现在靶场，扬言要追宁先生，他就已经开始有了担忧。

地位、年龄、阅历都天差地别的两个人，即便走到一起，恐怕最后也逃不过分开的命运。

只是没想到，分开后，还会有这样要命的交集。

虞照和宁仁政到底有什么仇，值得她把自己搭进去?

程昱重重地叹了口气，满脸忧虑。

9.

不知道木头似的坐了多久，宁孝庾才逐渐从恍惚里抽出思绪，站起身，却蓦地打了个晃，背倚在墙上，才抵抗住一阵眩晕。

程昱的每句请求，都似在往他心上捅刀子，直至鲜血淋漓。

原来在外人眼里，他是个这样的存在——她在医院里疼得昏迷不醒的时候，他要考虑请律师起诉她敲诈勒索自己的父亲，甚至要一个外人来低声下气地恳求他，高抬贵手，放她一条生路。

仿佛他才是她世界里最大的反派。

痛攫住心脏，直至蔓延到四肢百骸，连动弹一下都难以做到。

他像是被什么壳子封住了，无念无想地靠着冰凉的墙面，等待着那层壳子静静解封。

不知过了多久，随着虞照苏醒的消息，原先不知等在哪里的律师和警察一齐拥进病房里。

他步子像灌了铅一样，跟在最末，只能越过众人的肩膀，看到虞照苍白却带着笑意的脸。

宁仁政的律师话里话外以诉讼威胁虞照更改口供，警察在试图给虞照阐明道理，告诉她说真话更重要。

两方的拉锯持续了很久，虞照脸色越发苍白。

听庄子怡说，除了手指断裂的明显外伤，还有一些内伤，导致她有脏器破损，现在是最需要静养的时刻。

庄子怡和程昱在外帮不上忙，急得没头苍蝇一样。过了会儿，庄子怡终于回过神来打电话找律师，可病床外一圈，争执仍在继续。

就在这时候，一个清冽的男声，以淡得听不出语气的口吻打破了僵局。

“信托账户是我让她找父亲开的。”

众人一下子静了，难以置信地回过头，看着跟前面带倦色，却依然丰神俊秀的青年。

“您说……什么？”一名小警察以为自己耳朵出了问题。

宁孝庾面不改色地解释：“她是我女朋友。”

宁仁政的律师被踩了尾巴似的，一下子跳起来了：“宁孝庾先生，请你说话三思！”

宁孝庾连眉毛都没有动一下，平静地拿出电话来打给自己的私银经理。

“不信？现在我也可以给她在开曼或维京……随便哪里开户。你要几个亿？”

他的这句话，是越过律师和警察震惊的脸，朝病床上一脸呆滞的虞照问的。

律师连忙挡在两人之间，用生命阻止虞照就坡下驴随便说个数字。

“宁孝庾先生，你说是你指使的，这在逻辑上根本不成立。像你说的，你现在自己就能办到的事情，为什么绕了一个大圈让她找宁仁政先生呢？说话要慎重啊，宁孝庾先生！”最后的称呼，他几乎是咬牙切齿说出来的，尤其着重强调了一个“宁”字。

宁孝庾没听到似的，自顾自地拨通了电话，吩咐私银经理拟合同带过来，挂断后，朝两名过来做笔录的小警察淡淡一笑。

“她和我父亲两个人沟通上出了些问题，我父亲以为被敲诈，其实是误会。也是我的错，没事先和父亲讲清楚。敲诈勒索绝无可能，我现在也可以给她办个三亿的信托，她没必要找别人。”

一旦动机失去，“敲诈”的罪名就摇摇欲坠。

她随时可以有三个亿，那何必还去敲诈别人？还是男友的父亲？

逻辑上完全说不通。

两个警察明知道这中间绝对有猫腻，但如今还需要虞照的真话，情势对他们有利，宁孝庚的话半真半假，他们也就睁一只眼闭一只眼，心甘情愿被糊弄过去了。

宁仁政的律师见大势已去，瞬间哑了火，过了会儿，又眼睁睁地看着私银经理进来，当着一众人的面拿出信托合同，让虞照签字。

律师不信邪地偷瞄了两眼，居然不是假合同，正儿八经条款俱全。

虞照右手不能用，用左手勉强按了个手印，脸上也没多少表情，大约是身体不舒服，始终蹙着眉，牙齿咬住下唇。

签完合同，又做了笔录，她整个人脱力一般地倒回床上，闭着眼，许久都没再动。

里头的人也依次离开，庄子怡俯身给小丫头扯了扯被子，拽一下宁孝庚的衣角。

“走吧，她睡了。”

出了病房，在走廊里，程昱偏头看了好几次宁孝庚，直到对方察觉到他明目张胆的视线，开口问：“怎么？”

程昱挠了挠头，到底没好意思开口，庄子怡也好奇得要命，替他问了：“三哥，你那信托合同，真签还是假签啊？”

宁孝庚淡淡地笑了下，没答，只问：“她要住院多久？”

“医生说起码得观察半个月吧。”

“通知她……朋友了吗？”他原本要说家人，却忽然想起，她已经没什么家人了。

庄子怡摇摇头道：“手机目前还作为物证没有返还。”

“那这阵子，你多费心。”他说，“我父亲那边要是过来人，尽量拦着不要见。”

说完，他转身要走，又被庄子怡叫住：“三哥！”

天色渐晚，他于昏暗的光线里回过身来，连斜照地上的影子都极萧索。

庄子怡问：“你不留在这儿吗？”

安静良久，明暗交错的光影里，只能看到他脸上一半的表情，平静而几近寒凉。

他的语气同样平静：

“我和虞照已经分手了，子怡。”

·第十四章·
人未散

1.

一个月后，阿勒山所有展馆、建筑竣工，展馆内的展陈也顺利收尾。

骆微城、宁孝庾及旅游局的王局等人悉数现身开幕式。

为了营造艺术氛围，给阿勒山的“艺术文化季”开一个好头，开幕式特邀某交响乐团不远千里到场演奏，演奏的曲目，是知名作曲家郁翡为阿勒山量身打造的交响诗《千重》。

正是仲春，冰消雪融后，山林之间一片绿意盎然。

山林之间的交响诗，尤为壮阔。

演奏当时，骆微城用手机给远在上京的郁翡直播《千重》首演。

“第一次听正式演出，比乐队排练和录音的效果好多了。”

骆微城要把音量调得很大，才能听清耳机里她的人声：“我没听过你和乐队排练。你指挥？”

“你知道我当不了指挥的呀，比作曲还心累。”

骆微城表情没什么变化，眼底却堆满笑意：“对了，为什么给交响诗命名为‘千重’？”

“山林之间，雪落千重碎，迎风一半斜。视频里就是这个样子……就你拍给我看的阿勒山落春雪的那个视频，还记得吗？”

“当然记得，那是我在阿勒山遇到的第一场雪……”

两人好像有说不完的话，一旁的魏桑吃了满嘴狗粮，瞄了几眼后，默默退到了远处，不想打扰二人世界。

另有一位孤家寡人，远避人群，立在观众席末最高处，远眺群山以及这段时间的所有建设成果。

姿态遗世独立，好似随时要飘然而去。

可在魏桑看来，那分明就是黑心老板在睥睨人世，指点江山。

过了会儿，宁孝庾从高处下来，径自离开开幕式，往展区那头过去。

魏桑连忙跟上去："宁先生，展区出事了？"

"那个南瓜雕塑。"

"啊……它怎么了？"

"刚刚看了一眼，摆得位置有些偏左了。可以往右挪一挪。"

魏桑脚下一停，猛地刹住车。

宁孝庾走了两步，见没人跟上，回头淡淡道："工人都撤了，你打算让我一个人搬？"

那当然是，不敢。

可是老板，那个雕塑，它……它很重啊。

一边在优雅而磅礴地享受交响乐，一边却在工地吭哧吭哧地搬雕塑。

魏桑深恨自己为什么要跟上去，一念之差问出那句"展区出事了吗"，她不问，不就不用跟来了吗？

好不容易搬完南瓜雕塑，宁孝庾却坐在冰凉的还没开暖气的一间展馆里，不动了。魏桑并不想跟老板一块儿挨冻。

外面至少有阳光，可展馆里不开暖气就什么都没有。

她偷偷摸摸地蹭了出去，远望去，却见一个黑点顺着淡绿色的山坡往下移动，像是一个人。

没来由地，心头猛地一跳，魏桑莫名其妙有种不好的预感。

同时，手机开始响铃，来电，虞照。

"魏桑姐？我到啦，你们在哪里？"

2.

虞照感觉身体恢复得不错。

除了右手的中指和无名指到现在还无法弯曲，其余的，都还好。

右手难堪大用，她用左手拎着行李箱，走在山路里，也颇健步如飞。

其实住院到半个月，她就可以健步如飞了，只是师姐死活不让她出院，甚至不给她手机上网。

很长时间里，她吃了睡，睡了吃，没事只能看看电视散散步，过着猪一样的生活。

后来她趁师姐趴在床侧补眠的时候，偷偷抽出师姐攥着的手机，还用师姐的手指头按开指纹，上了会儿网。

刚把手机塞回去，庄子怡就醒了。

发现她鬼鬼祟祟，庄子怡捏着手机打量她半天，最终什么也没发现。也因为是午饭时间，庄子怡要出门给她拿外卖——这丫头嘴挑得很，不是江滨那家本帮菜就不怎么吃东西。

取餐路上，庄子怡划开手机锁屏，却蓦地站住了。

屏幕上赫然是关于313案的新闻网页，大概是偷看的人没来得及关掉。

上面写的大意是，李正泽和宁仁政分别获十年以下刑期及没收非法所得，随着下游的供货黑市被一网打尽，313特大非法买卖文物案宣告全产业链击破。

此外，宁仁政还将因账目造假等种种指控，接受证监会方面的调查。

而这其实已经是两天前的新闻了。

庄子怡沉默地关掉网页，拿了外卖回来，门刚刚推开了一条缝儿，就听见隔着被子的、压抑的一声抽噎。

床上的小丫头整个人蜷在被子里，那团轮廓有节奏地颤抖着，偶尔倾泻而出的低泣，令她一下子红了眼眶，僵硬半晌后，只得关门退出去，坐到走廊的长椅上。

这些天，再是后知后觉，警方过来做笔录时听到的只字片语、案件调查通告里再三出现的虞某，也足够她拼拼凑凑，知晓整件事情的来龙去脉。

这件事情里的虞照，陌生得让她心惊。

庄子怡时常会疑心，是不是哪里搞错了，可一切又明明白白地摆在那里，告诉她，没错。

是虞照，为引宁仁政入瓮，不惜设局以自己做饵，成功送了调查专案组一个突破口，钓出了这条水面之下隐藏的大鱼。

也是虞照，在要她报案引警方介入的时候，整个计划就已经成型。而这中间，小丫头蛰伏、忍耐、绸缪，如同一个娴熟而老到的杀手，只求关键时候，一击即中。

整个过程里，虞照都没给她这样的局外人留下任何破绽，以至于到现在她还难以置信。

可当知晓，虞照做的所有努力只为能查明母亲的死因时，那些牵扯利益、错综复杂的事件，又因过分简单的动机而变得哀切起来。

虞照出院后，正式去警局见了童昉一面。

对方给出的，关于沈思死因的调查结果，其实没怎么让她意外。

“李正泽和宁仁政给出的口供是一致的。

“沈思参与洗白黑市文物，设计并造假拍卖记录，因为被恩师林笃发现，两人有了龃龉，在林笃的逼迫下，沈思退出策展行业，也打算停止非法活动，可能因为种种不顺，她可能想出去散心，就出了国，不小心在国外出了车祸。”

虞照沉默了好一会儿，才问：“她为什么要和宁仁政他们合作？”

面前的女孩一张脸只有巴掌大，或因伤病瘦得下巴尖分明，大眼睛望过来的时候，楚楚可怜，哪想得到，她会单枪匹马做了常人想都不敢想的事。

可她心心念念，都是已故的母亲。

童昉叹了口气：“李正泽给出的说法是，为了给丈夫的事业铺路，所以想维护好和宁仁政的关系。宁仁政给出的说法是，一个字，钱。至于她真正的想法，除了沈思自己，没有人知道。”

3.

后来虞照去沈思的墓前，将纸质的拍卖记录，一页一页地烧给了母亲。

或许，意外就是意外，是她想得太多了。

又或许，不是意外，不法的合作里，有一个关键人物想要退伙，所以另外两个合谋制造了一场“意外”，让其永远地闭嘴。

不过，一切也只能到此为止了，毕竟出事地在国外，且已经过了那么多年。

除非有人良心发现亲口承认，否则，永远都不会有人知道，异国他乡，一个客死的女人，究竟是意外身故，还是死于谋杀。

虞照安静地跪坐在母亲墓前，看着纸页上的火苗燃起，扔到铁盆里，一次又一次，重复着枯燥而乏味的动作。

那些母亲留下的拍品编号，此后，都将化为尘埃。

清泪尽，纸灰起。

重泉若有双鱼寄。

这些记录，就当作是给您的信件吧。

不管最初，您出于怎样的目的，把拍卖记录放在我的保险柜里，可能那和您最初想的南辕北辙，也可能您根本没有这个意思。

可我都已经为此尽了我最大的努力。

妈妈，这一次，是认真地和您说再见了。

虞照擦干泪起身，抱着铁盆，跌跌撞撞地走出墓园。

那些年她为此殚精竭虑、辗转无眠，为此孤行长路，断情舍爱，到头来，才发现，胸中空荡荡的，什么都没能留下。

她感到梦寐以求的安宁，更感到前所未有的空虚。

她浑浑噩噩地回到学校，一切前尘都被抹平。

在这里，没人知道网络上的举报人“等灯等灯”是她，也没人在意，警方的通报里，是否出现了和她同姓的“虞某”。

人们忙忙碌碌地为各自的梦想拼搏，擦着她的肩而过，她仍是这天地间一粒尘，渺小又微不足道。

唯一的变化，是右手不再能自如地写字和画画，课余，她都会花费大量的时间来练习自己的左手。

程昱得知她出院，打来电话，请她来射击场玩。

她的手其实没办法射击，可还是去了，因为始终有想问的问题。

“宁孝庾……后来有没有来过医院？”

签完信托，替她洗清敲诈勒索的动机后，宁孝庾就彻底从她的世界里消失了。

这些天，她亦不曾主动去问候只字片语。

心里明知，她有什么资格呢？几乎是她亲手送宁仁政进去，她怎么还敢肖想其他？

可无论嘴上说了多少遍放下，心却还在固执地裹着那个人不放。

程昱猜到她要问什么，回答“没有”之后，眼看着小丫头眼神黯淡下去。他左思右想，忽然一拍脑袋：“我想起来了，那之后没几天，他来过一次靶场。”

宁孝庾有天来到射击场，打完飞碟靶，却没走，问程昱知不知道虞照和宁仁政见面当天的状况。

程昱把知道的都说了，还给他听了虞照当时交给警方的、足以给宁仁政定罪的录音。

事发现场的录音长达半个小时。

除却在双方情绪激烈的交锋中，宁仁政顺着虞照语言陷阱自揭的那些罪行，剩下的就是，女孩一对多肉搏的声音，还有她倒地后，受到撞击的闷哼、指骨断裂的声响，以及种种，他甚至不敢往下听的呼痛。

他很快就按下暂停键，手心里全是冷汗。

再往前翻，这个日期的前一天，还有一段录音。

点开听，似乎是一段她和宁仁政的通话。

“他后来又听了一段前面的录音，但听完脸色很差，什么也没说，把录音笔还给我就走了，也没再问别的。”

程昱说完，拿出录音笔。

警方归还证物时，虞照因在住院治疗，时睡时醒，因此提前委托了程昱代收。

这下，录音笔物归原主，时间过去太久，虞照也不记得录音的内容了。

她戴上耳机，点开最后一段录音，辨认出是哪一条，接着，又照程昱说的，往前听了一条。

才听了两秒，她整个人就像是跌入万丈深渊般，面上只剩下无法形容的灰败。

——原来我和贵公子的那段笑话，宁先生也听说了呀？

——我为什么玩弄你儿子的感情，现在你不是知道了吗？

——还是你觉得，我会在乎？

4.

临去阿勒山前，虞照找到自己微信里唯一一位律师，周曜灵，向他咨询关于信托的事情。

周曜灵觉得一句两句说不清楚，让她来事务所见面。

等收到地址，虞照才发了怔。

那么巧，周曜灵的事务所也在金融中心双子大楼，只不过安宁集团在 A 座，他在 B 座。

一整个上午，某红圈所的周律师都显得喜气洋洋，精神饱满。

有人调侃，周律师春风满面呀，桃花来了？

作为律所里为数不多的“优质单身贵族”，周曜灵往常听到这话都要怼回去，今儿却破天荒地微妙一笑，回了办公室。

等到午休时间，周曜灵匆匆接了电话出去，律所里的吃瓜群众才彼此心照不宣地点点头。

——嗯，这绝对是有事儿了。

周曜灵在楼下接到虞照，她穿得仍然很飒爽，飞行服夹克和牛仔裤，脚踩一双板鞋，颇显英气。

这是个商圈，不远处就有商场和美食街，两人步行过去，进了一家淮扬菜。

等周曜灵坐下开始点单，才留意到比起上次见面，女孩瘦得厉害。

“怎么瘦成这样？在节食吗？”

虞照显得有些恹恹的，提不起精神似的，摇摇头，低头咬住吸管喝了口杧果汁，没再言声。

到这里，周曜灵觉得气氛还行。

后来吃着饭，提起她要咨询的信托，女孩拿出一份信托协议，他接过时，还没在意，等逐条看完整个协议，又看到最后签了字画了押，整个人都有点不好了。

如果不是一个严谨的法律人，他可能会当场骂出声，再做出最恶意的揣测：这人签名是假的吧？

一想到这么别致的一朵玫瑰花，有可能早就被别的牛粪染指，对方还有可能是个土大款，周曜灵顿时感觉饭都不香了。

可女孩始终表情平静，双眼亮晶晶地看着自己，充满期待似的。周曜灵于是努力整理情绪，问道："所以你现在需要的是……"

问我这笔钱咋花，还是问信托是否有效？

"我想问这个怎么能作废？"

周曜灵噎了一下。

小丫头的确有点法盲，因为紧接着就又问了个问题。

"我这边撕毁的话有用吗？"

当然没有。

周曜灵酸过了，不爽过了，出于职业道德，仍是拿着合同给她解释。

"你作为受益人的这个信托，是一个在开曼比较典型的Star Trust，也就是特殊信托制度，这个制度一般来说是可以永续存在的，从委托人的出资额度来看，基本保证了你一辈子生活无忧。"

周曜灵微妙地盯着虞照，说道："所以在我看来，你作为受益人，根本没必要想着废除自己的权益。"

她只是沉默而执拗地垂了眼，好一会儿，才低声说："那到底有没有办法？"

周曜灵是真觉得稀奇，想了想，又说："是这样，特殊信托制度有一个设立要求，就是必须设立执行人，而且只有执行人有权向受托人提起诉讼，再有就是，如果你——受益人的利益受到了损害，也是可以向法院诉讼或者申请重组的。"

说完，他摇了摇头，没办法地笑了笑。

"但目前看来，你这个受益人除了觉得自己受益，好像并没有受到什么利益损害。至于执行人，也就是签字出钱这位……你最好还是和他好好商量一下吧。"

虞照仔细听完，说了声谢谢，接下来两个人沉默地吃着饭。

临分开，周曜灵终于还是没按捺住好奇，问她："有件事有些好奇，但说出来的确有些冒犯，你不回答我也可以。委托人和你……是什么关系？”

虞照憋了好半天，只觉其中的恩怨情仇，实在没法概括在任何单一的字眼里，最后，仍是破罐破摔地选择了最俗套的那一个。

“前男友。”

周曜灵掩饰着震惊，祭奠自己飞走的爱情，心说，这到底是什么绝世好前任，我也需要一个。

5.

宁孝庾枯坐在自己亲眼看着如何建成的展馆里。

这是一个比较高科技的 NFT 电子展馆，展馆内六个面都有嵌入式的液晶显示屏，随着主题变换，显示屏里的艺术品内容也可以任意变化，还可以互相配合，形成光怪陆离的视觉效果。

郁泽闵原本打算过来，但他人在海市，忙着筹备 BWV 品牌下的 NFT 画廊，分身乏术，这次没能参与“阿勒山”项目，还十分惋惜。

这会儿，正给宁孝庾打来语音，和他说起那边 NFT 画廊的进展。

外头的交响诗告一段落，宁孝庾耳朵离听筒远了一些——前阵子他的蓝牙耳机丢了，阿勒山附近都没有卖这东西的，最近连和庄闫安他们开视频会议都被迫公放。

“三哥你什么时候回来？我以后可能要在海市常驻的，回来说一声，给你接风。”

“好。”

他应一声，语音挂断的刹那，却有蜂鸣滑过鼓膜，可能是过度劳累，最近总是耳鸣。

他站起身，却见山雪主题的 NFT 展馆内，不知何时多了个小姑娘。

她身后是静态的林海雪原，脚下踩着动态的溪雪潺潺，瘦高的个子，仿佛离头顶那一幅雪山春意的设色国画极近，黑发映衬着春绿，一张脸如玉如雪，整个人脱胎换骨似的，褪去跳脱的表象，露出沉静的内里。

宁孝庾定定地注视了虞照几秒钟，面上并无变化。

可这几秒钟，对虞照而言，却仿佛长过半世，乃至他走过来的每一步，都在放缓的视线里无限漫长。

手指被衣袖擦过，他静默地从她身侧经过，走出去了。

留虞照傻站在原地，半天，才抬起手背，用力地擦了擦眼眶。

——这次分了，就是老死不相往来。

——往后我不会多看你一眼，若有不得不见的时候，我也最多当你是个陌生人，你不会比大街上任何一个更特别。

原来他是真的说到做到。

宁孝庾平静地回到开幕式区域，插着兜立在风中，头疼得厉害。

骆微城过来和他说了几句话，入了耳，却全没听清，只囫囵地点了点头，佯作知道。

他雕像一般站在原地，双脚发麻，却不知为何，没力气动弹一下。

又有谁走过来，朝他递来香槟，唤他“孝庾”，问：“你怎么了？”

他摇摇头，接过香槟，视线聚焦在对方脸上，才微微一怔。

对方美目流转，分明是熟悉的一张脸。

山中春寒，她却穿了一袭标准的礼裙演出服，披着羽绒服，还是敞着怀的，他简直替她打抖。

与前任久别重逢，他也只客气地唤了声名字：“佳音。”

文佳音摇摇头，揶揄道：“你连句‘你怎么在这儿’都懒得说。”

“抱歉。”喝了杯香槟后，太阳穴更是突突直跳，宁孝庾只好告辞道，“我去休息一下，失陪。”

文佳音讶然，目送他进了新建的民宿里，的确是去休息，才转脸叹了口气。

乐团里的一名中提琴手过来小声问：“首席，你认识宁先生？”

文佳音嗔怪似的摇了摇头：“他这么个臭脸，我倒希望我不认识，心里还好受点。”

简直枉费她听说他在这里还特意申请过来演出的一番心意。

荒山野岭的，冻死她了。

6.

宁孝庾发了高烧。

回去民宿房间里躺下之后，他就一直迷迷糊糊地失了意识。

耳边好像有几个人在说话，嗡嗡嗡地交杂在一处，辨不清谁是谁。电子体温计隔段时间就在他额前“嘀”一次，后来谁说了句“38℃了”，人们才陆陆续续地退出去。

他终于得了清净，松一口气就又昏睡过去。

到后半夜，他浑身大汗地醒来，只觉身上很重，摸索着打开灯，才发现是两床被子压在一起。

他恍惚地坐了一会儿，偏过头，险些没爆粗口。

房间一侧的单人沙发上，有个人蜷缩在里头，似乎感觉到光亮，慢吞吞地动了动，接着伸展四肢拉抻，睁开眼睛的时候，刚好和他冷冰冰的视线对上。

在他开口之前，小丫头态度极好地从沙发上跳下来：“你醒啦？那我出去？”说要出去，脚却黏在地上根本没挪动。

他又看了她半晌，最后闭上眼睛，声音沙哑地说了句“水”。

她战战兢兢的脸色一下子多云转晴，清脆地应了声好，立刻去冰箱给他拿矿泉水，还拧开盖子递过去。

宁孝庾喝完就又睡了，实在没力气和她打游击。

虞照没照顾过人，也不知道病人要喝温水，造成的后果就是，第二天睡醒，宁孝庾发现自己嗓子发炎，一句话都说不出来，每呼吸一下，喉咙里都像滚了刀子，撕裂一样疼。

大清早，虞照浑不知情，大剌剌地躲在魏桑后头跟过来。

魏桑问了几句话，发现老板一直打手语，终于意识到不对劲，震惊地指指嗓子：“说不出话？”

为助理的敏锐感到安慰，宁孝庾松了口气，点点头，拿出手机来打字，和魏桑交代今天让她代行会议，打完字就已经筋疲力尽，又倒回床上，抬手盖住了额头。

魏桑转头去工作，看到虞照还在门口磨蹭，心下了然，拿手点了点她，小声说：“把人照顾好。”

虞照就心安理得地留下来了。

床上那位虽然心气不顺，无奈说不出话又没力气动弹，只当她是个死的，眼不见心不烦。

他又迷迷糊糊地睡了一阵回笼觉，忽然听到手机嗡嗡作响，摸出来看，是虞照发来微信：【该吃早饭和药了。】

他睁开眼，小丫头手里拿着豆浆和包子，搁在床头柜，动作尽量温柔地指了指床头，无声地示意：你吃。

接下来，虞照莫名其妙开始了手语模式，让本就别扭的沟通雪上加霜。宁孝庾一方面是生理性头疼，一方面是心理上的心力交瘁。

直到她扔完垃圾回来，手机上终于多了一条回复。

宁孝庾：【可以说话。】

她靠在他卧室门口，当着他的面失笑出声，又蓦地抬起头，瞥了瞥他的脸色，见他闭着眼像是没看到自己的傻样，才放下心来。

中午，文佳音亲自送饭过来，一进卧室，却见旁边沙发上还有个陌生的女孩，不由得一愣。

“这位是？”

虞照坦然地自我介绍道：“我是宁先生的生活助理，魏桑最近腾不开手来，所以把我从海市调过来的。您怎么称呼？”

她睁着眼说瞎话的本领一向令人叹为观止，宁孝庾深吸一口气，就算想反驳，也没有那个力气，只好躺平了任她编。

文佳音上下打量一番虞照，觉得她的身材和脸虽然让人有危机感，但衣品不怎么样，完全是一团孩子气，白瞎了好模子。

她审视完毕，展笑自我介绍：“这次开幕式乐团的首席，叫我佳音就好。”

虞照同样打量一番文佳音，以“美女”“拉琴的”俩词儿总结完毕，伸手接过她带的饭菜，拿到客厅去了。

有客人在，宁孝庾的确不好继续赖在床上吃饭，尽管浑身没力，头也晕得厉害，仍是强撑着走到客厅吃饭。

7.

文佳音来之前就吃过了，因不知道虞照在，只带了宁孝庾一人的饭。

好在虞照又出去拿了一份，回来时，瞧见宁孝庾坐在沙发前的地板上，安静地低头吃饭，文佳音在一旁的沙发上，伸手去探了探他的额头。

宁孝庾没躲，她就笑了一下，说：“好烫。”

虞照站在门口瞧了半晌，压下心头的酸涩，才走进去，坐下吃饭。

员工餐的饭量不多，她却罕见地没吃完，有点可惜地用勺子戳了戳，又努力吃进去一口，感觉到有点想吐，才不得不作罢。

她抬起头，却见宁孝庾不知何时停了筷，目不转睛地看着自己。

“吃完了？”她下意识地伸手去拿他面前的饭盒，“先回去休息吧，我来收。”

手腕却被握住，虽然很快就松开，但她的皮肤上仍残留着他近乎灼烫的温度，以及掌心略显粗粝的触感。

她缓慢地缩回手，看到他指了指手机。

他不知何时发了一条微信。

【身体都恢复好了？】

阿照：【嗯，放心吧，医生说恢复得很好。】

宁孝庾：【你没用筷子。】

阿照：【左手还没练好。】

宁孝庾：【右手呢？】

虞照蓦地僵住打字的拇指，忽然想起来旁边还有个文佳音，忍不住望过去：“文小姐，您要喝点什么吗？”

文佳音怎会看不懂两人之间旁若无人的小动作，心仿佛搁在油锅上煎。

她难以相信，这个品味奇差的漂亮助理，竟然和宁孝庾有一腿，更难以接受，她和虞照同样在他眼前，宁孝庾竟然只顾着和这个黄毛丫头发微信！

他从前最讨厌打字了！

自尊心作祟，文佳音怎能自降身价和一个小丫头争风吃醋，露出一个得体的微笑，三言两语借故告辞。

宁孝庾又坐在原地等了一会儿，虞照只是安静地收拾矮几上的餐盒，没有回复的意思。

末了，他闭了下眼睛，放弃了。

可不可笑，你何必还关心她右手怎么样?

第二天，虞照照常跟着魏桑过来，宁孝庾的嗓子稍微能说话，但说多了仍是会不舒服，因此魏桑了然地继续让老板歇着，自己去代行会议。

虞照习惯性地给他拿来早餐，他却靠坐在床头，没动。

他只简单地洗漱过，没刮胡子，黑青的胡楂细密地冒出来，长满下巴，看在她眼里有些陌生，又很新奇。

“不饿吗？”她问，“那一会儿吃？”

“虞照，你为什么来？”

他久违地听到自己的声音，沙哑得不成样子，尽管每说一个字都觉得疼，但他还是选择以这样的方式，和她开口。

虞照一下子僵住，胸口仿佛被什么堵住了，透不过气来。

半天，她才一小步一小步地挨过去，坐到床边，很认真地近距离看着他的眼睛。

“想向你讨一个机会。”

她的表情那么小心翼翼，无比诚挚，姿态却是卑怯的。这与她从前大剌剌地问他讨电话号码、名分、副卡的时候都不同。

所以他没有办法不好奇更多：“什么机会？”

她先是动了动唇，紧接着，先于声音，泪猝不及防地滚了下来，失了先机，喉咙便被哽住，要花好大的力气，才能够说出话来。

“爱你。”

宁孝庾怔住了。

她不知为何泪流满面，上身朝他微微倾斜，手却局促地落在膝头，揪紧布料的动作太过用力，以致折起的指节一个个泛了白。

明知时机不对，地点不对，天时地利人和更没一样凑得上。

可她还是哭着和他说了“我爱你”这样实在没有办法了才说出来的几个字。

接着，没等他答话，她又抽噎着，自顾自地解释起录音的事，哭哭啼啼到最后，以一连串的“对不起”收了尾。

看在宁孝庾眼里，默默地把从前计算的心理年龄又降了一岁——两岁，不能再多了。

8.

好不容易等虞照哭完了，鸣金收兵，宁孝庾直接忽略掉她前头真情实感的道歉、情真意切的告白，问的第一句话是：“右手怎么回事？”

她打着哭嗝蒙了：“啊？”

“能用吗？写字，吃饭。”

虞照吸了吸鼻子，摇了摇头，又一阵悲从中来。

眼看着她还要哭，他叹了口气，又问：“你打算在这儿待多久？”

她拿眼睛偷偷瞄他。

宁孝庾收敛神色：“不上课了？”

虞照连忙解释道：“其实我还在休病假。”

“跑山里休病假？端茶倒水休病假？”

虞照蔫了，半晌，低声说：“那我周末就回去。”

听到这句话，宁孝庾才终于拿起早餐开始进食。

对话结束得猝不及防，虞照抹了把眼泪，盯了他半晌，见他的确没有再开口的意思，自己也的确哭累了，就紧随其后拿了个包子开始吃早餐。

虞照哭了一身汗，浑身难受，回到魏桑房间洗了个澡，换了衣服，才往回走。

没等进门，就瞧见宁孝庾站在各间民宿互通的木质廊道上，望着不知名的远山发呆。

她头发还没来得及吹，过了肩的长度，一绺绺结了霜，变得很硬，她一面伸手玩自己的头发，一面朝宁孝庾快步走过去。

“吹干头发再出来。”

还在几步之外，就被他抓住小辫子。

她犹犹豫豫，不想错过和他一起在外面散步的机会，干脆耍起赖来，把卫衣帽子一扣，朝他强调：“这样真的不会着凉。”

他神色不豫地盯了她两秒，摇摇头算了。

她松了口气，凑到他身边，和他并肩站在木廊上。

四下春风和煦，清晨的阳光映下斑斓光晕，身前身后皆是连绵不绝的山，近处是带着古韵的民宿、长廊，长廊尽头的一大片区域，就是艺术群落，大大小小的展馆，错落有致地填满了山水间的那一块空缺。

人在这样的环境里，会不自觉地发出“好美”的感叹。

虞照下意识地朝他靠近，感觉到肩膀挨着肩膀，心里才安定下来。

“阿照。”

“嗯？”

“我一直知道你爱我。”他停了停，视线仍是望向远处，循着一头鹿，越过山林，“就像你敢找过来，是因为笃定我心里有你。”

意识到他沉冷的语调下，要说的或许比以往严肃很多，她不由自主地绷紧了脊背，轻轻“嗯”一声回应。

“我们都需要时间来消化发生的事情。”

他扔出这句话，仿佛审判，让她一下子变了脸，半晌，只是握紧栏杆，发不出声。

“人的心，不是钢筋水泥造出来的，也不是可以精密设置的仪器，所以，我很难在听到录音里你对我们之间感情的形容之后不难过，哪怕知道你事出有因，哪怕很清楚你爱我。

“我也同样，很难在你和宁仁政之间发生过那样的冲突和龃龉后，以平常心来看你、看我的父亲。

“和你们的关系，我需要花时间来重新梳理和适应，所以我可能无法表现得像从前一样，那么爱你。”

他深吸一口气，唏嘘道：“如果你是可以被放弃的存在，我应该早就放弃了。很可惜，虞照，我好像做不到完全放弃，但我一直以来，的的确确想这么做。如果你没有来阿勒山，我可以确信，我们之间或许就到那个信托为止。”

说到这里，他面上带了一丝困惑的，夹杂着难以置信的笑容，偏头凝视她琥珀色的眼，一字一顿地道：“你来了。”

如同感叹，如同惋惜，如同感恩。

她只是无措又茫然地仰面回望，是等待审判的姿态，低声重复道：“我来了。”

他转过身，与她面对面，摊开了一只手的掌心。

“好像你问我要的，我从来没有哪样没给你。”

虞照不敢相信地瞪大了眼睛，用了很长时间，才把颤抖的指梢，搁进久违的、温暖的手心。

他们的表盘，总是在抵达心动之后，绕过一圈，再抵达心碎。

如此循环往复，除非某日耗尽了爱的驱动。

刻下，指针绕过了又一次心碎，再次来到朝向心动的倒计时，马不停蹄地朝前奔赴。

虽然不清楚，时限将会是多久，可直至听到抵达处的钟响前，他与她都愿信，此际便是恒久的相爱。

嘀嗒。嘀嗒。嘀嗒。

新的计时在耳畔奏响，是山风与晴雪，翅影与流云，是此间他与她共有的历历回溯。

他想起去年杭城大雨里，他与她在伞下共筑方寸天地，想起她笔下的每一个水墨设色的自己，想起末页她留下的《灯赋》，想起最初的最初，她笑着说，我们还挺有缘的。

“你抄在末页的赋，我读了很多遍。”

“那你读懂最后一句了吗？”

“哪一句？”

“寄言苏季子，应知馀照情。”

——应知虞照情。

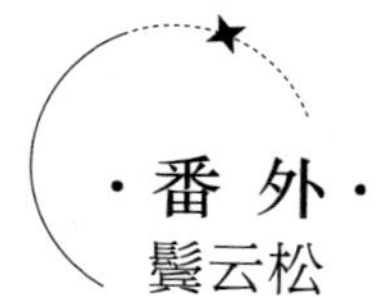

·番 外·
鬓云松

1.

初秋，一档名为《山中一日》的综艺节目在卫视和网络同步播出。

随着节目大热，风景绝佳、拥有国内最大艺术展馆群落的阿勒山，也一跃成为旅游胜地。

阿勒山脚下的艺术展馆群当然是旅游线路的一大卖点。

该艺术区汇集了各类艺术流派及表现形式，更是国内外几位艺术大拿各显神通之作，如果不是宁孝庾，恐怕没人能把这些人凑到一块儿策展。

尽管“阿勒山”计划在行内掀起了巨大讨论，宁孝庾更是又一次被奉上神坛，但是，当这个了不起的计划通过综艺节目呈现在普罗大众眼里，就成了“建得很漂亮的美术馆”“很多奇怪的展馆”之类的存在。

而宁孝庾这个幕后大佬的光芒，几乎完全被《山中一日》综艺里的各大明星流量掩盖了。

毕竟观众对阿勒山的兴趣，大都因为节目带来的明星效应，看艺术展只是捎带。

即便如此，在宁孝庾看来，目前“阿勒山”计划的完成度也已经相当不错，起码与他预想中达到的效果八九不离十。

安宁资本的人很满意，节目方天英娱乐很满意，阿勒山当地的旅游局很满意，而终于走出把艺术展落地乡村第一步的宁孝庾本人，也是比较满意的。

堪称皆大欢喜。

当然，前提是，如果没有那个意外的话。

这还要从魏桑网上冲浪时，发现了一个名为“宁先生是谁”的热搜词条开始。

那两天正是《山中一日》首播，由于节目的常驻嘉宾都颇有人气，网上到处都是节目相关的讨论和热搜。

“宁先生”这个称呼一映入眼帘，长久以来的职业敏感度已经足够让魏桑心里亮起警报。

“不是吧，不是吧，不是吧……”魏桑一面祈祷，一面点进热搜词条，然后，看到了转评最多的微博。

微博的文案很简单：宁先生是谁？十分钟内我要这个男人的所有资料。

下头跟着一个视频。

魏桑于是又满脑袋问号地点开了视频。

拍摄视角似乎是在某个隐蔽的地点，能够较近地拍到节目录制现场的艺人和工作人员。

画面一开始是跟着《山中一日》的常驻嘉宾，偶像歌手徐京远，他和摄制组在艺术展区外忙活了一会儿，徐京远很快就走进了其中一个展馆里头。

镜头失去目标片刻，似乎是不甘心就这样收工，耐心地等待着。

大概半分钟后，几名工作人员穿过画面，镜头始终没动。

直到，最末一个身着驼色格纹大衣的男人出现在画面里。

许是男人身形颀长，卓然脱俗，掌镜的人几乎是本能地推近了焦距。

于是，魏桑很快就看到了一张清晰的宁孝庾的侧脸。

相当上镜。

他仿佛文艺片里的电影明星，连站定时单手插袋的姿势、低垂眼睫听工作人员说话的疏冷，乃至沉默颔首时微微转过脸、眉心略蹙的不耐烦和倦意，都在这个漫长的单人镜头里显得极致和谐，又极富冲击力。

而最戏剧性的一幕，在于宁孝庾掀起眼皮，朝镜头望过来的那一刹那。

像评论区说的那样，只要点开这个视频，就没有人能活着从他的眼神里走出来。

那双眼极幽邃，几近冰寒，丝毫不移地锁定镜头，开口后的声音也没有让人失望，略有沙哑，如春末时节山间的泉涧，清冽地划过鼓膜。

“那是你们的侧拍？”

工作人员往这边瞧过来，立刻变色。

“那个应该是跟来的粉丝，哎呀，都赶过好几次了，赶不走。宁先生您见谅，我们现在过去处理。”

意识到被发现，镜头晃了一下，视频戛然而止。

看到这儿，魏桑深吸一口气，大约摸清了前因后果。

一个粉丝跟拍徐京远，宁孝庾误入镜头，视频被发到了网上之后，引起了热议。

简直离奇。

可偏偏真的发生了。

视频发出当晚，“宁先生”这个颇具神秘色彩的形象立刻发酵，除了长相帅气，众网友还非常关心“宁先生”的真实身份，并给出诸多猜测。

“霸总气息扑面而来，盲猜天英某高层。”

“楼上，录制期间天英只来过一个高层，姓骆，但明显工作人员管这个人叫宁先生啊。”

“对不起，虽然不合时宜，但真的让我想起前阵子313案的宁某……”

“我搜到了百科……他和这个叫宁孝庾的策展人长得好像啊。”

“对上了，对上了！阿勒山文创官网上就有策展计划，主策展就叫宁孝庾！”

……

至此，“宁先生”彻底“掉马”。

当魏桑发现事情开始不太对劲的时候，安宁公关部的王帅已经出动过一次了。

王帅先是压了热搜，但热搜没了，网友柯南式的推理和讨论还在，团队再有钱，也没法堵住悠悠众口。

于是第二天一早，王帅就火急火燎地跑到三十层宁孝庾的办公室找人，结果被告知宁先生在补休年假。

人没找到，倒是在走廊上碰着了庄闫安，王帅连忙把人拦住，请示这事儿怎么办。

庄闫安露出一副黑心商人的嘴脸。

“挺好啊，正愁他那艺术展区怎么借明星流量的光呢，这回连宣传费都省了……”

王帅听得心惊肉跳，庄闫安大手一挥：“正好借这把火把咱宁总热度炒上去，没问题吧，王总？”

王帅：呵呵。

合着宁孝庾回来不是找你算账。

而此刻，被全网寻找的“宁先生”本人，正在飞往英国的航班上。

2.

飞机即将落地，遮光板升起，窗外是几十年如一日的阴天。

宁孝庾一时恍神，仿佛回到从前。

那时候，他一年有三分之二的时间都在飞来飞去，而疲惫归来，飞机落地时，迎接他的无一例外是阴天。

从年少到而今，以阴天为起始，亦以阴天为终点，循环往复。

不过这次，他身边多了一个人。

女孩睡得香甜，随着平稳的呼吸，眼睫一下下地颤动。毯子滑落到腰间，一角紧紧攥在她掌心，仿佛这是睡梦中安全感的来源。

广播响起的同时，虞照就醒了。

宁孝庾已经叠好毯子，见她睁开眼，俯身过去，轻声道：“我们到了。”

两人都没有带什么行李，从希斯罗机场出来，宁孝庾手上只拖了一个24寸的旅行箱。

虞照还扯着宁孝庾的风衣袖口，有点没睡醒的样子。

“我们……现在去哪儿？”

“我以前住的地方。”宁孝庾回过身，将行李箱的拉杆塞到她手里，“我去租车，在这儿等我，别乱走。”

虞照很乖地“哦”一声，双手紧握住微凉的拉杆，目送宁孝庾转身离开，莫名有些不安。

陌生的城市，陌生的语言，周遭的人行色匆匆，远望去，外面天色阴沉，像是随时要下雨。

她百无聊赖地等了一会儿，忽然想起手机还没开机。

一开机，就发现魏桑打过好几个电话，还发了一串语音。

“虞照，宁先生现在和你在一起吗？公司出了点事儿，你让他上网搜自己名字看看，然后给我回个电话，麻烦啦。”

“怎么两人都关机？看到一定回复我，千万！”

虞照满头问号，先依言搜了宁孝庾的名字，看了半晌，“扑哧”一乐，给魏桑回复语音。

“才收到，他现在不在，一会儿让他给你回电话。”

魏助：【哭脸 .JPG】

应知馀照情：【哭什么，是好事呀。】

魏助：【这不取决于你我，取决于他。】

魏助：【他要再不回我，庄总那边马上要安排团队继续噌热度了。】

虞照没良心地发了一串“哈哈哈”过去。

一抬头，宁孝庾已经拿了车钥匙回来，见她神色奇怪地收了手机，虽疑惑，却因为担心一会儿下雨，急着取车，并没细问。

车上了路，虞照才开始巨细无遗地给他汇报。

宁孝庾听完，只说：“知道了。”

他又让她分别给王帅和庄闫安打了电话，因为没戴蓝牙耳机，全程她做电话支架，伸手举到他耳边。

等他“会议”开完，余光瞥到小丫头默默揉着手臂，却仍兴致勃勃地看着窗外经过的景色，没抱怨一句。

宁孝庾收回视线，心里不由得五味杂陈。

自打从阿勒山回来，两人似模似样地复合了，小丫头却不似从前给三分颜色就能开染坊，行止间总有些小心翼翼在里头。甚至不肯搬回武定路来，称忙坚持住在学校宿舍。

她的确在庄子怡的工作室接了不少活儿，这个“忙”字倒也不像托词，他便点到为止，没有再提。

两人不冷不热地联络，直到前几天他结束手头一个项目，打算补休年假，这才有机会带着她出来度假。

3.

不到一个小时的车程，车窗外的景色已经发生翻天覆地的变化。

从喧嚣的城市到静谧的乡下，冷色调的建筑慢慢被满目的苍翠与砖红代替。

下了车，面前坐落在河畔的两层别墅，虞照静了片刻，意识到，这就是宁孝庾居住了五六年之久的“家”。

他已经离开两年，这期间一直有人定期上门打扫，房子虽空旷了些，却大致维持了原貌，里头的陈设称得上素朴。

宁孝庾拎着行李去楼上更衣间整理，虞照吧嗒吧嗒跟在后头，一个递衣服，一个挂上放进衣柜。

柜子里还有些没带走的衣服，和宁孝庾如今的风格相差无几。中岛台里搁着墨镜和几块手表，或许因为并不是常用的，所以没有被带回国。

虞照好奇地拉开抽屉，宁孝庾不知何时收完了衣服，贴在身后按住她手背，又一点点推了回去。

“干吗？”虞照在他怀里转头，微微扬起下颌，鼻尖擦到他下巴，“看看都不行？”

宁孝庾垂眸看着她，神色有些微妙。

“前任送的东西，不知道怎么处理就留在这里了。”

虞照僵硬几秒，抿起唇，辨不清有没有生气。

他忽而有点后悔这次的坦诚。

感觉到掌心的手还在蠢蠢欲动，他干脆抓着纤细的腰身将她转过来，微微俯下身。

她的后腰抵在冰凉的玻璃材质的中岛台，硌了一下，随即被他滚烫的手掌揽住。

虞照不得已抬臂勾住他的脖子维持平衡，眨了眨眼，还要追问阿勒山看到的那个拉琴的是第几任，才说了两个字，他便面无表情地吻下来堵住她的嘴。

末了，她不得已将脸埋在他颈窝，任他如何诱哄都不抬头，却不知呼吸一下下搔着他皮肤，更令人心猿意马。

宁孝庾抱着烫手山芋，一时失笑：“怎么害羞成这样？”

她小声地阴阳怪气：“因为之前都在异地恋。”

宁孝庾算是听出来了：“这是在埋怨我？”

“确实没有什么时间见面嘛。”她越说越委屈，“好不容易我放暑假了你又在忙，后来都不敢去找你。我还以为这次带我出来度假是打算说分手。”

虞照说完，半天没等来任何反应，仰头一看，发现他在忍笑，深感离谱：“你笑什么？”

宁孝庾深吸一口气，佯作平淡，手指拂过她已然过肩的长发：“最近你把‘做小伏低’这四个字表现得可圈可点，值得表扬。”

虞照简直委屈：“是你说要花时间整理好关系……”

说到这里，她蓦地住口，两人对视着，陷入沉默。

好半天，宁孝庾才抬手抚平她因紧张而蹙起的眉心。

“不理了。”他轻声说，“已经乱成这样，怎么理得清。”

虞照僵硬的手这才慢慢松下来，环住他的腰。

宁孝庾无声地叹了口气。

他没告诉她，其实前些天他去看了宁仁政。

隔着玻璃，他手拿话筒，竟不知从何开口。

宁仁政反倒比他坦然，说了几句无关紧要的话，接着，或许是从律师那里知道了儿子和虞照的关系，也知道了信托的小插曲，若有所思地笑了一下。

“所以你那时候急着回来，劝我别铤而走险，是为了那个丫头？”

宁孝庾凝视着对方的脸，不知为何，觉得无力又疲惫。

七年刑期，天价罚款，对宁仁政来说或许并不算什么，百足之虫，死而不僵。

虞照应该也不会明白，像宁仁政这种人，走到了一定位置，早便学会在自己的世界里逻辑自洽，迷途知返这样的字眼，对他而言已经失去意义。

宁孝廙在来时就没想好如何开口，现下听到宁仁政的问题，便更无话可说。

最终，他只低唤了声“父亲”。

有那么一瞬间，宁仁政微微瞪大眼睛，张着嘴，却没能发声。

宁孝廙皱着眉心，长出一口气，很淡地笑了一下，留下一句：

“保重。”

4.

在赫特福德郡住的这段时间，虞照感觉每天的生活平淡又安心。

清晨起来，沿着不远处的河岸漫步，等到回来，宁孝廙已经做好了早饭。她会和他在餐厅安静地吃完饭，然后打开投影机，紧挨着彼此，看完一部纪录片或老电影。

他需要远程会议的时候，她便独自探索这栋房子里，独属于五六年前的宁孝廙的种种痕迹。

墙上是宁孝廙读书时的照片，玻璃柜里是年度策展人的奖杯和证书……过往和荣誉，都被主人刻意遗忘在了这里。

客厅靠墙放着一架立式的红木施坦威，宁孝廙偶尔会坐下来，弹一首巴赫的赋格，然后告诉她，郁泽闵的 BWV 画廊之所以叫这个名字，是因为 BWV 是巴赫作品目录的缩写，而郁泽闵喜欢巴赫。

他们有时候也会出门，驱车在周边游荡，遇到好的风景就下车欣赏一会儿，再踏上毫无目的的旅程。

路上遇到超市就买些东西，回去后，她就黏着他待在厨房，笨手笨脚地学着帮忙，再被他无可奈何地赶出去。

虞照有时候会觉得，上辈子她一定与他一起生活过很多很多年。

否则怎会连这些平淡的瞬间，都会让她想到了余生。

那一日并没有什么特别，只是她散步回来，和他吃了早餐后，他神色平淡地说，我们今天要去一个地方。

她一头雾水地跟着上了车，大约四十分钟后，车子驶入靠近市区的街道，停在了一间没有任何显眼 LOGO 的建筑前。

不知怎的，这次，她没能心直口快地问他这是哪里。

或许这世上，人与人之间的确有冥冥中的联结。

当她隔着车窗观察片刻，意识到那是一间画廊的同时，有人推门而出。

只一眼，她就哽住了呼吸。

男人剪掉留了半辈子的长发，一身朴素而落拓的衬衫长裤，背着画框，正在门口和人交谈。他看起来，和学生时的照片里一样，谦逊，平和，洗尽铅华。

是最初的最初，虞照记忆里的样子。

宁孝庾并不打算告诉虞照一些事。

比如他如何费尽心思找到了虞瑾明，得知对方瑞士的账户因为国内提交了非法所得的证据后被冻结，几乎快活不下去。

比如他暗中为虞瑾明牵线了画廊及经理人，能够让虞瑾明凭借仅剩的本领吃上一口饭，不至于穷困潦倒，客死异乡。

可也就到此为止。

他相信虞照心里也清楚，虞瑾明永不会回国。或许，虞瑾明只是被利益的洪流推着走的、最渺小的存在，尽管利欲熏心，却不是大奸大恶之徒。

但错已然铸成，回不了头了。

放下屠刀的人，并不会立地成佛。

他无声地按下中控，是在暗示：如果你有想问的话，现在就可以下车去见他。

可最终，虞照只是回过头来，平静地摇了摇头。

宁孝庾什么也没说，握了一下她冰凉的手，随即掉转车头。

“其实我想过无数次，如果有一天见到他，我要当面问清楚所有的事。

“可刚刚真的看到他，我又忽然觉得，好像一切都没那么重要了。”

虞照平静地看着前方，余光里，街景极速倒退，仿佛那些早已逝去的过往。

她知道，这一次，是真的都过去了。

5.

度假中的宁孝庾并不知道，因为霸总 + 绝世大帅哥 + 艺术家……的多重身份，“宁先生”在网上的热度一时风头无两。

连《山中一日》的顶流徐京远都忍不住在评论区留言。

“录制前期见过宁先生几面，真人还要帅上几分。”

留言瞬间成了热评第一，网友纷纷在下面追问：“到底是几分？”

因为宁孝庾身家清白，被扒了几天都没黑料，王帅的团队观望之后，得到宁孝庾的允许，立刻创建了宁孝庾的个人微博，时不时发点近期的艺术项目和基金会的动作，网友们乐得围观艺术家营业，分分钟转赞评过万。

然而，塌房也只在一瞬间。

起因是，宁孝庾回国后，首次登陆了自己的账号，发现评论里很多人在高呼“老婆”“老公”，更有甚者，不乏一些虎狼之辞。

正经人宁孝庾深感费解，并想出一个自以为可以“永绝后患”的方法。

他传了张照片上去，连配文都没有。

那是张只有影子的合照。

一男一女的影子相拥在夕阳里，背景是一座红瓦白墙、有着岁月痕迹的古教堂，昭示着他们身在某个欧洲小镇。

至此，暗示足够明显，等同于：非单身，勿扰。

评论区的走向从哀号到遍地柠檬，最后竟然奇迹般地归于统一——祝福。

虞照在回学校的路上刷到了这条微博。

她立在街边，身侧是车水马龙，无数的声响交杂在耳际，轰然而来。

她只是恍惚想起那一天，他们在开车闲逛时路过了教堂，他停下车，拉着她走到教堂前，之后发生的对话。

——“要不要在这里宣誓？”

——“啊？”

——“你身后这座教堂建于1120年，到今天快一千年了。没有什么比它更能见证沧海桑田。”

——“那，誓词是什么？”

——“阿照。”

——“我，我在听。”

——“我愿意你——虞照——成为我的爱人。

从今天开始，我们将会彼此拥有、相互陪伴。

无论好与坏、贫与富、疾病或健康，都彼此珍惜、相爱。

直至，死亡将我们分开。”

身后的圣伦纳德教堂俯瞰着壮丽的河谷，整点响起的钟声回荡至极远，跨越近千年的岁月，以历尽无数生死循环的姿态，见证着人世最凡俗的爱和承诺。

那个黄昏，潋滟的晚霞烧红整个天际。

他执着她的手，看似平淡的每个字，出口却都重逾千斤。

而她早乱了方寸，不知自己，鬓云微松，泪流满面。

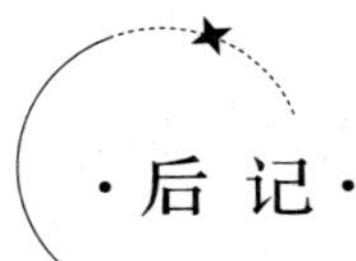

·后 记·

1. 章名小释

第三本书了，照例为章名填了一首词，每章一句，连缀成篇。

也便按老规矩，先在结尾作章名小释。

章名词调寄《鬓云松令》，该词牌又名《苏幕遮》《鬓云松》，本书章节词取其中一变格，连缀如下。

鬓云松令·心动倒计时

别久归晚。醉逢绮宴，难住相思眼。
莫问自危，夜永欹席云鬓，响檀板、终意乱。

频生蹇阻思量遍。难解肠深，只怕欢愉短。
馀照含情，各自路迢行倦。尽尘嚣、人未散。

作者写得浅显，只“响檀板”一句或有些突兀。“响檀板”这一章写宁孝庚策划的炒作展开幕，于是借戏曲开场时“轻敲檀板”的意象，比喻好戏开场，特在此小释，其余不作赘言。

2.“章名词”的由来

可能会有读者奇怪，怎么现代的故事，要填旧词作章节名。

这大概要追溯到我最初写文的时候。

我曾是个彻头彻尾的武侠迷，爱读“金古温梁”，且对古代文学抱有相当大的热情。

所以我最开始写文是写武侠和古言，可以说那时候的我大概很难想象，有朝一日我会写许多现代背景的故事。

很多看起来“守旧”的喜好都在我身上保留着。

喜欢读章回体小说的章名，喜欢吟诗作对（哪怕只略懂皮毛），喜欢格律束缚下的寥寥数语却含蓄地说尽所有，喜欢古人在桎梏里拣选出平实的汉字，却足以组成这世上最浪漫的语句。

大约是 2019 年写第一本实体出版书的时候，头脑一热，推翻了原有的章名，填了首词将每句分付每章，成了我第一首“章节词”。

诚然，填词的过程烦琐又费脑，我不愿枉顾旧式的词格词律以今人笔法去写，于是每次从《白香词谱》选合适的词牌与词格就劳神费力，更遑论还要定韵、提炼每章的重点入词……

可我竟乐此不疲。

填完一本书的章节词，我才会觉得给这个陪伴我数月的故事真正画上了句号。

出于某种仪式感，就像人物出场需要定场诗一样，或许我也需要给笔下的故事创作一首独属于它的“落幕词”吧。

这个奇怪而有些不合时宜的习惯，就这么保留到了现在。

如果我能一直写下去，希望每本书的“章节词”，能够一直这样陪伴着每个故事，直到最后。

3. 关于虞照和宁孝庾

其实他们两个人很早就在我脑海里出现了。

这个故事的雏形，几乎和上本书《想你时雨停》在同时期诞生。

虞照是个很跳脱、大方的女孩，她离我太遥远，以至于有段时间我会觉得我根本把握不了她，我不知道她这样的人会怎么说话，怎么做事。

而宁孝庾，一出场就是个彻头彻尾的社会人士，没有给我任何缓冲的时间去看他怎么成长起来。所以一开始，他对我来说也是比较陌生的存在。

我已经忘了，这两个我根本不熟的人，最初到底是怎么跑到我笔下，跑到我脑海里的。

再加上写这本书的中途，我还在为大学院的入学考试做准备。因为清楚这可能是我这辈子最后一次完成梦想的机会，我每天都焦头烂额濒临崩溃，根本无暇顾及写作。

万幸升学顺利，可随之而来的是入学、搬家、适应新环境等一系列变化。

种种原因，导致《心动倒计时》成了我有史以来写得最磕磕绊绊的故事，前后大约经历了将近一年时间，才相当痛苦地完稿。

就是在这样的痛苦里，我渐渐和虞照、宁孝庾熟悉起来。

虞照跳脱乖张的面皮下，有着相当复杂、沉重的内里。

如果说沈思去世的谜团是她所有苦痛的来源，那么宁孝庾“避世”和“虚无”的主因，就是身处俗世，看尽污浊后的万念俱灰。

前者是外力促成，而后者完全是内因造成的痛苦。

我相信每个人都像宁孝庾一样，有过对周遭乃至对世界的失望。或许也有人至今仍在失望里行尸走肉般地活着。

尽管我们明白，其实失望是生活的常态。

我始终没有强行给宁孝庾的这段爱情赋予什么意义。

可以说宁孝庾到最后仍然是一个勘破尘世而“凉薄”的人。可至少虞照的到来，给了他一个与自我和解的契机。这大概是所谓“爱情”带来的变化。

虞照和宁孝庾都是背负着十字架前行的人，像你也像我，像这打滚尘世的千千万凡俗人。

可是，当他们相遇、相爱，就成了一场超越现实的童话。

不管经过多少离散与龃龉，至少在这个故事的最后，他与她，尽尘嚣，人未散。

2021 年 8 月 30 日 写于大阪

白玉京在马上